Criaturas Desconocidas

Zoocrypto

Por Karla X. Güttler S.

CRIATURAS DESCONOCIDAS. Zoocrypto

Ilustración y diseño de portada: Karla X. Güttler S.
Corrección: Valentina Álvarez S.
Maquetación: Hediwild
                www.hediwild.com

Primera edición: Diciembre de 2020.
© Karla X. Güttler S.

www.facebook.com/KarlaXGuttlerSEscritora/
Instagram: @escritosdekxgs

Registro de Propiedad Intelectual: 2020-A-9938

Sus alas lo cubren todo con su sombra
y en el silencio me nombra.
Aquella presencia, un mal designio;
que ese día trajo exterminio.

La vez que confundí a papá con una polilla

Cuando era pequeña vivía en el campo, en una gran casona antigua. Tenía una pequeña hermana, la cual era mi sombra; para su desgracia. Ya que vivía metiéndome en problemas y ella era arrastrada. Tenía ocho años en ese entonces y Amelia cinco.

En ese tiempo el Internet era un sueño, bueno creo que existía en alguna parte; pero nosotras nunca nos habíamos enterado. Mal que mal era 1995. Así que toda la información que recibíamos era por la televisión. Televisión abierta, ni soñar en televisión por cable, eso no llegaba al campo.

Una tarde estábamos con mi hermana frente al aparato. Ya ni recuerdo de qué era el programa. En la pantalla mostraron la leyenda del hombre polilla, fue algo que nunca olvidaría. Un ser mitad hombre mitad polilla. Cada vez que era visto ocurría una desgracia en el lugar. Al parecer era como un mensajero o un observador, pero su presencia significaba que algo malo iba a pasar.

No sé en qué momento se me cruzó aquella idea por la cabeza, sin duda la mente de un niño no procesa de la misma forma la información que un adulto. Como cuando me dijeron que el número de la bestia era el 666 y a mí se me ocurrió llamar por teléfono. Mas fue ahí, cuando urdí mi plan.

Siempre nos acostábamos a las nueve, cuando comenzaban las noticias, así que me quedé esperando las doce metida en mi cama. No logré permanecer despierta; por suerte, había puesto mi radio despertador a esa hora. La música

comenzó a sonar, rápido la apagué para no despertar a nuestros padres. Con mi hermana, teníamos nuestro dormitorio en el segundo piso. En cambio, la habitación de ellos estaba en el primer piso al otro lado de la casa, pero aún así, tenía miedo de que la oyeran y se levantaran a ver qué pasaba.

—¿Qué pasa? —Mi hermanita se había despertado, frotaba sus ojos con sus manitas.

Yo tomé la linterna de la mesa de noche, agarré la sábana de mi cama e hice que ella se levantara. Nos sentamos a los pies de las camas, cubriéndonos con la ropa de cama. Sostenía la linterna encendida entre mis manos.

—¿Qué haces, Lila? —Quería saber.

—Vamos a invocar al hombre polilla, Amy —respondí.

Amelia me miró con espanto.

—¿Por qué? —Se notaba en su voz angustia.

—Porque sí. Quiero ver cómo es realmente.

—¿Y si nos hace daño?

—No seas cobarde —la regañé.

La lógica de mi hermanita era mejor que la mía, mas no le hice caso. Las lágrimas comenzaban aflorar en sus ojos.

—Hombre polilla, hombre polilla, ven... —comencé a recitar.

Repetí una y otra vez. Las gotas de lluvia golpeaban la ventana, el viento comenzaba a ser más fuerte; amenazaba con un temporal. Continué repitiendo hasta que oímos unos pasos. Amy se puso más blanca de lo que ya estaba, yo me quedé quieta escuchando. Aquellos pasos comenzaban a subir la escalera.

—Lila, escondámonos —dijo tomándome del brazo.

Su rostro era un mar de lágrimas.

—Shhh... —La hice callar.

Debo reconocer, que comenzaba a perder mi valor, pero estaba anclada al piso.

La puerta se abrió, una luz entró por ella acompañando a los pasos. Amelia no paraba de sollozar. Había llegado a nuestro lado, en un solo movimiento levantó la sábana y no-

sotras nos abrazamos gritando.

—¿Qué hacen a esta hora? —Era la voz de nuestro padre.

Se agachó donde estábamos. Amy se colgó a su cuello llorando.

—Te confundimos con una polilla —dijo entre gimoteo.

Él me miró extrañado.

—Quiso decir con el hombre polilla. Estábamos esperando que apareciera.

Vi que se le escapaba una sonrisa, pero rápidamente se puso serio.

—¿Qué le andas diciendo a tu hermana? Eso no existe, es solo un mito. Ahora acuéstense. Y si van al baño lleven linterna, que la luz se acaba de cortar.

Sentí un escalofrío.

—¿Puedo dormir con ustedes? —Mi hermanita no deshacía su abrazo.

Él acarició su cabeza y la cargó.

—Lila, acuéstate —me ordenó.

Le obedecí. Mi padre se fue llevando a Amelia en brazos.

Todo aquello no me dejó dormir. El temporal comenzó a disminuir, hasta que ya no se oía. Las nubes se corrieron, dejando que la luna iluminara la noche.

Un mal presentimiento me recorrió la espalda. Me levanté a ver por la ventana. Ahí estaba, la silueta de un hombre en penumbras sobre la colina. De un salto volví temblando a mi cama.

Había traído la desgracia a mi casa o por lo menos eso creí por mucho tiempo.

Me costó volver a dormir, mas el cansancio logró derrotarme.

A la mañana siguiente, el sol tocaba mi rostro. Abajo no se escuchaba ningún ruido, lo que era extraño, ya que pasaba de las diez de la mañana. Algo poco común en mis padres, ya que a más tardar se levantaban a las nueve.

Bajé las escaleras con sigilo.

Todo estaba en calma, pero aquello hacía que mi cora-

zón latiera más rápido.

Llegué frente a la puerta de la habitación de ellos. Por debajo escapaba un líquido rojo. Al abrirla, pude ver la pieza llena de aquel manto carmesí. En la cama estaban los cuerpos de mis padres y mi hermana. Mutilados, desgarrados y devorados.

Recordando

Iba conduciendo por la carretera. Volvía de visitar a unos amigos en otra ciudad. Era de noche y el camino estaba desierto.

Las luces de mi coche iluminaron algo, parecía como un animal o una criatura extraña. A medida que me acercaba, creí verlo moverse. Desvié mi vehículo, en un intento de alejarme de aquello. Detuve unos metros más allá el auto, en la berma.

Al pasar a su lado, me di cuenta que solo era un manojo de hierba que salía de forma diferente a las otras. Mi vista me había jugado una mala pasada. Debía visitar al oculista, para que cambiara la graduación de mis lentes.

Comencé a controlar mi respiración. El susto había disparado una crisis. Hice mi respiración superficial y traté de convencerme que no era nada. Temblaba y mis manos sudaban.

Aquel día, hace doce años atrás, me había roto completamente.

Después que los encontré en la habitación, corrí al teléfono y marqué a mi tía Carolina, la hermana de mi madre.

—¿Aló? ¿Con quién hablo? —me respondió al otro lado de la línea.

En ese entonces no podías saber quién te llamaba.

—Tía Caro... ellos... —Mi voz era muy apagada.

—¿Lila? ¿Qué pasa? —Mi tía se estaba alarmando.

—Ellos están muertos... es mi culpa... yo.... —El auricular resbaló de mis manos y cayó al suelo, revotando por el cordón.

—¡Lila! ¡Lila!... —Podía oírla llamarme.

Pero yo ya no respondía, estaba en estado de shock y me dirigía hacia un profundo mundo de nada.

Lo demás ella me lo contó. Por que todo lo que pasó después, para mí, es un gran espacio en blanco.

Cuando llegó golpeó la puerta a más no poder, pero nadie abrió. Así que rompió una ventana en el frente, para poder entrar. Me encontró parada al lado de la mesita del teléfono, con la vista perdida y los pies descalzos con sangre.

Me revisó para ver si tenía heridas, mas no había ninguna. Por mucho que me llamara, yo no respondía. Me dejó sentada en un sillón y siguió las huellas ensangrentadas hasta la habitación. Al verlos, vomitó.

Regresó hacia el teléfono y marcó el número de la policía. Tomó una frazada olvidada en el living, me envolvió con ella y me sacó de ahí. Nos sentamos en los asientos de atrás de su coche, esperando.

Bueno, cuando los policías llegaron, se horrorizaron con lo que vieron. Acordonaron la zona y comenzaron a hacer indagaciones. Mi tía les explicó todo lo que sabía. Cuando me interrogaron, no pudieron sacarme de mi mutismo.

Me llevaron al hospital, para chequear que no tuviera daños. No encontraron nada, solo que el trauma de lo que había pasado me dejó catatónica.

Creían que yo había trancado la entrada por la cual el asesino había salido, por temor a que volviera, ya que la casa se encontraba completamente cerrada cuando llegó mi tía.

No había evidencia alguna que yo estuviera involucrada y tampoco se les pasó por la cabeza que una niña pudiera estarlo. El criminal no había dejado rastro. Aunque más que humano parecía una bestia, por cómo estaban los cuerpos. La única esperanza de cerrar el caso, era que yo dijera lo que había pasado, pero no salía de mi silencio.

Me trasladaron a un psiquiátrico, al ala infantil. Y ahí estuve por seis meses, como un vegetal. Me visitaban parientes, aunque la que más iba, era mi tía Carolina, junto con su ma-

rido, bueno en ese entonces solo era su novio.

Hasta que un día, cambiaron la televisión de un programa infantil a otro, donde estaban dando documentales. Hablaba de mitos. Cuando aparecieron las imágenes del hombre polilla fue como si un interruptor se prendiera en mi cabeza. Comencé a gritar y a esconderme bajo las mesas. Las enfermeras trataron de contenerme, mas yo no dejaba que me tocaran; así que me inmovilizaron y sedaron.

Cuando desperté, estaba mi tía al lado de mi cama. La abracé muy fuerte y no me solté de ella. Pero no estaba sola, habían dos detectives, esperando a mi declaración. Yo los miré oculta detrás de ella.

Tuvieron que esperar días, antes que me atreviera a hablar. Y cuando hablé, no me creyeron. Pensaron que fue una historia que creó mi mente, para protegerme de lo ocurrido. Así que dejaron de intentar conmigo y el caso se enfrió.

Pasé años con psiquiatras y psicólogos. Finalmente terminé por convencerme que aquella figura que vi, no era el hombre polilla. Simplemente era solo un hombre, aquel que asesinó a mi familia.

La hermana de mi madre se hizo cargo de mí. Al poco tiempo se casó con su novio, pero nunca tuvieron hijos, así que yo me convertí en su única hija. Y como única hija me cuidó demasiado.

Eran las vacaciones de verano después de mi primer año en la universidad. No había comenzado con una carrera en especifico, sino que tomé un plan de estudios que me permitía tomar ramos variados, eso por dos años y cuando escogiera una carrera podría convalidar los ramos, bueno si eran los mismos de la carrera.

Como era en otra ciudad, cerca de la casa de mi tía, ella junto a su marido me compraron un auto, para que viajara todos los días. A pesar de que eran vacaciones, lo seguía usando para pasear sola.

Mas en ese instante, andar sola ya no me parecía tan

buena idea. Con el riesgo que una crisis de pánico se desatara por completo. Llevaba en la cartera Alprazolam. Me lo había recetado el psiquiatra de turno, para mis crisis de pánico. Las cuales generalmente se disparaban por ver cosas que no estaban ahí. Sombras por el rabillo del ojo, que solo eran eso, solo sombras; pero hace algún tiempo que me preguntaba si realmente solo serían eso.

No tenía ganas de tomar el ansiolítico. Si lo hacía no iba a poder seguir conduciendo, por lo que tendría que llamar a mis tíos para que me buscaran y no quería eso.

Así que intenté calmarme por mi cuenta. A veces me funcionaba, otras veces no.

Poco a poco volví a la normalidad.

Puse en marcha el vehículo y continué mi viaje.

Cuando abrí la puerta de la casa, dos fox terrier y una labradora me dieron la bienvenida. Los otros bebés de la tía Caro. Ella también apareció en el recibidor.

Era más de diez centímetros más baja que yo, estaba alrededor del metro sesenta y ocho. Su piel era un suave color mate. Su cabello caía sobre sus hombros con un poco de hondas y de un castaño oscuro. Sus ojos cafés tenían una expresión de tristeza, desde que recuerdo siempre tuvieron esa expresión. Su rostro tenía forma de corazón. Su figura era de pera, con caderas generosas, muy diferente a la mía. Llevaba un suéter blanco, con cuello alto y unos vaqueros azules. Calzaba zapatillas de casa. Ella siempre se vestía sencillo y femenina y llevaba maquillaje muy natural.

—¿Cómo estuvo todo? ¿Ningún problema? —Eran las preguntas normales que hacía siempre que me perdía de vista.

—Si, todo bien. —No era necesario informarle cada crisis que tenía, ya que no quería preocuparla más.

—Justo íbamos a comer algo con Enrique, ¿te nos unes? Le sonreí.

—Gracias, pero comí antes de salir y estoy cansada por el

viaje. Me voy a dormir.

Se me acercó. Me abrazó y besó mi mejilla.

—Que descanses y tengas dulces sueños.

Siempre me lo decía como un mantra, como si aquello pudiera alejar mis terrores nocturnos, lo que era imposible.

—Tú igual.

Subí las escaleras y me dirigí a mi pieza. Apenas puse la cabeza en la almohada entré al mundo de los sueños.

Veía como una figura negra estaba sobre una colina. El viento soplaba y la luna apenas iluminaba. Aquella figura abrió sus alas y se abalanzó sobre mí.

Me senté de improviso en mi cama, era el sueño recurrente que siempre había tenido. A veces, con variaciones.

Decidí que sería mejor hacerme un té antes de volver a dormir.

Iba por el descanso de la escalera, cuando miré por la ventana. Había un hombre mirando hacia la casa. El corazón se me aceleró. Corrí escaleras a bajo, luché con la llave para abrir la puerta y salí a la calle. Pero ya no estaba. Miré por todos lados. Nada.

Volví a entrar. Mi respiración era agitada. No iba a poder escapar de una crisis. Busqué el remedio en el bolso, que había guardado en el armario del recibidor. Me puse la pastilla bajo la lengua, solo debía esperar a que hiciera efecto.

Fui al living.

Laika me recibió moviendo la cola. La labradora de siete años dormía ahí. Los otros dos, en el dormitorio junto a mis tíos. Me senté en un sillón, la perra se echó sobre mi regazo, algo que hacía siempre que tenía una crisis. Después de unos minutos me comencé a relajar.

Podría haber vuelto a mi cama. Pero aquella figura me dejó perturbada. No quería que se volviera a repetir lo que había pasado hace doce años. No pensaba dormir, mas el cansancio terminó haciendo de las suyas.

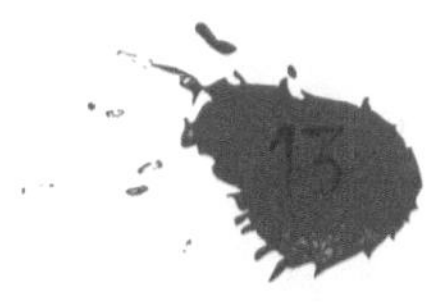

Una llave del pasado

Sentí que acariciaban mi cabeza.

—Cariño, ¿tuviste una mala noche?

Abrí mis ojos. Ya había amanecido. Mi tía se encontraba en pijamas arrodillada frente a mí.

—Sí, tuve una pesadilla. —Me refregué la cara con las manos.

No era necesario que supiera de la silueta que había visto la noche anterior. No quería una consulta de emergencia con el psiquiatra.

—Entonces es mejor que te quedes.

Yo la miré confusa.

—Hoy es el cumpleaños de tu tío Roberto. ¿Te acuerdas que lo hablamos?

El otro hermano de mi madre.

Ella hacía esa pregunta para chequear mi estabilidad mental.

—Sí, lo siento, aún estoy algo dormida.

—Es mejor que subas y te acuestes. Nosotros nos iremos en una hora más. —Me besó en la frente—. Descansa.

Hice lo que ella me dijo. Realmente no tenía muchas ganas de asistir, siempre había un ambiente de pesar cuando yo rondaba por ahí. Me recordaban el drama que había vivido y la pobre víctima que era.

Ya tenía suficiente con lidiar con mis paranoias y crisis de pánico, como para que me lo estuvieran recordando.

Desperté pasado el medio día. Laika estaba echada al

costado de mi cama.

Me paré frente al espejo. Mi rostro estaba pálido y ojeroso, algo común en mí. Mi cabellera negra y lacia parecía un nido de pájaros. Tomé mi cepillo y lo peine. Me llegaba hasta la cintura. Mi contextura era delgada, algo natural si no te alimentas bien. Pues yo me saltaba comidas y consumía muy pocos alimentos, a veces prácticamente mi tía me encajaba la comida.

Me puse mis lentes rectangulares negros, que enmarcaron mis ojos café. Tenía un poco de miopía que afectaba mi visión a distancia, más en el izquierdo, que el derecho. No me cambié el pijama, una camiseta y pantalón rosa claro holgados.

Bajé a la cocina. Tomé de la nevera un yogur y un poco de fruta.

La perra no se despegaba de mi lado, en cambio los torbellinos de Kika y Kiko no estaban. Debieron llevarlos mis tíos al cumpleaños, algo que hacían frecuentemente.

Me instalé en la sala de estar a ver la televisión. Los minutos se me hicieron eternos, transformándose en horas y lo peor es que no había nada interesante que ver. Apagué el aparato.

De repente, me dieron ganas de tratar de resolver el cubo rubik que nunca pude hacer. Pero el cubo, junto con los demás juegos, estaban guardados en el desván. Así que volví a subir.

En el pasillo del segundo piso estaba la trampilla para subir a este. Bajé la escalera. Por el cuadrado del techo llegaba una luz cálida.

Arriba habían unas pila de cajas y algunos muebles viejos. Revolví en una y encontré de inmediato lo que buscaba. Pero una cómoda de madera oscura me llamó la atención, había sido de mi abuela. Ella falleció el 2001 y aquella cómoda me la dejó como herencia.

Abrí sus cajones. En su interior estaban las figuritas de cerámica que me había dado, bisutería, entre otros. Me detuve a observar cada objeto. De pronto, me topé con un juego

de llaves, que colgaban de un llavero blanco de goma. Las tomé entre mis manos temblando. En el reverso tenía escrito «CASA», con una deforme letra infantil, era la letra de Amelia. Yo le había enseñado a escribir aquella palabra y lo primero que hizo fue escribirlo ahí.

Las lágrimas rodaron por mis mejillas. Apreté el manojo de llaves con fuerza.

Me quedé unos minutos llorando allí, hasta que una idea se me vino a la cabeza.

Cerré la cómoda, lancé el cubo a su caja y bajé con las llaves en el bolsillo. Subí la escalera y me dirigí a mi habitación. Tomé la mochila de mi armario, metí un cambio de ropa y algunas cosas más. Laika me miraba moviendo la cola. Me puse unos vaqueros negros, camiseta gris y una sudadera azul, con cierre y capucha. Estuve peleando para ponerme rápido mis tenis negros.

Bajé al recibidor y vacié el contenido de la cartera en la mochila. Tomé mi celular y le mandé un mensaje de texto a mi tía, mientras apretaba las gomas del costado de este nerviosamente. Aquellas se iluminaban y parpadeaban con una estridente música cuando me llamaban.

Gabriela me invitó a pasar el día con ella. Nos vemos mañana. Besos.

Luego marqué el número de mi amiga. Demoró en cogerme la llamada.

—Hola, Lila, ¿qué cuentas? —me dijo.

—Hola, Gabi, quería pedirte un favor.

—Dime.

—Si mi tía te llama, dile que estoy contigo.

Ella tenía el número de todas mis amigas. Y siempre chequeaba que todo estuviera bien cuando iba a dormir con alguna. Esperaba que no fuera el caso, pero no quería arriesgarme.

Gabriela permaneció en silencio.

—¿Ocurre algo? —finalmente preguntó.

Respiré hondo.

—Encontré las llaves de mi casa... la casa del campo y quiero ir a verla —le conté.

—Te acompaño.

—No Gabi, necesito ir sola.

—¡Me niego! Puede que tengas una crisis. ¿Acaso has pensado en eso? —No iba a dar su brazo a torcer—. Si quieres que te ayude con tu tía tienes que llevarme.

Gabriela fue la primera amiga que tuve cuando me fui a vivir a Fuente Nueva. Todos los niños en el colegio me miraban raro, porque obviamente sus madres les habían contado lo que me había pasado. En cambio ella se me acercó con normalidad. Estuvo muchas veces en mis crisis y no se asustaba, sino que me cuidaba.

No tenía intención de que se involucrara, pero me estaba poniendo entre la espada y la pared.

—Paso en diez minutos. —Finalmente cedí.

Me dio la impresión que estaba saltando.

—¡Nos vemos! —Colgó.

Cuando iba a salir, la labradora se acercó a la puerta.

—Lo siento, Laika. —Me agaché para acariciar su cabeza—. No puedo llevarte. Mañana nos vemos.

Cuando llegué donde mi amiga, ella ya me esperaba afuera en la calle. Su figura era rellena, con curvas, de piel morena, cabello negro y ondulado y ojos negros. Llevaba unos vaqueros azules con camisa a cuadrillé roja y unas lonas del mismo color. Subió más que rápido al coche. Lanzó su bolso hacia los asientos de atrás.

—¡Vámonos! —dijo acelerada—. Llegaron unos tíos y si nos ven no podremos irnos.

No me hice de rogar, puse primera y comencé a avanzar. De repente, Gabi divisó un grupo de chicos en la cuadra. Hizo saltar el respaldo, tirándolo hasta atrás como si fuera una cama.

—¿Qué te pasa? —Su comportamiento era extraño.

—Cuando le dije a mi mamá que me habías invitado a quedarme contigo, me respondió que me fuera luego, porque estaban por llegar mis tíos que viven lejos —explicó, aplastada contra el asiento—. Me echarían en cara si hubiera salido cuando ellos estaban, diciendo que no nos vemos nunca, que tu amiga la puedes ver cualquier día.—Gesticulaba de forma exagera, imitando a alguien que yo no conocía—. Y para más remate me hubiera tocado cuidar mis primos chicos.

»Así que me escondí en el patio trasero y salí como toda una ninja. Pero los mocosos andaban en la calle. Si me veían, se iban a ir de tarro con sus padres.

Sonreí. La imaginaba pasando debajo de la ventana de la cocina, toda encorvada.

Wendigo

A pesar de mi reticencia inicial, me alegraba que Gabi me hubiera acompañado. Nos fuimos riendo casi todo el camino hasta Bosque Claro, el pueblo cercano al campo de mi familia. Un viaje de más de cinco horas.

Como mi tutora legal, mi tía, arrendó el lugar. Lo que en un principió fue pensado para mis gastos y el fondo para la universidad, pero que al final nunca lo tocó, sino que lo depositó en una cuenta a mi nombre.

No obstante, la casa permaneció cerrada. Nadie había entrado después de los peritos forenses. Así que ir allá me ponía nerviosa, mas las risas me ayudaron a relajarme.

Pasamos a la gasolinera antes de continuar, para reabastecernos. Mi amiga se compró un café. Yo no podía darme ese lujo, aceleraría mucho mi corazón y en ese momento debía mantenerlo lo más calmo posible.

Ya había anochecido, eran pasado las nueve. En la calle no andaba nadie.

—¿Segura que quieres ir ahora? —Gabriela ya no se veía tan risueña—. Podemos esperar a que amanezca.

—Mañana debemos estar de vuelta en Fuente Nueva, no quiero que mi tía comience a sospechar.

Aunque tampoco estaba muy segura que fuera buena idea. Pero mentalmente trataba de convencerme que no existían criaturas extrañas. Solo llegaríamos a una casa vieja y abandonada.

Conduje otros diez minutos, a las afueras del pueblo. Al llegar al campo nos topamos con la reja. Para mi sorpresa no habían cambiado el candado, por lo que pudimos acercarnos en el auto. Dejé el portón abierto, pues no pensaba estar mucho tiempo allí.

La casa se alzaba más tenebrosa de lo que esperaba. Tejuelas de un café grisáceo, apenas tenían un poco de pintura desconchada. Algunas tejas faltaban en el techo, pero por fuera no presentaba mayores daños.

Apagué el motor y las luces.

—Toma. —Gabriela me pasó una mascarilla.

La miré extrañada.

—¿Qué esperabas? Han sido años de abandono, además del polvo debe haber una cantidad de caca de rata. No sé tú, pero yo no quiero enfermarme —dijo poniéndose la mascarilla.

Seguí su ejemplo.

Saqué la linterna de la guantera y me bajé del coche; ella me siguió.

Al llegar a la puerta, pude ver la ventana tapiada con un trozo de madera. Aquello se estaba volviendo real. Mi mano temblaba al meter la llave en la cerradura. Gabí me tomó la otra mano.

La puerta se movió con esfuerzo, por lo mismo, no hicimos el intento de cerrarla.

Fuimos por el pasillo. Todas las cosas estaban ahí, las chaquetas colgadas en los ganchos. Botas grandes y pequeñas alineadas en una fila. Era como si aquel día hubiera caído un conjuro sobre mi hogar y el tiempo se hubiese congelado.

En realidad fue que mi tía no quiso poner un pie más en ese lugar. No sacó nada, ni siquiera mi ropa, sino que me compró nueva y todo lo demás que necesité. No tenía ninguna foto de mi familia y solo en ese momento me daba cuenta.

Me quedé contemplando todo, quieta, como si esperara que Amy y mis padres aparecieran por alguna de las puertas. Los segundos se convirtieron en minutos, mas Gabi

nunca me apuró, sino que me esperó pacientemente a que continuara avanzando.

Abrí la puerta de la cocina. Se sentía un olor nauseabundo, como si los cuerpos de mi familia estuvieran descomponiéndose en la habitación de mis padres. Fui hasta allá y empujé la puerta.

El suelo estaba manchado, pero ya no era roja, sino marrón, como algo que oscurecía la madera. No había frazadas ni colchón en la cama, ni menos mi familia.

Sentí estremecerse a Gabriela. En cambio yo ya no estaba asustada, ni siquiera una crisis que asomara. Pero sentía una gran pena, un vacío como nunca antes había sentido, era como si me hubieran arrancado el corazón. Amelia nunca crecería, nunca más estaría en los brazos de mis padres y yo era quien se los había robado.

A lo lejos oí el ruido de vehículos y puertas cerrarse, pero no le presté atención, ni siquiera pensé en ello. Solo podía estar ensimismada observando aquellas manchas y recordándolos a ellos. Los ojos se me humedecieron y las lágrimas comenzaron a resbalar.

Escuché una tabla crujir detrás de nosotras. Gabi también, porque nos volteamos al mismo tiempo, quedando cara a cara con aquella bestia.

Sus ojos eran completamente negros, como dos infinitos abismos. Su figura era alta y estaba encorvada, como un humano, pero esquelético, con la piel gris pegada a los huesos. Sin cabellos en la cabeza, colmillos en toda la boca y unas largas y sucias garras.

Emitió un gruñido que nunca había oído, pero era horrendo. Su aliento olía a cadáver.

Comencé a hiperventilarme.

El trueno de una escopeta se escuchó a su espalda. La criatura rugió furiosa. Se volteó olvidándose de nosotras. Vi el destello de un arma, aquello se lanzó en su dirección. Oí pasos corriendo.

—Debemos salir de aquí —susurró Gabi.

Me sentía mareada, sudaba completamente. Ella debió jalarme para sacarme de ahí.

A fuera el monstruo rugía. Ya no se oían disparos. Pero aún así, Gabi me sacó por el frente.

La criatura se retorcía entre las llamas. Tres hombre la rodeaban descargando sus lanzallamas contra él. Un cuarto sostenía de una correa un inmenso perro, el cual estaba muy quieto.

La vista se me nublaba, perdí el equilibrio; casi hice caer a Gabriela. Quien sostenía al can se volteó. Corrió hacia nosotras y me sujetó, no tenía idea dónde había dejado al animal. Mi amiga le dijo que estaba teniendo una crisis de pánico, él le respondió algo que no pude entender. Me cargó y me llevó hacia el auto.

Ahí además habían dos camionetas estacionadas. Me sentó en una y me pasó una bolsa de papel para que respirara dentro.

—No respires tan profundo —me dijo.

—¿Quiénes son ellas? ¿Qué hacen aquí? —preguntó otro, con un marcado acento extranjero.

Por lo visto habían terminado de calcinar a la bestia. Pusieron los lanzallamas y demás armas detrás en los cajones de las camionetas. Dos regresaron por donde habían venido. Se quedaron quien me había cargado y el que preguntaba.

Era inmenso, sobre el metro noventa posiblemente cercano a los dos metros. Hacía palidecer nuestro metro ochenta con Gabriela, lo único que compartíamos en cuanto a físico. Ni siquiera había notado que quien estaba a mi lado era igual o más alto que el otro. El recién llegado era corpulento, con cabellos grises, ojos pardos y una abundante barba. Tenía la piel muy morena, pero no parecía de nacimiento, sino por trabajar bajo el sol. De hecho parecía más un vikingo. Tenía sobre cincuenta años, podía ser cerca de los sesenta.

El que estaba a mi lado era muy parecido, aunque más

esbelto, con hombros anchos y cabello castaño oscuro y muy bien afeitado, con la piel levemente bronceada. Alrededor de treinta años. A simple vista era notorio que eran padre e hijo.

—Me llamo Gabriela Montes —se presentó—. Mi amiga es Lila Riedel, ella es dueña del lugar.

—Me llamo Einar —respondió el más joven—. Y mi padre, Bjorn.

—¿Cómo... —balbuceé—, cómo supieron?

Trataba de preguntarles como habían llegado allí y por qué, pero no me salieron más palabras que solo esas, aunque parecía que algo me entendieron.

—Estábamos rastreando a la criatura —contestó el hijo—. Fue una suerte que llegáramos a tiempo antes que las atacara...

No alcanzó a decir más, nuevamente aparecieron los otros con un chico de doce años, con la ropa embarrada, en brazos.

—Está inconsciente, pero vivo —dijo el que lo sostenía—. Debemos llevarlo al hospital.

Ambos eran similares a Einar, aunque más bajos y con una barba similar a su padre.

—En el sótano estaba la madriguera del wendigo —anunció el otro.

No me di cuenta en qué momento me había puesto de pie, pero ya corría hacia la casa.

—¡Lila! —gritó Gabriela a mi espalda.

Llegué al pasillo y vi la puerta trampa abierta. Llevaba la linterna conmigo, al parecer nunca la había soltado, tenía la correa alrededor de mi muñeca.

Cuando bajé me encontré con una pila de partes mutiladas, sangre encharcada y huesos desparramados. En la pared había un inmenso orificio que daba al exterior.

Un brazo me sujetó con fuerza por atrás.

—No vayas a vomitar —me ordenó Einar, jalándome hacia arriba.

Llamadas

Me volvió a llevar a los autos. Estaba ida, aquello me había recordado a mis padres y hermanita sobre la cama, destrozados. Mi respiración era agitada.

—¿Dónde está tu remedio? —preguntó Gabriela.

—No po... dré conducir —le respondí, con una voz que apenas era audible.

—No importa eso ahora, haz caso a tu amiga —intervino Einar.

—Mi... mochi... la —balbuceé.

Mi amiga revolvió en ella hasta que lo encontró y me dio una pastilla.

—¿Qué fue eso? —Se volteó hacia el más joven.

Me sorprendía lo calmada que se veía, era extraño. No esperaba que estuviera en mi condición, pero si algo más asustada.

—Un wendigo —contestó Einar—. Una criatura que se alimenta de carne humana...

—Él... él mató a mis padres... y a Amy... —lo interrumpí.

Los hombres se miraron sin entender.

—¿No habías dicho que fue el hombre polilla? —A Gabriela le había contado cómo recordaba las cosas.

Pero también le dije que era la invención de mi mente, según lo que me habían dicho los psiquiatras. Una chica normal negaría todo aquello.

—Lo discutiremos después —dijo Bjorn finalmente—. Debemos irnos. Cierra la casa —le indicó a su hijo.

—¿Dónde están las llaves? —Einar se acercó aún más a mí.

Saqué el manojo de mi bolsillo, el cual no recordaba haber guardado. Tampoco me acordaba en qué momento nos sacamos las mascarillas, o si había sido otra persona, entre varios pequeños detalles que se volvieron lagunas para mí.

Se las entregué con mi mano temblando. Él partió de inmediato y se demoró unos minutos en el interior.

Cuando regresó hizo que me sentara en el asiento del copiloto. Gabriela se fue atrás y él se sentó en el del chófer.

—¿A dónde nos llevas? —El medicamento comenzaba a hacer efecto y me encontraba un poco más calmada.

—A mi casa —respondió—. Bueno en realidad a la de mis padres. Podrán descansar ahí, antes de volver a las de ustedes.

No era lógico ir a la casa de un completo desconocido, aunque nada aquella noche había sido lógico y a Gabriela, nuevamente, eso no parecía importarle.

Tomó su teléfono antes de dar marcha y marcó.

—¿Aló? —No parecía seguro que le hubieran contestado—. No seas llorón, si no es tan tarde. —Por lo visto su interlocutor no estaba feliz de que lo llamaran—. He recibido una llamada anónima respecto a las desapariciones de Bosque Claro. —Hacía pausas según cómo le respondía la persona al otro lado de la línea—. Bueno ya no son desapariciones, son homicidios. —Comenzó a retroceder el auto—. Lo que queda de los cadáveres están en el sótano de una casona antigua a cinco kilómetros del pueblo, por el camino que va a la costa...

Cuando terminó de darle todo los detalles ya íbamos llegando a Bosque Claro. Atravesó con rapidez el pueblo, evitando toparse con alguna patrulla. Salimos por una dirección muy diferente a la que habíamos tomado.

De pronto el teléfono de Gabi comenzó a sonar. Tenía como sonido de llamada Yo te voy amar de Nsync. Odiaba

esa canción, pero a ella le encantaba, esperaba que alguna vez un chico se la dedicara.

Miré hacia atrás. Ella había cogido el aparato y miraba la pantalla. Finalmente contestó.

—Hola, tía —susurró—. Nos acostamos temprano, estábamos cansadas. —Escuchó con cuidado—. No, Lila está bien, simplemente la obligué a hacer coreografías conmigo. ¿Quiere que la despierte? —Me miró—. Bueno. No creo que Lila esté allá temprano, queríamos hacer unas cosas antes.

Por lo visto era mi tía. Gabriela parecía escuchar el largo discurso que tenía.

—Hasta luego. —Finalmente colgó—. Dijo que si te querías quedarte más tiempo no tenía problema, solo debes avisarle —me comunicó—. Estaba un poco preocupada por ti, no te vio con buena cara hoy.

Era normal que nunca tuviera buena cara, mas aún así ella no dejaría de preocuparse.

Criaturas desconocidas

El mismo sueño de siempre. Una silueta en la colina, pero aquella vez se me acercó rápidamente y pude ver unos pozos negros mirándome y una hilera de colmillos que me sonreía.

Me desperté sobresaltada.

—¿Estás bien? —Era Einar, quien estaba reclinado sobre mí por la puerta.

Gabriela estaba a su lado. Al parecer me había quedado dormida y trataban de sacarme del auto sin despertarme.

—Solo una pesadilla —respondí.

—Ya llegamos —me anunció.

—¿Cuánto dormí? —pregunté.

—Aproximadamente media hora.

Se enderezó y me dejó espacio para que saliera sola.

Estábamos en el campo. Frente a una casa tan antigua como la de mi infancia. Rodeada de una cerca vieja y algo desarmada. Una farola iluminaba el exterior. La casa y el patio estaban rodeadas de árboles. El lugar se veía tan inquietante como la casa de mis padres, o también podía ser por lo que me había pasado en la última hora, que no me agradaba la idea de ir a lugares similares.

Al salir del vehículo me di cuenta que mi amiga ya llevaba mi mochila, además de su bolso.

Cuando llegamos a la entrada nos recibió una pareja de inmensos perros. Uno era el mismo que había visto antes, en cambio el otro era muy diferente, aunque igual de grande. Uno era gris, de distintas tonalidades, algo peludo, piernas

largas y hocico puntiagudo. El otro y el que había visto, era una mezcla entre negro y café, un poco parecido al otro en contextura, pero de hocico más corto y redondo.

—Cleopatra. —Señaló a la gris—. Es un lobero irlandés. Agha. —Por la otra—. Es hija de ella y su padre es un mestizo de varias generaciones.

No entendía a qué se refería con eso.

Entramos a la casa, dejando afuera a las perras. Nos dirigió hacia la cocina. Ahí estaba los otros tres, junto con una mujer. Era más baja que nosotras, cabellos canosos, ojos grises y figura abultada. Era la representación de la calidez en persona.

—Así que tenemos visitas —dijo con un acento similar al de su esposo—. Por favor, tomen asiento.

Nos invitó a sentarnos con ellos alrededor de la mesa. Todos tenían tasas humeantes. Buscó unas para nosotros. Hicimos caso, Gabi y yo ocupamos las únicas sillas que quedaban. Su hijo fue a buscar un banco que estaba en la esquina, al lado de la nevera. Vertió en las tazas el contenido de un termo, poniendo un colador sobre estas, para atrapar las hojas sueltas de la infusión.

—Les ayudará a descansar —indicó, con una dulce mirada—. No es fácil, después de todo lo que vieron.

—Lo siento, pero no quiero dormir —aclaré—. Necesito saber qué pasó, qué era esa cosa y si eso mató a mis padres.

Bjorn me miró serio.

—Para poder saber si una criatura así fue debes contarme lo que ocurrió —respondió.

Me estremecí. Trataba de hablar de aquella noche lo menos posible. Cuando se lo dije a Gabriela estuve minutos tratando de buscar las palabras. Cerré mis ojos. Después de medio minuto de silencio, sentí que alguien me tocaba el hombro. Los abrí, era Einar.

—Han sido demasiadas emociones —intercedió—. Es mejor que ahora vayan a la cama.

Apreté los puños.

—No —dije, con los dientes apretados—. Han pasado doce años. —Los ojos se me humedecieron—. Nunca supe quién lo hizo. —Se me rompió la voz.

—Veo que te afecta mucho —continuó—. Creo que cuando estés más tranquila podríamos retomar el tema.

—Ella merece saber. —Me apoyó Gabi—. Además nunca estará tranquila.

Sabía que lo decía entre broma entre serio, mas su rostro fue plano y no se le escapó ninguna sonrisa.

Einar suspiró.

—Entonces cuéntanos.

Comencé narrando el programa de televisión, para luego seguir con mi juego de invocación y terminar con la mañana siguiente. Temblaba y mi rostro estaba cubierto de lágrimas.

—Sin duda la silueta que viste no es del hombre polilla —respondió el padre—. Aún no sabemos cuál es su forma específica, ningún cazador lo ha visto, solo tenemos la descripción de testigos y varían demasiado, pero todas concuerdan que tienen alas y tú viste la silueta de un hombre.

—¿Cazadores? —pregunté apenas se calló por unos segundos.

—Te iré respondiendo en orden.

Asentí.

—Además esta criatura, que sepamos no puede ser invocada y menos de una forma tan simple. Aunque no se sabe mucho, lo único es que se le ve en lugares donde ocurren desgracias, mas no las causas.

»Y con respecto si fue el wendigo quien asesinó a tu familia, lo dudo.

—¡Pero si estaban destrozados de la misma forma! —Me había exaltado.

Mi amiga me tomó la mano. Traté de calmarme.

—Puede que te pareciera, pero hay muchas cosas por las que no puede ser. Los wendigos son criaturas insaciables,

devoradores de carne humana. Alguna vez fueron lo mismo de lo que se alimentan, no obstante, rompieron el tabú y quedaron malditos.

—¿Tabú? ¿Malditos? —Aquello no tenía mucha lógica—. ¿Me dices que las maldiciones, fantasmas, demonios y cosas por el estilo son reales?

—Tú misma creías en el hombre polilla. ¿De qué te sorprendes?

—¡Yo creía que era invención de mi mente! Los psiquiatras así me lo hicieron ver. —Bajé la voz—. Debe haber un argumento científico que explique su existencia.

—Nadie los ha estudiado o por lo menos no de una forma científica. Antes se aceptaba que aquello era real, pero con el tiempo, la razón, la lógica, se fue anteponiendo ante toda creencia y finalmente pasaron a ser solo mitos.

»Pero la ciencia no tiene todas las respuestas y puede que nunca las tenga.

Gabriela acarició mi mano. Parecía que lo aceptaba con mayor facilidad.

—Cuando una persona se alimenta de carne humana es maldito, ¿por los espíritus de la tierra? —Continuó ella hablando, yo no entendía a qué se refería—. Pero entonces, ¿qué pasa con todas las tribus caníbales a lo largo de la historia?, ¿o las personas que en caso de emergencia tuvieron que hacerlo?

—No sabemos la razón real de la transformación —intervino Einar—. No es que nos importe investigar, simplemente la información que tenemos viene de años atrás, de la que se obtuvo en cazas anteriores.

—Mi padre, una vez me dijo, que posiblemente dependía de cómo era realmente la persona o con qué deseo ingería la carne —añadió Bjorn—. Si eres un monstruo como persona te transformarás en uno.

—Aunque eso son solo suposiciones —aclaró su hijo.

—¿Son monstruos? —pregunté.

—Es una forma de decir, más bien son criaturas desconocidas para casi todo el mundo. Y para los pocos que sabemos de su existencia, tenemos más preguntas que respuestas —explicó Einar—. Nosotros las llamamos zoocryptos, que viene a significar animales ocultos...

—Pero no son animales —indiqué.

—Los humanos también son animales y la gente lo tiende a omitir —respondió otro de los hermanos. Parecía impaciente por tanta explicación—. Es obvio que no puedes clarificarlos ni como planta, hongo o bacteria y no sé cuántos seres vivos más.

—Daven, por favor —intervino Einar.

Bjorn se levantó y salió de la habitación. No demoró mucho en volver, mas mientras no estuvo, todos guardamos silencio. Al regresar, traía un archivador de bastante volumen.

—Papá, ¿no escaneé todas las fichas? ¿Por qué sigues usando el archivador? —preguntó otro de sus hijos.

—Aren, cuando yo ya no esté, pueden hacer lo que quieran con ellas. Pero yo no dejaré de usarlas.

Lo puso sobre la mesa y abrió precisamente en la hoja del wendigo. El papel era de un color café, se veía antiguo y daba la sensación que si lo doblabas se rompería. Posiblemente eran las hojas de un libro que se desarmó con el tiempo. Estaban dentro de fundas de plástico individuales, la cual las protegía y además era la forma de asirlas al archivador.

La ilustración era tan terrorífica como el que había visto unas horas antes. Estaba escrito en un idioma que no comprendía, pero con letras latinas. Dentro del mar de palabras pude ver zoocrypto y fue ahí donde el dedo de Bjorn me señaló.

—Cazadores anteriores a nosotros los nombraron así —me dijo—. Así que mientras no tengamos alguna razón para cambiarlos de denominación, seguiremos llamándolos así.

Volvió a cerrarlo y lo apartó de mí. Tenía curiosidad por ver qué otras criaturas había en él, mas también me daba miedo averiguarlo, por lo que no se lo pedí.

—Pero aún no sé porqué el wendigo no fue el que asesinó a mi familia. —Traté de volver al tema—. ¿Qué fue? —Estaba segura que aquello no lo había hecho un humano.

El padre me miró. Parecía a punto de decirme algo, aunque lo calló.

—Quiero ser también una cazadora —anuncié. Si no me iban a dar respuestas, las buscaría por mi cuenta—. Por favor, enséñeme.

—No —Bjorn fue categórico—. En tu condición lograrás que te maten a la primera.

Quise replicar, pero tenía razón, las crisis de pánico no mejorarían. Saber que aquello era real solo haría que mi miedo fuera más fuerte. Apreté la mandíbula, me sentía impotente. Bajé la mirada, unas lágrimas amenazaban en salir, finalmente no pude contenerlas y rodaron por mi rostro.

—Será mejor que nos vayamos a dormir —intervino la mujer, poniéndose de pie—. Terminen el té y las llevaré a la habitación.

Eso era para mí, Gabriela llevaba bastante tiempo con su taza vacía, a mí en cambio me faltaba un poco más de la mitad. En dos tragos largos me los acabé, no tenía ganas de seguir por más tiempo en aquel lugar.

Nos paramos al mismo tiempo y seguimos a nuestra anfitriona.

—Investigaré qué pasó —anunció Bjorn, antes que alcanzáramos el umbral de la puerta.

Me volteé a mirarlo.

—Investigaré lo que le pasó a tu familia —aclaró—. Así que por favor no hagas nada imprudente.

—Gracias —dije con la voz rota en apenas un susurro.

Y salimos de la cocina.

Siempre han estado ahí

Los cálidos rayos del sol me despertaron por la mañana. Por lo visto la infusión de aquella mujer era milagrosa, no había tenido ninguna pesadilla y pude dormir muy bien, algo raro en mí.

Me sentía mal, ni siquiera sabía su nombre. Fui muy descortés al no preguntarle. En cambio, ella había sido muy gentil con nosotras.

—¿Despertaste? —susurró Gabriela.

Me senté. Ella se había quitado el pijama y estaba sobre la cama de al lado en ropa interior. Habían tres catres en la habitación y unos estantes llenos de cachivaches. Estábamos en el segundo piso.

De un salto se levantó y se fue a sentar en la punta de mi cama. Llevaba con ella un tubo de crema, se la estaba esparciendo por todo el cuerpo.

—¿Cómo te sientes? —preguntó.

—Bien, dormí bastante bien —le respondí—. Voy a tener que pedirle la receta de su té.

Gabi sonrió. Continuó con su labor de humectación.

—La señora dejó una toalla para ti, por si quieres bañarte. —Señaló en la otra cama—. Al frente está el baño. El agua sale deliciosa.

El olor de la crema se me hizo familiar, me causaba nostalgia. Era la misma que mi madre nos ponía a Amelia y a mí cuando quedábamos rojas por el sol.

Me recordó al último verano, antes de aquella noche.

Habíamos ido a una playa a unos kilómetros fuera de Agua Brava. Era un lugar de difícil acceso, por lo que no llegaba mucha gente. Unos amigos de mis padres tenían una cabaña en el lugar.

Ese día pasamos gran parte de la tarde bañándonos en el mar. Yo no hice caso a mi madre cuando me dijo que debía volverme a colocar bloqueador, por lo que terminé más tarde completamente roja.

Aquella noche ella me aplicó la crema, con ese olor agradable.

Estábamos en una habitación con varias camas, ahí dormiríamos junto a mis padres. Me untó con cuidado, sin parar de regañarme. Amy estaba sentada en la cama del frente con su camisón puesto y abrazando un peluche, apenas era iluminada por la lámpara de queroseno, la misma que colgaban en la casa cuando se cortaba la luz. La cabaña no tenía luz eléctrica.

—Bueno, ahora no te muevas mucho, si no te va a doler —me indicó cuando terminó.

Me tapó solo con la sábana para que no me afiebrara.

—Buenas noches —me dijo, mientras besaba mi cabeza.

Metió a mi hermanita en la cama y también la besó. Se llevó la lámpara, dejándonos una linterna a baterías sobre la mesa de noche. Había luna llena, por lo cual el dormitorio estaba algo iluminado, creando sombras que asustaban.

—Lila —susurró Amelia al rato—. ¿Puedo dormir contigo?

—No, Amy —respondí más fuerte—. Me duele.

Escuché su gimoteo y el ruido de algo que se movía.

—Es que hay algo en la habitación —volvió a susurrar.

—Es tu imaginación.

Nuevamente aquel ruido. Escuché unos pies golpear la madera y de un brinco mi hermanita ya estaba en mi cama.

—¡Ay! ¡Duele! —le chillé.

—Está debajo de mi cama. —Estaba a punto de llorar.

Ella abrazaba su peluche a mi lado.

A pesar del dolor, me senté en la cama, cogí la linterna y la encendí. Alumbré su cama, pero no se veía nada. Bajé de la mía para ver debajo.

—¡No, Lila! —Amy estaba aterrada.

Pero no había nada, ni en la mía, ni en la de ella.

—Ves, te dije que era tu imaginación.

—Cerca de la ventana —susurró.

Miré para allá, sin apuntar la linterna. Se veía una silueta oscura, era pequeña, solo un poco más alta que un gato. Pareció moverse. Sentí miedo, mas decidí iluminarla. Apenas le tocó la luz chilló y salió despedida bajo las demás catres.

Brinqué tan fuerte sobre mi cama que pareció que iba a romperse. Con mi hermanita nos pusimos a gritar. Tras la puerta apareció mi padre con la lámpara de queroseno.

—¿Qué pasa? —nos preguntó.

Ambas le dijimos atropelladamente lo que había pasado.

Dejó la lámpara sobre la mesita y tomó la linterna. Comenzó a ver debajo las camas.

—Debió ser una rata —aclaró, finalmente, al no encontrar nada—. Ya se fue. En todo caso les tiene más miedo a ustedes que ustedes a ella.

A pesar de eso, me puso el pijama y nos llevó con Amelia a donde estaban todos los adultos. Amy se durmió en el regazo de papá, yo, en cambio, me dormí abrazada a mamá.

A la mañana siguiente estábamos en el mismo lugar, en un sofá, envueltas en frazadas con nuestra madre.

—¿Lila? ¿Vas a ir a bañarte? —Mi amiga me había sacado de mis recuerdos.

—Sí —exclamé saltando de la cama, tomando la toalla y metiéndome al baño.

Secreto familiar

Cuando bajamos, la mujer se encontraba en la cocina preparando algo.

—Muchas gracias —dijo Gabriela, indicando las toallas—. ¿Dónde las dejamos?

—Dámelas, yo me encargo. —Se acercó a tomarlas—. Mientras tanto tomen desayuno.

Sentí que abusábamos de su hospitalidad.

—¿Cuál es su nombre? —pregunté antes que saliera del lugar con las toallas húmedas en brazos—. Lo siento, ayer no se lo pregunté. —Trataba de resarcir algo mi culpa.

—Engla —respondió con amabilidad, para desaparecer después, detrás de la puerta.

La mesa estaba servida. Había tazas, platos y cubiertos para las dos, además de un pan recién horneado, del cual salía vapor. Mantequilla, mermelada y jamón teníamos para acompañarlo. Un café recién preparado también estaba sobre la mesa. Nos sentamos y servimos con gusto.

No demoró en volver a aparecer. Sonrió al vernos comer.

—Me alegra que les guste —dijo.

—Está muy bueno —contestó Gabi con la boca llena.

Nuestra anfitriona estaba complacida. Continuó con la labor que estaba haciendo antes de que llegáramos. Observándola mejor, me di cuenta que mezclaba plantas secas y las ponía de forma cuidadosa en frascos con distintas etiquetas, en un idioma que no conocía, similar a las fichas. Con eso me acordé de la infusión que había tomado la noche

anterior y lo bien que me hizo.

—¿Qué tenía el té de anoche? —Quise saber.

Me miró con un aura de misterio.

—Es una receta familiar —aclaró finalmente—. Pero no te la puedo decir.

Me sentí decepcionada. Creía que con aquel brebaje iba a poder solucionar mis males o aunque fueran solo mis pesadillas.

—¿Por qué es importante para ti? —Engla pudo leer mi rostro.

—No había dormido bien en mucho tiempo —respondí—. Desde que murió mi familia he sufrido ataques de pánico y pesadillas. Me han recetado medicamentos para dormir, aunque solo me funcionan un tiempo, luego los terrores nocturnos vuelven.

La mujer me miró pensativa.

—Puedo darte algo ahora y enviarte más cada vez que necesites —indicó.

—Se lo agradecería mucho ¿Cuánto le debo pagar?

—Nada.

—Pero...

—No te preocupes —me interrumpió—. No es por esa razón que no te puedo decir. En realidad tendrías que casarte con uno de mis hijos para que te dijera.

Me sonrojé demasiado. Mi amiga me observaba en silencio, divertida.

Casi descubierta

Nos marchamos apenas terminamos de desayunar. Engla me entregó una bolsa de papel con la mezcla de hierbas. Era suficiente para un mes y me dio su número de teléfono para cuando necesitara más. Escribió la cantidad usada para una taza en el paquete.

No volvimos a ver a Bjorn, ni a sus hijos, por lo cual le dejé mi número de celular a su esposa. Con la esperanza de que cumpliera su promesa.

Al regreso a Fuente Nueva, pasé a dejar a Gabi y me fui directo a mi casa, a pesar de las protestas de ella. No tenía ganas de seguir dándole vueltas al asunto, solo quería descansar.

Al llegar a mi casa descubrí que no estaba sola mi tía.

—Pensé que ibas a llegar más tarde —dijo apenas pasé por delante del umbral del living.

Al voltearme me di cuenta que estaba sentada frente a dos hombres. Uno maduro, con pelo canoso y bajo, en cambio, el otro era joven, alto, de piel morena, cabello negro y ojos del mismo color. Era atractivo, pero su semblante serio me causaba rechazo.

—Son detectives —respondió ante mi cara de pregunta.

Sin duda era por lo que había pasado en la casa del campo. Mi tía trataba de pensar la forma de explicarme qué hacían ellos ahí, mas que aparecieron cadáveres descuartizados en el sótano no le parecía una buena opción.

El detective más joven me sondeó con la mirada, lo que me hizo sentir incómoda.

—¿Pasó algo? ¿El tío está bien? —pregunté, en un intento de ocultar lo que sabía.

—Enrique está bien —se apresuró a contestar—. Solo es un tema del trabajo.

La miré, luego a ellos.

—Bueenoo. —Arrastré las palabras, sin saber qué más decir—. Estoy cansada, así que me iré a acostar.

—Descansa, amor —me deseó ella.

Fui hasta el inicio de la escalera, donde no me veían desde la sala y traté de escuchar la conversación. Me fue difícil, no hablaban fuerte, así que tuve que agudizar el oído.

—Como le iba diciendo —continuó uno de los hombres—. Encontramos los cadáveres de personas desaparecidas en la casa que le pertenece actualmente a su sobrina. —Carraspeó un poco—. ¿Han visitado el lugar últimamente?

—No, desde que fue asesinada mi hermana, su esposo y su niña menor.

—¿Y su sobrina?

—¡Menos! —Ella alzó la voz—. ¡Ha sufrido mucho desde aquella noche! ¡Tiene ataques de pánico y pesadillas!, ¡que no ha podido resolver a pesar de las visitas a los psiquiatras...

—Por favor, cálmese —interrumpió el otro.

Todo quedó en silencio, no pude saber lo que pasaba en la sala, aunque era probable que alguno tratara de consolarla.

—¿Quién tiene la llave de la casa? —preguntó uno finalmente.

—Yo, pero está guardada —respondió mi tía más tranquila.

—¿No hay alguna otra copia?

—No. ¿Por qué tantas preguntas?, ¿acaso no dijeron que habían roto la pared del sótano?

—Tenemos evidencia que alguien entró por la puerta principal. ¿Está segura que aún tiene la llave?

No pude seguir escuchando, debía regresarla lo antes posible, si no sería descubierta.

Subí lo más rápido que pude, evitando hacer ruido, aun-

que igualmente crujieron algunos peldaños con mi peso. Solo deseaba que no los hubieran oído.

Fui hasta la escalera del ático, la extendí con cuidado y subí. Revolví mi mochila, pero no podía encontrar la llave y en cualquier momento mi tía estaría ahí. Vacié el contenido y al fin pude hallarla. La metí en el mismo cajón, luego recogí mis cosas. Me asomé por la escalera, no se oía nada, así que bajé, la cerré y me metí en mi habitación.

Me estaba sacando los zapatos, cuando oí los pasos en la escalera, me los quité muy rápido y me metí bajo los cobertores como estaba. Se me había olvidado cerrar la puerta de mi habitación, mas ya no podía, estaban cerca.

Me zumbaban los oídos y mi corazón golpeaba en mi pecho. Una nueva crisis estaba comenzando y no podía hacer nada para detenerla, si no quería ser descubierta.

Susurraban, por lo que no pude saber qué decían, como estaba no podía enfocarme en escucharlos. Traté de controlar mi respiración.

Sentí que subieron a la guardilla, pero pude percibir la fuerza de una mirada clavándoseme en la espalda. Uno de los detectives había quedado abajo y me observaba. Me sentía mareada, todo me daba vuelta, estaba a punto de llorar, pero debía contenerme. Mi cuerpo temblaba, eso era imposible ocultar bajo las frazadas.

Nuevamente traté de controlar mi respiración, debía controlarme. Al rato escuché los pasos alejarse. Esperé un momento, hasta que me volteé, en el pasillo no había nadie. Poco a poco comencé a calmarme y con ello me quedé dormida.

Objeto perdido

Pasaron unos días y al parecer no había sido descubierta. No quería que mi tía se preocupara más de la cuenta y tenía miedo de que al no encontrar un asesino «real», nos señalaran a Gabriela y a mí como autoras de esa masacre.

Al cuarto día estaba buscando en mi mochila un bálsamo labial, estaba segura que lo tenía en esa. Los nervios afloraron, había dado vuelta su contenido en el ático, por lo que era posible que hubiera quedado ahí. Se me heló la sangre, alguien podría haberlo visto.

Salí de mi habitación y escuché los ruidos de mi entorno. Nadie estaba en el segundo piso. Abajo se escuchaba mi tía revolver las ollas en la cocina, el tío Enrique estaba en el trabajo. No era que mi tía no trabajara, hace mucho tiempo que tenía la modalidad de medio tiempo en la oficina y medio tiempo en la casa, eso desde que empezó a cuidar de mí.

Bajé con cuidado la escalera y subí apresurada. Fui directo a la cómoda, busqué en el suelo y bajo de esta, pero no estaba. Gateé buscando el tubo, hasta encontrarlo pegado a la caja de los juegos.

—¿Qué haces aquí? —Escuché su voz tras mío.

Rápidamente tomé el bálsamo y me paré.

No te demores, piensa —pensaba en mí cabeza—. ¿Y si ese día vio el bálsamo? ¿Pero por qué no lo recogió?

No debía arriesgarme.

—Una semana atrás saqué el cubo para jugar, y anda-

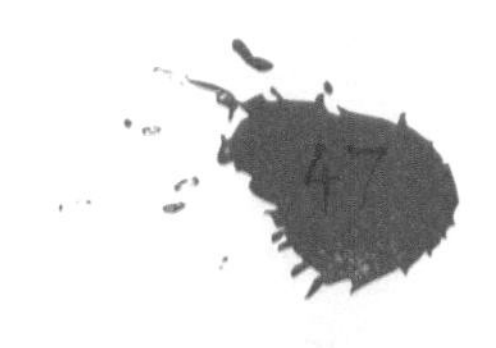

ba con esto. —Le mostré lo que tenía en la mano—. Debió caerse ahí. Hoy lo estaba buscando y como no lo pillé en mi cuarto decidí buscarlo acá.

Qué mala excusa —me dije internamente.

Tía Caro me miró, escudriñando mi reacción.

—¿No sacaste algo de la cómoda? —finalmente preguntó.

Mi corazón se aceleró.

—¿Qué hay en la cómoda? —Traté de taparme con otra pregunta.

Mi tía se puso nerviosa.

—Nada importante.

—¿Estás segura? ¿Entonces por qué me preguntas? ¿Te falta algo? —Me sentía mal por hacerle aquello, pero debía contraatacar para disipar toda duda.

—No falta nada —respondió en un tono agudo—. Olvida la pregunta, fue una tontera.

Iba a abrir la boca para seguir cuestionando, cuando escuché el timbre de mi celular. Era un sonido estridente y sicodélico.

—Me llaman —le anuncié.

Ella parecía respirar más tranquila.

Bajé a saltos la escalera, para tratar de contestar antes que se cortara.

El teléfono pestañeaba con sus luces estrafalarias sobre mi cama. Lo cogí y vi que era Gabriela en la pantalla.

—Hola, ¿qué cuentas? —Sabía la posible razón de su llamada, aunque con mi tía cerca no quería desvelarlo.

Mi amiga lo captó de inmediato.

—¿Puedes venir a mi casa? —me consultó.

—Espera, déjame preguntar.

Me volteé para ir al desván, pero tía Carolina ya estaba en el umbral de mi puerta con los brazos cruzados, lo que me hizo saltar.

—Lo siento, no quería asustarte —se disculpó.

—No importa —respondí—. Es Gabi, me pregunta si pue-

do ir a su casa. ¿Hay algún problema en que vaya?

—No, ve.

—Nos vemos —respondí por teléfono y colgué.

Tomé mi mochila y le di un beso a mi tía y salí de mi habitación.

—¿Llevas tus medicamentos? —consultó antes que bajara las escaleras.

—¡Siempre! —le dije con una sonrisa.

Interrogatorio

La llamada de Gabriela me había salvado de un momento incómodo, mas en ese instante me dirigía a enfrentar mis temores. Lo más probable era que quisiera hablar de lo que ocurrió en la casa y todo lo demás.

Cuando llegué a su casa, ella me esperaba afuera.

—¿Qué pasa? —dije apenas me bajé del coche.

—Hay algo que quiero decirte. —Esa respuesta no me la esperaba.

—¡Señorita Riedel!, ¡señorita Montes! —Alguien nos llamaba de la cuadra del frente, por lo que Gabi no continuó hablando.

Me di vuelta para ver quién era. Eran los detectives que visitaron a mi tía días atrás. Mi pulso se aceleró.

—¿Quiénes son? —me susurró Gabriela—. El más joven es guapo.

No alcancé a responderle, porque ya estaban a nuestro lado.

—Precisamente necesitábamos hablar con ustedes dos —indicó el mayor.

—¡Ey! ¡Paren! ¿Quiénes son ustedes? —exclamó mi amiga.

Ambos metieron las manos en sus bolsillos y sacaron sus placas.

—Soy Leonardo Torres —contestó el más joven—. Y mi compañero se llama Cristian Lizama. Pertenecemos a la brigada de investigaciones de Agua Brava.

Gabriela no hizo ningún chiste. Sin duda debió ocurrírsele lo mismo que a mí: era por lo que había pasado en la casona.

Me regañaba internamente, se me había ido contarle de la visita. Por mi culpa ella no estaba preparada.

—¿Por qué quieren hablar con nosotras? —respondió finalmente.

—Es por lo ocurrido en la casa de la señorita Riedel —indicó el mayor.

Gabi me miró extrañada, era normal, la casa de mi tía era mi casa para ella, por lo que no asoció a que realmente se referían a la del campo.

—¿Pasó algo en tu casa? —me preguntó.

—Ellos vinieron unos día atrás a hablar con mi tía, ella dijo que era por algo del trabajo. —Traté de hacerme la desentendida, aprovechando la confusión de mi amiga.

—Nos referimos a la casa de Bosque Claro —aclaró el detective Torres.

La cara que puso Gabriela nos delató de inmediato, aunque no sabía si yo realmente pude disimular.

—No sé a lo que se refiere. —Trató de recobrar la compostura.

—Yo creo que sí. —No tenía intenciones de dejarnos escapar—. Les pido que nos acompañen a las oficinas de investigaciones.

—¿En Agua Brava? —consultó Gabi.

—No, acá.

—¿Y si no queremos? —Tentaba su suerte.

—Podemos hablar en su casa, señorita Montes —contestó Lizama.

Era muy mala idea, no solo se enteraría la mamá de Gabriela, sino que de paso mi tía.

—Está bien, los acompañaremos. —Traté de parecer lo más calmada posible, aunque tuve que ocultar mis manos en los bolsillos, porque me temblaban.

Subimos en la parte de atrás del automóvil de los detectives, el mío quedó estacionado frente a la casa de mi amiga. Esperaba que su madre no se hiciera preguntas.

Las oficinas de investigaciones de Fuente Nueva era un edificio alto, que en la entrada tenía policías que hacían el registro de quienes ingresaban, ajenos a la institución. Aunque antes pasamos por un detector de metales, junto a los detectives que nos acompañaban. En el registro nos entregaron gafetes a Gabi y a mí que decían «visitante».

Subimos por un ascensor hasta el quinceavo piso. Nunca creí que algo así se me hiciera eterno, pero mis nervios me angustiaban y la nula conversación con mi amiga no ayudaba en nada. Los dos hombres también permanecían callados, solo nos hablaban para darnos indicaciones.

Cuando salimos del ascensor nos dirigieron a una oficina. Las personas que estaban ahí nos miraban curiosas al pasar. En el cuarto había una mesa con varias sillas, una pizarra y un telón. En una esquina había una mesa pequeña con termos, tazas, cucharas, tarros de café, bolsas de té, algunas botellas de agua y vasos. No parecía una sala de interrogatorios, sino más bien una de reuniones.

Nos indicaron que nos sentáramos, a lo que obedecimos.

—¿Quieren café o té? —nos preguntó el detective Lizama.

—No puedo —fue lo único que atiné a decir.

Ambos me miraron raro.

—Sufre de crisis de pánico —respondió Gabi—. No puede consumir sustancias que alteren su corazón. Yo sí voy a querer un café, con una de azúcar, por favor. —Levantó la vista para mirar lo que había en la mesa—. ¿No tendrá leche?

Ella parecía completamente relajada, en cambio yo era un manojo de nervios, sentía que estaba sudando.

El mayor sonrió ante la pregunta de mi amiga.

—No, lo siento —contestó.

—No importa —indicó ella.

—¿Agua? —me volvió a consultar Lizama.

—Sí —dije con una voz aguda.

Él preparó el café a Gabriela y me llevó un vaso con una

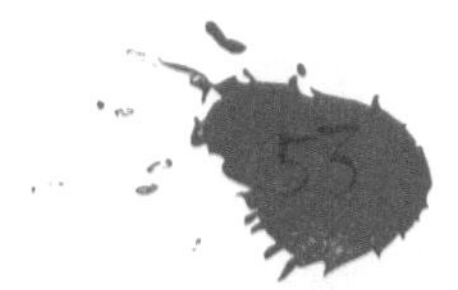

botella. En cambio, su compañero, estaba apoyado en la pared observándonos con los brazos cruzados. Sin dudas se notaba quién hacía del policía bueno y quién del malo.

Abrí la botella y al verterla en el vaso tiré agua fuera. Lizama buscó una servilleta y lo secó.

—Lo siento —susurré.

—No te preocupes. —Me regaló una cálida sonrisa.

Cerré la botella y guardé mis manos en mi regazo, aunque ya comenzaba todo mi cuerpo a temblar. Ni siquiera podía hacer mis ejercicios de respiración sin que fueran notorios, por lo que traté de contener el aliento.

Se sirvió un café para él y se sentó delante de nosotras, su compañero siguió apoyado en la pared.

—¿Qué nos quieren preguntar? —soltó Gabi, ante tanta espera.

—¿Dónde se encontraban cinco días atrás, en la noche? —intervino Torres con voz seca.

Las dos quedamos mudas. El silencio nos delataba, a ninguna de las dos se nos había ocurrido algo en el trayecto hasta aquí.

—¿Qué es tan difícil de decir? —apuró.

—¡Ey! Bájale a tus revoluciones. —Se defendió—. No tenemos cabeza de computadora, estamos tratando de recordar.

—¿Qué es tan difícil de recordar? —El hombre seguía igual de intenso—. Solo son cinco días atrás, viernes 12 de enero. ¿Estaban juntas?, ¿estaban solas? ¡¿Contesten?!

Que alzara la voz hizo que pegara un brinco en la silla. Gabi parecía sin palabras, iba perdiendo su seguridad.

Golpeó la mesa, lo que me hizo saltar nuevamente. Me miró de forma severa, para luego salir de la sala. El otro se encontraba en el mismo lugar donde se había sentado, tomando su café tranquilamente.

Mi pulso estaba acelerado, trataba de contener mi respiración, pero era cuestión de minutos antes que se desencadenara una crisis.

Torres volvió a entrar con una computadora portátil. La puso frente a nosotras, quedándose a mi lado, demasiado cerca. En la pantalla estaba una imagen congelada a la cual le dio reproducir. Era un vídeo de vigilancia de la gasolinera de Bosque Claro, donde pasamos a recargar combustible. Aparecíamos claramente. Detuvo el vídeo.

Comencé a hiperventilarme. Gabi me tomó la mano y comenzó a sobarme la espalda.

—¿Ahora recuerdan dónde estaban? —preguntó con prepotencia—. ¿Qué hacían en Bosque Claro? ¿Qué tienen que ver con las muertes?

—¡Que seas guapo no te da derecho a acusar a las personas así! —aclaró Gabriela irritada, haciendo un comentario propio de ella.

Lizama tuvo que contener la risa, Torres la miró entre molesto y sorprendido.

—¿Qué le ocurre? —El mayor se dirigió a mi amiga con un tono más amable, aunque le costaba mantener la seriedad.

—¡¿Qué no entendieron de crisis de pánico?! —Pero a Gabriela no parecía calmarle el ánimo—. ¡Las situaciones estresantes le detonan esto!

Torres abrió la boca para hablar, mas en ese momento se abrió la puerta. Miró irritado al recién llegado.

—¿Qué haces aquí, Östberg? —le preguntó.

Era Einar enfundado en un traje gris oscuro con una camisa blanca y una corbata negra, con zapatos de vestir negro que le hacían juego con su vestimenta.

—Vengo a evitar que cometan un error —respondió.

Gabriela estaba sorprendida y yo lo hubiera estado, pero la crisis ocupaba toda mi mente, comenzaba a ver borroso. Einar fue hacia mí, me movió junto con la silla y se arrodilló frente mío tomándome las manos. Ante esto Gabriela me soltó.

—Lila, mírame —me ordenó, su voz era reconfortante—. Olvídate de todo, solo concéntrate en respirar, regula tu respiración. Sígueme.

Él respiraba junto a mí.

—Esto es...

—Ahora no, Leonardo —lo interrumpió—. ¿Andas con tu medicamento?, ¿quieres tomarlo?

Moví afirmativamente la cabeza para la primera pregunta, negativamente para la segunda. Su presencia me había ayudado a calmarme, sabía que él lo arreglaría todo.

—Todo va estar bien —dijo, confirmando mis pensamientos—. Sigue trabajando tu respiración. Cuando les dije que mi aviso era anónimo era por algo. —Se dirigió a los detectives.

—¿A qué te refieres? —preguntó Lizama, el cual estaba parado frente a nosotros, no me di cuenta cuando lo había hecho.

—Estas señoritas fueron quienes me llamaron al encontrar los cadáveres en la casa —comenzó a explicar—. Por temas familiares me encontraba cerca, por suerte, porque ya ven lo que pasa. Por lo que consideré que era mejor no seguirla exponiendo a todo esto. No sabían nada, simplemente los hallaron.

—Nosotros somos los detectives del caso. —Torres se veía enojado—. Tú solo eres el forense, como para decidir qué nos sirve y qué no.

—¿Y exponer a una joven traumada? —continuó debatiendo—. ¿Acaso no investigaron lo que pasó doce años antes en esa casa?, ¿que una niña de ocho años descubrió los cuerpos desmembrados de su familia?

—Su tía nos habló de ello —Lizama trataba de conciliar—. Aunque nos hubiera sido útil esa información de ante mano.

La imagen que siempre buscaba bloquear se hizo latente aquel momento con las palabras de Einar, «desmembrados». La calma que había logrado se estaba yendo por la borda, no podía sacarme esa imagen, me sentía mareada y con ganas de vomitar, lo que percibieron los demás en la habitación.

—Mierda —dijo por lo bajo Einar, al darse cuenta de su error. —Lila, mírame. No pienses en eso, enfoca tu mente en otra cosa, algo divertido.

—Como que por ser guapo, Leonardo, no tiene derecho de acusar a las personas —indicó Lizama.

Einar lo miró extrañado, Torres estaba a un paso de ponerse furioso y Gabriela se puso roja al darse cuenta de la estupidez que dijo. Aunque eso hizo que me distrajera.

—Me sé más disparates de Gabriela —respondí muy bajo.

—¡Ja! Por suerte somos amigas. —Trató de hacerse la ofendida, pero aquel comentario también le divertía—. También puedo recordar algunas tuyas.

—¿Cómo te sientes?

—Mejor —respondí con la voz un poco rasposa.

Volví a controlar mi respiración y me centré en el rostro de mi amiga, que me sonreía.

—A pesar de lo que dijiste, no es razón suficiente para este encubrimiento —aclaró el detective más joven—. ¿Por qué la señora Marques desconocía la visita a la casa? ¿O también las estaba encubriendo?

—¡No estábamos encubriendo nada! —exclamó Gabriela.

Einar me miró a los ojos.

—¿Puedes responder eso? —me susurró.

Moví mi cabeza para decir que sí.

—Ese día, me topé con la llave por casualidad —comencé a relatar, con mi voz maltrecha—. Ya habían pasado doce años desde que me marché de ahí, por lo que decidí que era hora de enfrentarlo. No quise decirle a mi tía porque siempre fue sobreprotectora conmigo, bueno desde aquel día. Creía que si le decía no me iba a dejar ir y necesitaba hacerlo. Gabriela no tuvo nada que ver, simplemente le pedí que fuera mi coartada con mi tía, aunque ella no me permitió ir sola.

Respiré un poco, para luego proseguir.

—Entramos a la casa, yo bajé al sótano —dije, tratando de no hacerme una imagen de todo aquello y saltándome toda la parte del wendigo—. Lo que vi desató una crisis de pánico, aunque logré subir y mientras Gabriela trataba de calmarme llamó a Einar —mentí, contagiada por la calma que me trans-

mitía el joven forense—. No quiero que mi tía se entere, por eso lo ocultaba.

Torres me miraba como si no me creyera realmente, Lizama en cambio estaba más dispuesto a comprarme el engaño.

—Si quieren les puedo aclarar más dudas —indicó Einar—. Pero después de dejarlas.

Se refería a nosotras. Probablemente iba a darles detalles que no quería que yo oyera.

—¿Puedes pararte? —me preguntó.

—Dame un momento —respondí, no creía que pudiera caminar aún.

Los dos detectives salieron de la sala.

—Nos vemos más tarde —le exigió Torres a Einar.

El aludido solo afirmó con la cabeza.

Después de unos minutos, ya más tranquila y sujeta del brazo de nuestro salvador, nos marchamos del edificio.

Solo necesito un respiro

Después de salir del edificio de investigaciones, Einar nos llevó a un lugar a tomar algo, dijo que para relajarnos. En el trayecto, los tres estábamos callados. Al llegar nos topamos con un hermoso café, con sillones de verde musgo, mesas rústicas de madera, paredes hasta la mitad de troncos y la otra mitad con un papel tapis de árboles. Estas eran adornadas con cuadros de aves y otros animales. Por algo se llamaba «Fauna» el lugar.

Nos sentamos en una esquina. Llegando una camarera rápidamente con la carta.

—Pidan lo que quieran —dijo Einar—. Yo invito.

—Siento que es un abuso —respondí—. Después de que nos ayudaste nosotras deberíamos invitarte.

—No te preocupes, tenía ganas de comer algo y hacerlo solo no es tan divertido. Además trabajo y ustedes no.

—Yo no me hago problema —aclaró Gabriela, quien sus finanzas eran tan escasas como las mías.

—Gracias —dije.

Yo encargué un cheesecake de frambuesa y un chocolate caliente, Gabi uno de chocolate y un capuchino, en cambio Einar pidió un sandwich y un expreso.

—¿Cómo te sientes? —me preguntó Einar, después de que se fue la chica.

—Bien, ya estoy casi al cien por ciento.

—¿Cómo sabes manejar tan bien una crisis? —A Gabriela le causaba curiosidad el desplante que había tenido. Para

ser sincera, a mí también.

—Estoy acostumbrado —contestó—. Llevo años cazando, junto a mi padre y mis hermanos. Es normal que la gente afectada por los zoocryptos reaccionen de esa forma.

Miró a Gabi como si evaluara decir lo que tenía en la mente. Creí que para él tampoco le parecía su comportamiento calmado algo normal.

—Aunque parezca un bruto, mi padre aprendió a contener a las personas de su padre y yo aprendí de él. —Finalmente se limitó a no decirlo.

—Así que eres forense —indiqué solo por decir algo. Sentía que nuevamente íbamos a quedar mudos.

—Bueno, siendo cazador no se gana dinero —respondió—. Además me sirve para tener información de los casos «extraños».

—Debe ser impactante trabajar con muertos —comentó Gabi.

—Te acostumbras. Además es menos que lo otro.

—Cierto —Al parecer, se sintió un poco tonta por el comentario.

Todos quedamos en silencio. Mal que mal, apenas habíamos conocido a Einar, no era como si fuéramos amigos. Levanté la vista, Gabi, como yo no sabía hacia dónde mirar, en cambio, Einar había sacado su BlackBerry y revisaba algo en él. Cuando quitó sus ojos de la pantalla se encontró con nosotras observándolo.

—Lo siento —se disculpó—. Estoy en horario de trabajo, bueno en realidad no, pero cambié mi turno a última hora, por lo que no muchos lo saben.

Sus palabras me hicieron pensar.

—¿Cómo supiste que nos estaban interrogando?

—Fue suerte —respondió—. Fui a entregarles un informe y me dijeron que recién habían partido a Fuente Nueva. Tuve un mal presentimiento, ya que recordaba que ustedes habían nombrado que vivían allá. Indagué las razones, lo que no fue difícil,

lo más complejo fue conseguir quién me cambiara el turno.

El corazón se me aceleró, si no hubiera sido por la bendita suerte, no sé en qué lío nos hubiéramos metido.

—¿Qué va a pasar ahora?

—Leonardo no me dejará en paz, así que revisaré el caso con él. Aunque sabemos que por mucha información que le entregue no va a encontrar al culpable.

—¿Por qué lo llamas por su nombre y él te llamó por tu apellido, supongo? —intervino Gabi.

El joven forense sonrió.

—Él es demasiado formal, pero yo no, a todos mis compañeros de trabajo los llamó por su nombre. Creo que eso también le molesta, pero no me importa.

En ese momento llegó la camarera con los cafés y mi chocolate. Probé el líquido oscuro, estaba delicioso, lo que se reflejó en el placer de mi rostro.

—Sabía que te gustaría —dijo Einar—. El café Fauna siempre a tenido muy buena comida, para qué decir del café. Esto te ayudará a recomponerte completamente.

Me sonrojé. Al ver a Gabi, esta me miraba curiosa. Bajé la mirada.

—¿Ya has venido a la ciudad? —Quiso saber mi amiga.

—Muchas veces —indicó—. Con las cazas nos movemos mucho, aunque yo menos que mi familia, por mi trabajo.

—¿Tu padre y tus hermanos en qué trabajan? —Siguió con su interrogatorio.

—En el campo, soy el único que salió de la tradición. Pero era necesario, así me es más fácil obtener información con la policía, además no siempre salimos ilesos, es bueno tener un médico. Dime, Lila, ¿cómo ha funcionado la infusión de mi madre?

La pregunta me pilló de sorpresa, por lo que lo miré atontada, pero él tuvo paciencia al esperar mi respuesta.

—Bien —finalmente atiné a decir—. Desde que lo tomo no he tenido pesadillas. Ya casi no se me están notando las

ojeras. —Aquello era verdad, esas hierbas eran milagrosas.

—¡Se me olvidaba! —exclamó mi amiga—. ¿Qué pasó con el chico que encontraron en la casa?

Ni si quiera me había acordado de él. Prácticamente después de verlo me había lanzado hacia el sótano.

—Tus hermanos iban a ir al hospital a llevarlo, pero aparecieron antes que nosotros en tu casa —continuó Gabi.

En eso apareció la camarera con el resto de nuestro pedido. Guardamos silencio mientras servía.

—Lo llevaron a la posta de Bosque Claro —dijo Einar, una vez se marchó la mujer—. Si estaba grave, ellos mismos lo trasladarían en ambulancia a Agua Brava. Lo dejaron cerca de la entrada de urgencias, donde no los pudieran grabar las cámaras y llamaron a una conocida para que saliera a buscarlo.

»No es lo normal que hacemos con las víctimas, pero todo esto está bajo investigación y no nos queríamos involucrar. Es muy difícil poder dar explicaciones que cuadren.

»Además, debía de regresar para escoltar a mi padre, ya que él llevaba las armas y los restos del wendigo. Si lo detenía la policía se podía meter en problemas.

—¿No habían incinerado a la criatura? —No recordaba verlos cargando nada de ese bicho.

—Sí, aunque no fue suficiente para hacerlo desaparecer por completo. Generalmente terminamos reduciéndolos en la casa.

—Estabas en medio de tu crisis cuando lo hicieron —explicó Gabi—. Aun así llegaron muy rápido.

El joven forense sonrió.

—No andan precisamente despacio, además tomaron atajos por caminos de ripio —respondió.

Continuamos conversando mientras comíamos, aunque parecía más un interrogatorio a él que una conversación. Con eso supe que sus padres venían de Noruega, pero que habían llegado al país mucho antes de que nacieran, la razón no nos la dijo. Había comenzado a acompañar a su padre a

los diez años, sus hermanos se unieron a ellos a la misma edad. Usaban siempre perros para cazar, los cuales criaban y entrenaban. Las camadas que sacaban eran a través de mestizaje, tratando de evitar las enfermedades hereditarias, producto de la endogamia de las razas. Entre otras cosas.

—Creo que será mejor que guarden mi número, por si ocurre algo —dijo.

Ya había pagado la cuenta y esperaba el cambio.

Sacó su teléfono y marcó. Empezó a sonar mi bailarín celular, que con sus luces no dejaba a nadie indiferente. Einar sonrió.

—Buen teléfono —comentó—. Aunque sería una mala idea llevarlo a una caza. Ese es mi número, así que regístralo.

Lo guardé de inmediato y se lo mostré a Gabi para que también lo tuviera.

Nos dejó frente a la casa de mi amiga y se despidió con la mano. Yo me iba a subir de inmediato a mi coche, pero Gabi me detuvo.

—Al final no pudimos hablar —me aclaró.

—¿Es respecto a lo del wendigo y todo lo que ha pasado? —Quise saber.

Abrió la boca, pero la vi dudar. Agachó la mirada, algo se debatía en su interior.

—Sí, algo por el estilo —finalmente respondió torciendo la boca.

Su actitud era rara, aunque no quise darle más vueltas.

—Dame unos días —le pedí—. Estoy cansada y realmente necesito un respiro de todo esto.

—Está bien —contestó—. Pero debemos hablar.

La miré extrañada, ese «debemos hablar» me sonaba raro. Subí al auto y me marché del lugar.

Las palabras de Gabriela me dieron vuelta toda la tarde. ¿Qué quería decirme? Tan distraída estaba que olvidé prepa-

rarme la infusión antes de acostarme, por lo que esa noche mi sueño fue roto por la misma pesadilla, pero esta vez estaba el detective Torres, al cual comenzaba a salirle sangre por los ojos.

El despertar fue abrupto y desagradable y me había dejado un sentimiento de angustia. Decidí levantarme. Era mejor hacerme la preparación de hiervas para poder continuar durmiendo.

Cuando iba por el descanso de la escalera miré por la ventana y, afuera en la calle, estaba la silueta de una persona que era iluminada escasamente por los faroles. Estaba segura, observaba la casa.

Bajé corriendo, sin preocuparme por hacer ruido, ya que mi tía había ido a quedarse donde una de sus hermanas por una «emergencia», junto a sus «bebés» y el tío Enrique avisó a última hora que debido a su trabajo estaría unos días fuera.

Peleé con las llaves para abrir la puerta. Cuando al fin logré salir, corrí fuera, pero ya no había nadie. Mi respiración era agitada, mi pulso acelerado, me sentía mareada.

Sentí algo tocar mi pantorrilla, lo que me hizo saltar, mas solo era Laika. Como pude la entré y cerré la puerta. Mi remedio estaba en mi habitación y no me sentía capaz de subir por él. Así que me senté en el recibidor y abracé a la labradora, ella se quedó quieta, paciente, conteniéndome. Traté de regular mi respiración y pensar en otra cosa que no fuera el hombre de afuera.

Me costó largos minutos, tal vez una hora, pero cuando sentí que podía caminar subí a mi cuarto, seguida por Laika. Tomé mi mochila y me senté en la cama, no sabía si tomar el remedio o no, ya que la crisis había disminuido. La perra se subió y puso su cabeza en mi regazo. Me quedé así otros minutos más, hasta que se me vino a la mente Einar.

Busqué mi teléfono en el velador y lo llamé. Sonó varias veces, hasta que me mandó a buzón de voz, colgué. No sabía si volverlo a llamar o no, mal que mal eran las tres de la madrugada. Lo tenía en mis manos cuando me devolvió la

llamada, contesté de inmediato.

—¿Qué ocurre? —preguntó apenas contesté.

—Hola, lo siento si te desperté...

—Hola, estaba despierto, de hecho estaba terminando una autopsia —aclaró—. ¿Qué pasó?

—Había alguien observando la casa, es la segunda vez que pasa...

—¿Segunda vez? —Parecía preocupado—. ¿Qué pasó la primera vez? ¿Fue después del wendigo?

—No, fue antes. Me desperté de madrugada, igual que hoy, pero al salir ya no estaba, como hoy.

—¿Que saliste? —Su tono me daba a entender que lo que había hecho fue una pésima idea—. ¿Estás consciente de lo peligroso que hubiera podido ser eso? ¿Llamaste a la policía?

Me sentía regañada por mi hermano mayor.

—No, no pensé que fuera real. —La voz se me quebró y las lágrimas comenzaron a acumularse en mis ojos—. Como todas las sombras o cosas que he visto por el rabillo del ojo. Que eran cosas de mi mente, que creé después de mi trauma, como muchos psiquiatras me decían. —Lloraba mientras hablaba—. Solo hace poco supe que todo es real o por lo menos lo que mató a mi familia.

—Lo siento. —Su voz se había suavizado—. Pero podría ser algún delincuente, debes tener cuidado. Llama a la policía, para que revisen la zona y luego me llamas.

—Pero fue hace más de una hora.

—¿Por qué esperaste tanto?

—Estuve lidiando con una crisis —susurré.

Estuvo unos segundos en silencio.

—Llámalos igual. Explícale la situación a la operadora, aún podría estar ahí.

Aquello aceleró mi corazón.

—¿Estás sola?

—Sí.

—Llama y luego te vuelves a comunicar conmigo, yo es-

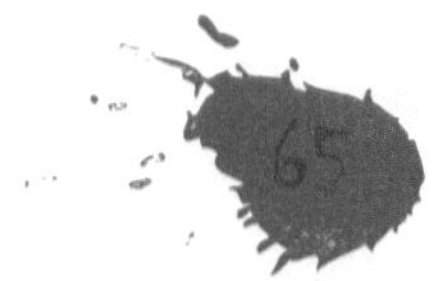

taré al pendiente del teléfono.

—Ok.

Nos despedimos e hice lo que me dijo. Demoró unos minutos en llegar una patrulla, revisaron el sector pero no encontraron a nadie ni nada sospechoso, así que se marcharon.

—¿Estás bien? —dijo apenas contestó el teléfono—. Demoraste en volver a llamar.

—Recién se fueron los policías —respondí.

—Creí que te ibas a comunicar conmigo después de terminar de hablar con la operadora.

—Lo siento, no lo pensé.

—No te preocupes. ¿Qué pasó?

—No encontraron nada.

—¿Cómo estás tú? ¿Crees poder dormir?

—No lo sé, pensaba hacerme la infusión de tu madre.

—Es una buena idea. —Hizo una pausa—. Me quedaré en la línea hasta que te acuestes.

Revisé que las puertas y ventanas estuvieran cerradas, luego fui a la cocina a prepararme el té, todo mientras conversaba con Einar. Le conté que estaba acompañándome Laika y también le hablé de Kika y Kiko y que se los llevaba cuando dormía fuera mi tía, en realidad los tres no podían dormir separados. Le conté algunas anécdotas de ellos y él me contó algunas de sus perros.

Me llevé la taza humeante a mi habitación y ahí la bebí, sin antes dejar las luces prendidas en la cocina y el pasillo, para que pareciera que alguien estaba levantado. Me acosté en la cama, con Einar aún en mi oído.

—¿Lista para dormir? —me consultó.

—Sí.

—Buenas noches, Lila. Descansa.

—Buenas noches, Einar —le respondí y colgué el teléfono.

Puse mi celular en la mesa de noche y cerré los ojos. No demoré en quedarme dormida, el brebaje y la charla me habían calmado.

Un recuerdo rosa

Estaba en el café esperando. Removía con la pajilla mi jugo, distraída, pensando en lo de improviso que el joven forense me había citado. Esperaba que todo eso se debiera a la promesa que me había hecho su padre. Habían pasado varios días desde la última vez que habíamos hablado.

Todavía no hablaba con Gabi. Aunque ella me enviaba mensajes para saber cómo estaba. Pensé que a lo mejor después de la reunión con Einar podría ir a visitarla.

La música cambió. Era algo instrumental, pero me recordó a la pantera rosa. Aunque no estaba segura si era la misma canción, que se usaba en aquella animación de una pantera que caminaba sobre dos pies, era rosa y a pesar de todo no hablaba, aunque se comportaba como un humano.

En ese momento, no estaba segura si aquel cartoon era realmente para niños chiquitos, pero con Amelia nos encantaba verlo. Mi pequeña hermanita rió con ganas, cuando a la pantera se le cayó su preciada moneda, rodando cuesta abajo en una calle recién pavimentada, volviendo la moneda en una bola gigante de concreto, asfalto, yo qué sé. Los monitos animados no seguían mucho la lógica del mundo real.

Extrañaba su risa y ver su pequeño cuerpo sentado frente al televisor. El vacío que había sentido al regresar a la casa después de doce años me estaba embargando.

—¡Hola! ¿Te hice esperar mucho?

Su voz me sacó de mis recuerdos. Einar estaba vestido con el mismo traje que cuando nos salvó aquella vez en la ofi-

cina de investigaciones. Llevaba un maletín de cuero consigo.

—No te preocupes, ni lo he notado —respondí.

—Lo siento, tuve un contratiempo antes de salir de Agua Brava —se excusó—. Y tendré que ser rápido, no pude cambiar mi turno, así que en cuatro horas debo estar de vuelta.

—En ese caso ya deberías ir en camino.

—Sería descortés de mi parte.

Se sentó enfrente de mí en la mesa.

—No andaré con rodeos. —Me miró serio—. Pedí el archivo del informe forense de tu familia.

Era exactamente lo que había pensado. Comenzaba a sentirme nerviosa.

—Lo revisé y como pensaste fueron víctimas de un wendigo, pero hay incongruencias.

Me observó un momento, como evaluando mi estabilidad mental. Sin duda se llevaría muy bien con mi tía Carolina.

—¿Qué incongruencias te refieres? —Finalmente fui yo quien rompió el silencio.

Abrió el maletín y sacó una carpeta. Se puso a hojearla sobre la mesa.

—Tus padres y hermana fueron las únicas víctimas... —Parecía como si buscara las respuestas en aquel documento.

—Buenas tardes —dijo una garzona—. ¿Qué va a pedir? ¿O quiere que le traiga la... —Enmudeció, su rostro estaba pálido y sus ojos estaban clavados en los papeles de Einar.

Imaginé que posiblemente habían fotos de la escena o de las autopsias, pero no tenía ganas de corroborar si era así.

Él levantó la vista y vio a la muchacha. Rápidamente cerró la carpeta.

—Lo siento. Soy forense —explicó, como si tratara de evitar que ella pensara que era un psicópata—. Un expreso, por favor.

La joven movió la cabeza afirmando y se marchó. Seguía igual que un fantasma.

No volvió a abrir la carpeta.

—Es extraño que hubieran sido las únicas victimas. —

Continuó, esta vez mirándome a los ojos—. Estos zoocryptos tienen un hambre voraz, como ya habías oído antes. Aunque, ocurrieron casos en que se detuvo la matanza por un largo periodo, varios años, sin que hubieran sido cazados. Así que suponemos que pueden entrar en un estado de hibernación, pero no tenemos evidencia de aquello. Además ha ocurrido después de unas decenas de muertes.

»Otro punto es cómo entró a la casa o cómo salió. Ellos no abren puertas. Y por último, tú no te despertaste o no te diste cuenta de lo que pasaba, lo que es prácticamente imposible. Escuchaste su gruñido, es todo menos silencioso.

Bajó la mirada, temiendo decir aquellas palabras.

—Es difícil que no escucharas gritar a tu familia.

Lo miré sorprendida. Nunca había pensado en aquello. De hecho, trataba de sacar de mi cabeza la imagen de sus cuerpos descuartizados, por lo que nunca mi mente viajó hacia los últimos minutos que estuvieron con vida. Si tuvieron miedo, si sufrieron, nunca lo pensé.

En aquel momento la risa infantil de Amy se transformó en una mueca de terror. Su rostro lleno de lágrimas, muerta de miedo.

Las lágrimas se desbordaron de mis ojos como un caudal inagotable.

—Lila. —Einar tomó mis manos por sobre la mesa, preocupado.

Pero mi mente estaba imaginando aquella noche. Mis padres gritando, Amelia llorando, el wendigo sobre ellos, desgarrándolos, devorándolos. Sentí la hiel en mi boca. Unas inmensas ganas de vomitar me invadieron.

Me levanté abruptamente y corrí al baño, soltándome de él.

Revelaciones que duelen

De repente, ya no estaba en el baño, si no en el asiento del copiloto del auto de Einar. Él estaba en el del chófer, pero no conducía, el coche permanecía aparcado cerca del café.

—¿Qué pasó? —pregunté.

—Por lo visto ya está haciendo efecto tu remedio —me respondió.

—Pero yo estaba en el baño... —No podía recordar cuándo había salido de ahí.

—Apenas corriste, fui tras de ti —comenzó a relatar—. Te llamé desde fuera, pero como no respondiste decidí entrar. Estabas teniendo una crisis, casi no reaccionabas, aunque supiste indicarme dónde estaba tu medicamento. Lo tomaste en ese momento, mas aún seguías muy afectada. Así que decidí sacarte de ahí.

»Te ayudé a caminar, por lo que todos nos observaban. La mesera ofreció llamar una ambulancia, a lo que me negué. Pagué la cuenta y nos fuimos.

»Preferí esperar a que reaccionaras antes de llevarte a cualquier lado.

—Gracias —respondí algo atontada y muy avergonzada.

—No te preocupes. Bueno, ¿dónde te llevo?

—A mi casa... —De pronto recordé algo—. ¿No tenías que volver a tu trabajo?

—Logré que un colega me reemplazara, aunque no estaba muy contento.

Me cubrí el rostro con las manos. Solo le causaba problemas.

—No te sientas mal —dijo, leyendo mis pensamientos—. Esto también es parte de mi labor como cazador.

Lo miré incrédula. ¿Qué tenía que ver aquello?

—Es el deber de todo héroe salvar a damiselas en apuros.

Estuve a punto de reírme.

—¿Es que te consideras un héroe? —Me parecía un poco egocéntrica aquella afirmación, aunque siempre me salvara.

Él levantó los hombros.

—Por lo menos sonreíste.

Encendió su coche y se dirigió a mi casa. Agradecía que aquel día me hubiera dado por caminar, sino hubiera sido un doble problema.

Cuando llegamos lo invité a pasar. Mal que mal le debía un café, por aquel que no se alcanzó a tomar. Él aceptó, ya no parecía apurado.

Apenas cruzamos el umbral, Laika nos recibió. Se acercó a Einar movíendole la cola, algo raro con un desconocido. Aunque no era escandalosa como los dos torbellinos, mantenía distancia, analizaba a los recién llegados y solo si decidía que merecía su confianza se allegaba, lo que no era muy seguido.

Ni siquiera se acercaba al esposo de mi tía, quien en realidad no era muy cariñoso con los perros, de hecho, ni con los humanos. Pero era una persona amable, callada y soportaba que Kika y Kiko se lanzaran sobre él cuando estaba en el sillón o durmieran en la cama.

En cambio, a Einar parecía adorarlo y por lo visto él también a ella, quien se agachó a acariciarla.

—Es un talento natural —me explicó, al ver mi cara de intriga—. En general los animales me aman.

—¿En serio? —Me estaba viniendo el lado sarcástico—. ¿Hasta con los osos? En vez de atacarte, ¿te abrazan?

Él rió.

—Creo que no intentaré averiguarlo.

Lo llevé a la cocina, con la labradora a la cola. Puse a

hervir agua y busqué la cafetera francesa y el café molido. Coloqué unas tres cucharadas bien cargadas y una vez la tetera comenzó a sonar, eché el agua hirviendo en la cafetera. Recordaba que el tío Enrique decía algo de la temperatura del agua, sino podías quemar el café o algo así, aunque en realidad yo no le daba mucha importancia, como nunca tomaba. Y al parecer Einar tampoco, ya que no me dijo nada al verter el líquido caliente. Le puse la tapa y lo dejé reposar.

Para mí, preparé una infusión de frutos rojos. Era una de mis favoritas, me gustaba su aroma y sabor. También la dejé reposar.

Nos pusimos a conversar de cualquier cosa, mientras nuestros brebajes estaban listos. Mi tía me hubiera enviado de inmediato a la sala de estar, pero yo me sentía cómoda allí, por lo que no hice el intento de trasladar la conversación a otro lugar cuando ya teníamos nuestras tazas.

Era una habitación amplia, de muebles blancos y crema. Con una gran isla con encimera de mármol. Había una barra con bancos altos y en una esquina una banca pegada a la pared bajo la ventana, donde estaba la mesa redonda y algunas sillas. Pero lo que destacaba era la nevera de dos puertas, más grande que yo.

Nos reímos bastante, de las anécdotas y estupideces que contábamos.

—Quería preguntarte algo. —De pronto, cortó todas las risas con aquello.

Se veía algo incómodo, por lo que yo también me empecé a sentir así.

—Adelante —finalmente respondí.

—Quisiera quedarme la noche aquí. No necesito estar en mi trabajo hasta en la tarde, así que me iría en la mañana.

No estaba preparada para aquello, ni mucho menos para que lo soltara tan de improviso. Por lo que en un segundo estaba completamente roja.

—No malentiendas —se apresuró a explicar—. Me preo-

cupa la crisis que tuviste hoy, en especial por la laguna en tu memoria. No creo que sea buena idea que estés sola.

Agaché la mirada, otra vez le causaba problemas.

—Entiendo si no quieres. No me conoces mucho, es lógico —continuó.

—¿Por qué?

Mi pregunta le extrañó.

—¿Por qué eres tan bueno conmigo? —reformulé—. Como dijiste, apenas nos conoces y no me creo el cuento que sea tu deber como cazador. Simplemente con salvar a las personas es suficiente, no el preocuparse del tratamiento psicológico de las víctimas.

En ese momento, él fue quien clavó los ojos al piso. Parecía triste, lo que me hizo sentir culpable.

—Me recuerdas a mi hermana —confesó.

No me esperaba esa respuesta.

—Ella era como tú, frágil, pero empeñada a superarse. Por lo que nunca permitió que nuestro padre la dejara atrás en las cazas.

—¿Era? —tuve miedo de decirlo, pero me dí valor y lo hice—. ¿Murió?

Me miró directo a los ojos. Sentía que se me estrujaba el estómago.

—No.

A pesar de esa palabra no me sentía aliviada.

—Está en coma. Un cuco la sorprendió sola cuando lo estábamos rastreando. Han pasado cuatro años desde entonces y no sabemos si alguna vez va a despertar.

Yo era un gran signo de pregunta, empezando con: ¿cómo podía existir el cuco? Aunque unos días antes había visto con mis ojos una leyenda. Pero ver su dolor tan latente me hizo retroceder al echo de querer interrogarlo.

En ese momento entendí la negativa de Bjorn a la idea de convertirme en cazadora. Era muy probable que me ocurriera lo mismo que a su hija o algo peor.

—No tengo problema que te quedes. —Traté de cortar un poco la tensión.

Me observó sin decir una palabra, lo que no me ayudó con mi incomodidad.

—Creo que lo mejor será algo con azúcar.

Salté de la banca y me puse a revisar el refrigerador. Me topé con unos trozos de tarta de frambuesa. Los cuales serví sin preguntarle siquiera si quería. No obstante, él se lo comió con una sonrisa.

Seguimos charlando, lo que quedaba de tarde. Él me ayudó a hacer la cena y luego jugamos un juego de mesa. Así que nos fuimos a dormir temprano. Le mostré su habitación y se negó a que pusiera las sábanas, me dijo que él lo haría. Por lo que me despedí y me fui a dormir.

En la madrugada el timbre me despertó. Me levanté en pijamas, olvidándome de mi invitado, el cual ya estaba en el pasillo ante la insistencia mi nocturno visitante, abrochándose la camisa, lo que me permitió ver su marcado torso. Me metí hecha un rayo de nuevo a mi cuarto para cambiarme.

—¿Quieres que atienda? —preguntó desde el pasillo.

El timbre sonaba con insistencia.

—¡No! ¡Espera! —le grité, mientras me subía unos vaqueros.

Einar me acompañó hasta la puerta. Al abrir me encontré con uno de sus hermanos, Aren, el menor de los tres. Sujetaba por el cuello del polerón a un joven, al cual mantenía la cabeza baja.

—Dice que te conoce —dijo—. Es el que merodeaba tu casa.

—¡Que no merodeaba! —se defendió.

Cuando levantó la cabeza pude reconocerlo.

—¿Jaime?

Era el primo de Gabriela, había jugado muchas veces con él. Tenía un año más que mí y dos que Gabi, era un poquito más alto y delgado. Igual de moreno que mi amiga. La última

vez que lo vi, fue un año atrás y tenía el pelo largo, pero en ese momento lo tenía muy corto, por lo que no lo reconocí a la primera.

—Te dije que me conocía. —Miró a su captor con arrogancia.

—¿Y solo porque te conoce puedes rondar por su casa a las tantas de la madrugada? —le respondió este.

—¿Qué haces aquí? —Quise saber—. ¿Y tú? —me refería a Aren.

Miré a Einar.

—Es mejor que pasen —indicó.

Hicieron caso y cerraron la puerta, pero nos quedamos todos en el recibidor.

—Después que me llamaste esa noche —aclaró—. Le pedí a mis hermanos que vigilaran tu casa por las noches.

—No sabía que ibas a estar aquí —dijo Aren—. Me hubiera quedado en casa. —Achicó los ojos—. ¿Qué estabas haciendo?

—Es largo para contar, después hablamos —contestó con tranquilidad—. Ahora dinos, ¿por qué rondabas la casa?

—¡No rondaba! ¡Ya lo dije! —Se veía algo angustiado—. Solo vigilaba —susurró.

—¿Vigilar? —Lo miré confusa.

Empujó la mano de Aren, quien aún no lo había soltado.

—No son los únicos cazadores que existen. —Miró a ambos—. Nuestro abuelo es cazador y nos entrenó, a Gabi y a mí. Y nos pidió que te cuidáramos. Él sabía lo que te había pasado. —Se dirigía a mí.

Gabi, resonó en mi mente.

—Gabi —Escapó por mis labios.

Jaime me miró asustado, se había dado cuenta que estaba revelando más de lo que debía

—Ella... —Trató de decir algo, pero yo subí corriendo la escalera.

Necesitaba hablar con ella, debía saberlo de su boca, por lo que fui por mi celular. Al salir de la habitación estaba

Einar esperándome.

—Lila, ¿estás bien? —preguntó.

Yo levanté la mano para que guardara silencio, ya había marcado y esperaba que me respondieran.

—Aló —la voz de Gabi era somnolienta.

—¿Eres una cazadora? —le solté.

Hubo unos segundos de silencio.

—Lila, yo quería decirte —al fin habló—. Era lo que trataba de decirte todo este tiempo...

—Así que nuestra amistad es una mentira. —Las lágrimas corrían por mi rostro—. Simplemente era un encargo que tu abuelo te dio.

—¡No! ¡Siempre has sido mi amiga! —gritaba a través de la línea.

—¡No mientas! ¡Me has mentido todos estos años! —Me estaba descontrolando—. ¡No quiero saber nada más de ti!

—¡Lila...

No pudo decirme nada más, pues le colgué la llamada.

Einar trató de abrazarme, pero lo empujé.

—¡No me toques!

Él guardó distancia.

Corrí escaleras abajo. Los otros dos aún estaban en el recibidor sin saber qué hacer. Me siguieron con la mirada. Iba a salir por la puerta, a la calle, cuando alguien me sujetó del brazo. Al voltearme vi que era Einar.

—No te precipites —me dijo—. No es seguro que salgas a esta hora sola.

Jalé con fuerza mi brazo para liberarme, tanto que me dolió, aunque lo disimulé.

—¡No necesito niñera! —vociferé—. ¡Me ha ido bastante bien estos años sin ti!, ¡así que puedo continuar por mi cuenta! ¡No te necesito!

Él quedó serio, pero no trató debatirme.

—¡No quiero que nadie me siga! —Miré a los tres.

Salí de mi casa con solo el teléfono en la mano.

Borrón

Al parecer me habían obedecido, pues no escuchaba pisadas tras de mí. Caminaba en las calles desiertas, a las tres de la madrugada. Al inicio avancé rápido, masticando todo lo que me había acabado de enterar. Aquello respondía muchas preguntas, como, ¿por qué Gabi se acercó a mí en el colegio y no me desplazó como el resto de los niños? O, ¿por qué había reaccionado de esa forma al enfrentarse al wendigo?

Me sentía traicionada, enojada, sola y triste. Era probable que nunca hubiéramos sido amigas si mi familia no hubiera muerto de aquella manera. Aquello me rompía el corazón, ya que quería mucho a Gabriela y pensar en no verla nunca más, me dolía.

El teléfono sonaba y sonaba. Ella trataba de comunicarse conmigo, así que decidí apagarlo.

Sin darme cuenta había llegado a un parque, el cual estaba a diez cuadras de mi casa. Caminé más despacio. Me senté en la primera banca que vi, bajo una luminaria con escasa luz, pero llena de insectos revoloteando en esta.

En mi rostro se habían secado ya las lágrimas. Por suerte había encontrado un pañuelo arrugado en el bolsillo del pantalón con el que pude limpiarme la nariz.

Me doblé contra mis piernas, tenía frío, estaba cansada, mas no pensaba en volver, no en ese momento. Se me vinieron a la mente miles de imágenes con Gabriela, como cuando saltamos la reja del colegio a los trece años, corriéndonos de la clase de ciencias, solo para ir a comprar chocolates.

Todas las reuniones familiares de ella a las que acompañé. Su familia me recibió como una más de ellos, aunque ahora era obvio el porqué, ellos también eran cazadores. Los veranos en la playa, cuando ella se limitaba a estar en la orilla porque a mí me daba miedo entrar más adentro. No sabía qué pensar de todos aquellos recuerdos.

De repente, oí unas ramas quebrándose. Mi corazón palpitó fuerte. Me enderecé para ver quién andaba por ahí, mas no vi a nadie. Sentía que me observaban. Mi vello se había erizado. Una sombra pasó entre las luminarias más lejanas.

Me paré y comencé a adentrarme más en el parque, alejándome de aquello. Prendí mi teléfono, lo que me costó porque mis manos temblaban. Maldije para mis adentros haberle dejado el pin, el cual me pedía el celular para poder acceder a él. Con los nervios apreté mal los botones, solo tenía tres intentos antes que este se bloqueara y había perdido dos. Tuve que forzarme a detenerme y sujetar fuerte el aparato. A la tercera funcionó.

Sentí el jadeo de un perro cerca. Comencé a avanzar nuevamente, mientras buscaba el número y marcaba.

—Lila, ¿dónde estás? —La voz de Einar me reconfortó solo un poco.

—En un... parque. —Notaba que me estaba costando hablar, una crisis se hacía presente—. A diez... cuadras... Algo... me... persigue. —Mi respiración era agitada.

—¿Qué parque? —Einar parecía preocupado. Escuché un murmullo, seguramente Jaime le estaba diciendo del parque—. Vamos para allá. No cuelgues. Sigue hablando.

—Apenas... puedo —susurré.

Escuché un gruñido a mi espalda. Al voltearme vi un gran perro negro, con ojos rojos y colmillos relucientes. De su pelaje escapaban volutas negras de lo que parecía humo. Traté de correr, pero mis piernas no respondieron, cayendo al suelo. El teléfono rebotó en este. Por suerte, mis anteojos no salieron volando.

—¡Lila! ¡Lila! ¡Lila!... —gritaba tan fuerte que lo alcanzaba a oír a pesar de tener el aparato lejos.

La criatura aulló.

Me volteé solo para ver que saltaba sobre mí con sus fauces abiertas.

—Lila, Lila, Lila... —Sentía que una voz me llamaba, aunque era lejana y no podía reconocer quién era.

No sabía dónde estaba, ni siquiera recordaba, solo estaba tranquila.

—Lila, Lila, Lila... —La voz se hacía más fuerte—. ¡Lila!, ¡Lila!, ¡Lila!... —gritaba.

Desperté.

Al abrir los ojos los tenía frente a mí. Einar estaba arrodillado frente a mí, sujetándome de los brazos, era él quien me llamaba. Aren estaba parado detrás, a su lado Jaime abrazaba a Gabriela, quien lloraba. Yo estaba sentada en una banca.

¿Acaso todo había sido un sueño? Pero no estaba al inicio del parque, sino más adentro.

—¿Estás bien? —dijo Einar más suave.

Con esas palabras, Gabi despegó el rostro del pecho de su primo, para mirarme. Trató de contener las lágrimas sin éxito, ya que estas rodaban aún por sus mejillas.

Estaba aún algo ida, pero moví la cabeza afirmando.

—¿Qué pasó? —pregunté.

—Eso nos gustaría saber —contestó—. Cuando llamaste pudimos oír el aullido de un perro. A pesar que te llamaba no respondías.

—Caí —dije—. El celular revotó lejos.

Miré alrededor, el aparato estaba sobre la banca a mi lado.

—Estuvimos casi media hora buscándote, hasta que te encontramos aquí. Pasaron unos minutos antes que reaccionaras.

Mi mente ya iba despertando. Los recuerdos eran claros, ese perro abalanzándose sobre mí y nada más, no había nada más, ni siquiera algo borroso, simplemente mi cerebro

se había desconectado.

—Un perro negro, de ojos rojos me atacó. —Fue lo único que se me ocurrió decir—. Estaba saltando sobre mí, pero no puedo recordar nada más.

Todos quedaron en silencio.

—No debería haber un perro negro aquí —indicó Aren.

—¿Por qué no? —pregunté—. He visto muchos en la ciudad.

—Aren se refiere a un perro negro fantasmal —explicó Einar.

—¿Y no tiene un nombre como para no confundirlo con los no fantasmales?

—Ese es su nombre.

—No me jodan, ¿es que a alguien no tuvo una mejor idea? Gabriela rió.

—En algunos lugares los llaman cadejo, en otro dip, uay pek —respondió ella.

—Barghest —interrumpió Aren.

Einar comenzó a tomarme el pulso. Luego revisó mis pupilas.

—Pareces estar bien —aclaró.

Yo me sentía muy bien.

—¿Puedes pararte?

Afirmé con la cabeza. Él se paró y me dio un poco de espacio. Me levanté sin problemas.

—Es muy extraño que hayas tenido un encuentro con esa criatura y no tengas ni un rasguño —El joven forense no salía de su asombro.

De pronto Gabriela me apretó con fuerza, tanto que me quedé sin aire.

—No quería ocultártelo, pero como desconocías todo eso era mejor no atemorizarte más —sollozaba—. Por eso quería decírtelo ahora, aunque tenía miedo que te enojaras por ocultártelo —atropellaba las palabras—. Mi abuelo dijo que te cuidáramos, pero eso no tiene nada que ver en volverme tu amiga. Lila, te quiero, eso no puede ser inventado.

Me sentí mal por todo lo que le había dicho.

—Lo siento —fue lo único que pude decir.

Las dos llorábamos como unas Magdalenas.

—No quiero interrumpirlas —dijo Einar—. Pero es mejor que nos vayamos.

Nos secamos las lágrimas y reímos. Las dos éramos unos completos desastres con las caras rojas e hinchadas.

Caminamos hasta la salida del parque donde estaba estacionado el auto de Einar y con una parte en la vereda y la otra atravesada en la calle, el coche del papá de Gabriela.

—Le sacaste el carro a tu viejo —dije asombrada.

—Sí y si se entera me mata.

—Pero si no tienes licencia.

—Era una emergencia. Además he aprendido algo.

—¿Cómo supiste?

—Jaime me llamó apenas llamaste a Einar.

—Tienes suerte que no haya pasado un policía —indicó Einar—. Ya se lo hubieran llevado. Aren, llévala a su casa —ordenó—. No podemos permitir que vuelva conduciendo.

Su hermano suspiró.

—¡Esperen! —exclamó mi amiga—. Aún tengo que hablar con Lila.

—Puedo ir a buscar el coche del abuelo a la casa de Lila y recogerlos —ofreció Jaime.

Y así lo hicimos.

Momento incómodo

Aren sacó con cuidado el vehículo de la acera, con Gabi sentada a su lado. Se alejaron en dirección a la casa de mi amiga. Yo me subí en el asiento del copiloto, Jaime atrás y Einar condujo.

—¿Puedes decirnos con más detalles lo que ocurrió? —preguntó Einar al poco de avanzar.

—No hay más de lo que dije —respondí.

—Intenta —insistió.

Traté de pensar. Comencé a relatar cuando llegué al parque, que me senté a reflexionar y todo lo que pasó después sin contarles los pensamientos que tuve. Terminando con el salto de la criatura sobre mí y el hecho de que no recordaba nada después hasta que desperté en la banca.

—Parece que te hubieran abducido —comentó Jaime.

Einar lo miró por el espejo retrovisor con cara de pocos amigos.

—¿Es en serio? —preguntó—. Dices ser cazador, ¿y crees en ovnis?

El primo de mi amiga agachó la mirada avergonzado.

—¿Y qué tiene de malo? —lo defendí—. No me parece descabellado que existan aliens, considerando que el cuco es real.

Creo que no debí haber nombrado al cuco en todo aquello, porque pareció molestarle aún más a Einar. Era la primera vez que lo veía así, antes solo había sido amable, servicial y porqué no decirlo, mi caballero con armadura reluciente.

—Entonces los enanitos verdes te rescataron del Barghest —contestó con ironía—. No, mejor dicho, fueron los hombres de negro quienes te salvaron y te neuralizaron. Ya que los perros negros son alienígenas.

—Lo siento, pero no necesitas ser tan antipático para exponer tu punto —lo confronté—. Recién vengo descubriendo que muchos seres de «fantasía» son reales, así que para mí hasta los Teletubbies podrían serlo.

Einar guardó silencio.

—Disculpa —dijo después de un rato—. No debí hablarte de esa forma.

Volvía a ser el Einar de siempre. Me hubiera gustado preguntar qué había pasado, pero con Jaime ahí, no me atreví.

Apenas llegamos a mi casa, Jaime cogió el coche y se fue. Nosotros fuimos a la cocina, con Laika detrás nuestro.

—Creo que deberías tomar algo del té de mi madre —me sugirió.

—Me siento bien, además quiero esperar a Gabi para charlar.

Solo me miró. Se acercó al fregadero y tomó un vaso que estaba ahí.

—¿Puedo? —consultó con educación.

—Sírvete lo que quieras —respondí—. En la nevera hay gaseosa y jugo. Aunque si quieres puedo hacerte un café.

—No, gracias.

Simplemente se sirvió agua del grifo.

Nos quedamos los dos en silencio. La conversación en el auto me había dejado una mala sensación. Era el momento para haberle preguntado, mas no me atreví. En cambio, él parecía pensar en algo, sujetando el vaso con ambas manos.

—Un dólar por tus pensamientos —expresé después de una eternidad sin hablar.

—¿Qué? —Al parecer no había entendido bien lo que dije, su ensimismamiento lo había llevado muy lejos de ahí.

—Un dólar... —no pude terminar la frase, el timbré sonó en ese momento.

Fui a abrir, con él tras de mí. Eran Gabriela y Aren. Por lo visto había sido mucho el tiempo en que nos pasamos en silencio para que ellos hubieran llegado.

—¿Y Jaime? —pregunté al no verlo.

—Decidió que era mejor ir a hablar con el abuelo —me respondió Gabi.

Aunque yo imaginaba que no tenía ganas de quedarse por la forma en que lo habían tratado los hermanos, en especial por la última conversación con Einar.

Pijamada

Ubiqué a Aren en la misma habitación con su hermano. Y yo me quedé con Gabriela en mi cuarto. Hace tres años que mi tía había decidido cambiarme la cama por una de dos plazas, así que no era problema el compartir la cama.

Nos metimos bajo los cobertores, aunque con la luz encendida para no dormirnos.

—Lo siento —se disculpó nuevamente, con su rostro recostado en la almohada, mirándome—. Cuando llegaste, habías sufrido mucho, por lo que era mejor no recordártelo. Y a pesar que fue nuestro abuelo quien nos pidió que nos acercáramos a ti, que me volviera tu amiga no fue por ninguna orden. Si no me hubieras agradado apenas te habría hablado.

—También lamento haber actuado de esa forma —le respondí—. Pero debes entender que enterarme que tú y tu familia eran cazadores, así de repente, me hizo cuestionarme muchas cosas...

—Espera, no somos cazadores —aclaró.

Yo la miré extrañada.

—Bueno, la verdad es que mi abuelo lo era, pero mi padre y sus hermanos no quisieron continuar con el legado familiar —explicó con un aire de tristeza—. No sé si nunca vieron alguna criatura o simplemente decidieron ignorarlas. Y por lo tanto le prohibieron a mi abuelo, si quería ver a sus nietos, que nos hablaran de todo esto. Pero Jaime y yo comenzamos a hurgar entre sus libros cuando tenía como seis años y al ver imágenes como las que tenía Bjorn le preguntamos,

él nos pidió guardar el secreto y nos explicó que si no lo hacíamos no volveríamos a verlo. Nos contó muchas historias y nos enseñó, pero no con la intención que nos volviéramos cazadores, sino que supiéramos defendernos si nos cruzábamos con alguna criatura.

»Aunque Jaime siempre ha querido volverse un cazador. Ser alguien especial. —Se le humedecieron los ojos—. Ha buscado encajar en algún lado, escondiendo una parte importante de él.

No entendía a qué se refería, nunca me había parecido un chico que tuviera problemas de socialización. Aunque era algo tímido, se adaptaba al grupo sin problema. Mas no me atreví a preguntar, imaginaba que aquel asunto le correspondía a su primo explicarlo, por eso no era directa conmigo.

Con aquello, las palabras que había dicho Einar se volvían aún más duras.

—Entonces, ¿por qué no me lo dijiste cuando te pregunté si eras una cazadora?

—Es que no te detuviste a escuchar —indicó—. No lo soy, pero sé mucho de este mundo, ¿cómo te podía explicar a la primera aquello?

Tenía razón, estaba tan dolida que no quise escuchar.

—Si tu familia no son cazadores, ¿por qué me recibieron de esa forma?

Ella me miró con ternura.

—Porque eres mi amiga. Mi madre te adora, también mi padre y mis hermanos. Así es mi familia, cuando tenemos a alguien importante, para ellos también se transforma en parte de ella. Así que mis tíos y primos también te tratan como familia, simplemente eso. No deberías subestimarte como persona, eres alguien que llega al corazón de la gente. Amable, cálida, aunque tímida.

Me ruboricé ante aquella afirmación. Nunca había pensado en mí de tal forma, solamente que era una chica quebrada, la cual era imposible de reparar.

—Creo que será mejor que durmamos —dije tratando de esconder mi rostro en la almohada—. Ya es tarde.

—Bueno.

Apagué la luz y me arropé bien.

—Descansa, Lila —susurró Gabi—. Te quiero.

—Yo también te quiero —contesté.

¿Buena anfitriona?

Eran las ocho de la mañana cuando escuché ruidos en el pasillo. Einar y Aren ya se habían levantado. Creía que con suerte yo había dormido dos horas, pero aún así decidí levantarme. Gabi seguía dormida, así que tuve cuidado de no despertarla.

Me puse un suéter sobre mi pijama y salí de mi cuarto.

Ya estaban en el recibidor cuando los alcancé.

—¿No van a desayunar? —Era claro que pensaban irse de inmediato.

—No queríamos despertarte —respondió Einar.

—No se preocupen —contesté—. ¿Qué les parece bañarse mientras les preparo algo?

Ambos parecían dudar.

—Vamos, me van a dejar como una pésima anfitriona, en especial como nos atendió vuestra madre a Gabriela y a mí —indiqué—. Hay dos baños con ducha, uno en el segundo piso y el baño de mis tíos. Así pueden bañarse en simultáneo para no atrasarse, si eso les preocupa. De inmediato les llevo unas toallas.

Aren parecía más conforme en aceptar, a lo cual Einar tuvo que adecuarse.

Después que les mostré los respectivos baños y les entregué las toallas, me puse a preparar el desayuno.

El pan que encontré era de unos días. Mi tía se encargaba de las compras y al no estar yo no me había preocupado. Así que lo corté y lo puse en la tostadora.

Hice unos huevos revueltos, además de sacar otras cosas del refrigerador. Preparé café para los dos hermanos, cuando Gabi despertara haría para ella.

El primero en aparecer fue Einar.

—Lo siento, pero no tengo pan fresco —me disculpé, indicándole la panera donde había puesto las tostadas envueltas en un paño para evitar que se enfriaran.

—No te preocupes, así está bien —respondió sonriéndome, mientras tomaba una y le ponía mantequilla.

—¿Durmieron bien?

—Si, gracias.

Me serví un poco de leche para acompañarlo, ya que en realidad quería comer con Gabriela, pero no sería buena anfitriona si no lo acompañaba en la comida, según mi tía.

—Quería pedirte disculpas. —Decidí que era momento para hablar lo de la noche anterior. Él me miró extrañado—. No debí haber dicho eso del cuco, en especial con lo que dijiste de tu hermana.

—¿Le hablaste de Erika? —Aren había entrado en la cocina y me había alcanzado a oír.

Miré preocupada, como si hubiera cometido una infidencia. Pero el hermano menor veía a Einar más sorprendido que molesto.

—Es algo que salió en una conversación —respondió el joven forense sin darle mayor importancia.

Aren se sentó sin decir otra palabra y comenzó a comer.

Realmente no entendía qué estaba ocurriendo con ellos y mis disculpas quedaron volando en el aire, ya que Einar no dijo nada al respecto.

Einar no demoró mucho en estar listo, por lo que parecía un poco impaciente de que su hermano terminara.

—Anda terminando, que debemos partir, ya van a ser las nueve —lo apuró.

—Andamos en vehículos distintos —le respondió Aren—.

Así que te puedes ir primero.

Einar pareció dudar.

—Le vas a vaciar la despensa si sigues así —regañó.

—No te preocupes —intercedí—. Después de todo lo que me han ayudado, sería feo que me pusiera tacaña con la comida. Déjalo que coma lo que quiera.

—Ves —contestó Aren.

Al parecer no le hizo gracia a Einar mi intervención, pero no dijo nada. Se paró para marcharse y yo lo acompañé hasta la salida.

—Despáchalo rápido —me dijo antes de irse.

—¿Cuándo te habló de Erika? —me bombardeó Aren apenas regresé a la cocina.

Lo miré sorprendida. No sabía si responderle, no quería romper la confianza de Einar.

—Es que él nunca habla con extraños acerca de nuestra hermana —se apresuró a comentar.

Extraña, así que eso era para esa familia, pensé.

Aunque no entendí porqué me molestó. Aren tenía razón, los había conocido hace poco, era raro que me consideraran como una amiga.

—Ayer, cuando le pregunté porqué era tan bueno conmigo —contesté sin emoción, algo triste por el comentario, a lo que Aren pareció darse cuenta—. Y me dijo porque le recordaba a su hermana y me contó lo que había pasado.

Me miró analizándome, algo se le pasaba por la cabeza, mas era obvio que no me iba a decir.

—¿Y por qué razón él estaba aquí? —continuó.

—¿No deberías preguntarle eso a tu hermano? —respondí entre molesta y preocupada por decir algo que no debería.

—Si, pero él ya se fue. ¿Hay algún problema en que pregunte?

Lo miré sin saber qué decir. Mi actitud daba a entender

algo que nunca había pasado, así que me apuré a contestar antes que lo malinterpretara.

—Simplemente vino a hablarme del caso de mi familia. —Mis ojos se enfocaron en un punto distante—. Pero tuve una crisis y no quiso dejarme sola.

Aren guardó silencio.

—Ya veo —dijo finalmente.

Continuó bebiendo su café.

Me sentí incómoda. Aren era diferente a Einar, aunque físicamente se parecían bastante. Traté de pensar algo para hablar, mas solo se me vino a la mente los ovnis y la reacción de Einar. No sabía si sería bueno preguntárselo a su hermano en vez de a él, pero como Aren me había interrogado primero, creí que era mejor intentar.

—¿Te puedo hacer una pregunta?

Él me miró.

—Ya me la hiciste —respondió.

Sentí que me ruborizaba.

—Dime —indicó—. No deberías cohibirte ante las bromas.

Más roja me puse.

—¿Los cazadores no creen en los extraterrestres?

—No es que no creamos —contestó—. Simplemente no tenemos evidencia en comparación a otras criaturas, aunque tampoco podemos negar su existencia.

—Pero... —Dejé la palabra en el aire, me confundía la reacción de Einar.

—¿Es por mi hermano, verdad? —A Aren no se le escapaba nada.

—Es que fue un poco... —Me preocupaba causar conflicto—. Agresivo cuando Jaime dijo que parecía como si me hubieran abducido, ya que no recordaba nada.

—Bueno, Einar tiene algo con el tema, pero en realidad no sé mucho. Me llevo con él por siete años y lo que pasó era cuando yo aún no los acompañaba en las cacerías. Deberías preguntárselo directamente. Te habló de Erika, así que no creo que no te diga de lo otro.

—¿Qué edad tienes? —Me entró la curiosidad al nombrar la diferencia edad, pero no me atreví a preguntarle directamente por la Einar.

—Veinticinco. Einar tiene treinta y dos, eso es lo que realmente querías saber.

Nuevamente me ruboricé.

—¡Buenos días! —Gabriela apareció en el mejor momento—. ¿Y Einar?

—Se volvió temprano —respondió Aren—. Tenía que trabajar en la tarde.

—¿Y tú?, ¿no tienes trabajo? —Gabi interrogó inmediatamente, sin importarle si era educado o no.

—Trabajo en el campo con mi padre y Daven —aclaró—. Pero Einar nos pidió que vigiláramos la casa de tu amiga por el supuesto acosador que resultó ser tu primo. Nos hemos turnado las noches con Daven, así que me merezco un descanso.

—Lo siento —respondí avergonzada.

—Bueno, ya no necesitaremos venir, ya que encontramos al merodeador.

—Se nota lo diferente que eres con Einar —comentó Gabi—. Él es más amable para decir las cosas.

—Creo que no eres la más adecuada para indicar aquello.

Los dos se miraron desafiantes. La tensión se podía cortar con un cuchillo y yo no sabía dónde meterme.

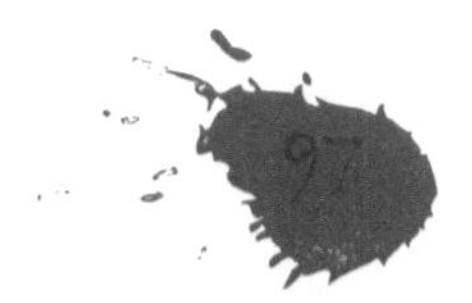

El abuelo

Aren se fue poco después del enfrentamiento con Gabi.

—Se llevan bien —comenté por estupidez, era obvio que no.

Me miró no muy feliz.

—Prefiero a Einar —respondió Gabi—. Es mucho más agradable.

Sentí una punzada en mi interior, ¿celos?, ¿tan rápido me había comenzado a gustar Einar? Al parecer sí, aunque viéndolo por un lado no era tan descabellado. Era amable, cortés y cálido, sin olvidar lo guapo que era. El paquete completo.

—Pero tranqui, no te lo voy a robar —indicó de la nada mi amiga.

Abrí los ojos.

—¿Es tan notorio? —pregunté. No me causaba gracia que él se diera cuenta a leguas.

—Te conozco, sé cuando alguien te gusta.

Bueno eso podía significar que Einar no lo hubiera notado, pero Aren era otra cosa. Creía que algo había intuido.

—Y lo bueno es que te presta mucha atención —continuó mi amiga—. Algo hay ahí. —me miró con mucha picardía—. ¿Qué estaba haciendo aquí?

—¿Cómo supiste?

Torció los ojos hacia arriba.

—Le pregunté a Aren cuando me llevó a mi casa lo que había pasado. Él me dijo que su hermano estaba aquí cuando sorprendió a mi primo. —Su sonrisa se ensanchaba cada vez—. ¿Qué hicieron, pillina?

Suspiré con un dejo triste. La cara le cambió completamente y me miró seria.

Le conté lo del café, mi crisis y posterior rescate de Einar. También le conté la razón por la que tanto me ayudaba, le recordaba a su hermana que estaba en coma por un cuco. Por lo que era obvio que no tenía interés en mí.

—¿Un cuco? —Quedó pensativa—. No sabía que pudieran hacer eso.

—¿Los has visto? —Aquel ser me causaba curiosidad.

—No, en realidad la primera criatura que he visto ha sido el wendigo. Pero mi abuelo me habló de ellos. Tienen forma humanoide, aunque son híperlaxos, se doblan de una manera sobrenatural que aterra. Tienen largos dedos terminados en garras, colmillos y ojos completamente negros. Su cuerpo también es negro, por lo que se oculta como una sombra. Los atrae el terror y hacen revivir a sus presas sus peores pesadillas. Solo actúan de noche, ya que el sol los quema. No había escuchado de ninguna víctima en coma, aunque sí de personas que han muerto debido al terror que sienten. Un ataque cardíaco.

—No me gustaría toparme con uno.

—En realidad no recuerdo ninguna criatura que sea agradable conocer.

Las dos nos quedamos calladas por un momento.

—Ahora que sabes la verdad —volvió a hablar Gabriela—. Creo que sería buena idea ir donde mi abuelo. Puede que él sepa algo de lo que pasó con tu familia, aunque a mí nunca me ha dicho nada.

—¿Por qué lo crees?

—Por su insistencia en que te cuidáramos.

Quedé pensando, su abuelo no tenía apariencia de ser un cazador. Un hombre que parecía a Santa Claus era difícil imaginarlo tras esas criaturas.

—Don Roberto...

—Él es el papá de mi mamá —me interrumpió—. A mi

abuelo Montes no lo conoces.

—¿Por qué? —Recordaba haber ido a suficientes reuniones familiares como para conocer a toda su familia.

—Te conté que si mi abuelo nos hablaba de todo esto no nos iban a permitir verlo nunca más. Bueno, a los once años, debido a una pelea con sus padres, Jaime le sacó en cara todo esto. Y cumplieron lo que prometieron. Aunque ambos hemos encontrado la forma de evadir el control parental, pero con eso, no apareció en ninguna reunión más. Jaime se siente culpable por ello, aunque mi abuelo nunca lo culpó.

Sentí que se me humedecían los ojos. Separarlo de su familia era muy cruel. Gabi notó mi pena y me abrazó, aunque imaginaba que ella también estaba triste, mas no quería demostrarlo.

—Bueno, creo que será mejor que nos vayamos. A mi abuelo le alegrará al fin conocerte.

Conduje a las afueras de Fuente Nueva. Gabi me había dicho que tenía un pequeño campo, de nueve hectáreas. Estaba pensando que eso era algo normal con los cazadores, bueno aunque no era que conociera a muchos.

Al llegar nos encontramos con otra casona vieja. A las afueras estaba Jaime dándole alimento a unas gallinas.

—Vive con el abuelo desde que tenía dieciocho —me explicó Gabi—. Lo pasaba muy mal en su casa, por él se hubiera ido antes, pero mi abuelo le aconsejó que no. Siendo menor de edad lo hubieran ido a buscar con la policía y habría sido peor.

—¿Por qué razón lo pasaba mal?

Gabriela agachó la cabeza.

—Nunca lo comprendieron, son muy cerrados para entenderlo.

Aquella explicación no me dio ninguna luz, aunque no quise seguir preguntando, era claro que a ella también le dolía.

Nos saludó cuando pasamos cerca de él, para luego con-

tinuar con sus labores.

Subimos las escaleras al pasillo techado. Habían recostados tres perros mestizos de buen tamaño, de colores café, blanco y negro en todos ellos. Con distinta apariencia entre todos, pero se notaban que pertenecían a una misma camada. Movieron alegremente las colas al ver a Gabi, aunque me observaban alerta.

—Tranquila —dijo mi amiga—. No te harán nada como estás conmigo.

Yo no me preocupaba, en general no me daban miedo los perros, con excepción el de la noche anterior. Acerqué mi mano al hocico de uno con cuidado, para que me oliera, lo que hizo inmediatamente. Los otros dos lo imitaron rodeándome, olfatearon todo lo que pudieron de mi pantalón, de seguro sentían el aroma de Laika. Pasé mis manos por sus cabezas y lomos, ellos me devolvieron el gesto moviéndome la cola. Me agaché para acariciarlos mejor.

—Yo no haría eso —comentó Gabi.

No alcancé a preguntarle porqué, los tres se abalanzaron sobre mí para lamerme y tironearme la ropa. Caí de trasero en un ataque de besos perrunos.

—Fenrir, Argos, Sirio compórtense —ordenó Gabi, empujándolos con las manos y piernas para que pudiera levantarme.

Me dio la mano y me ayudó a pararme.

—Les agradaste.

Gabi abrió la puerta. En el campo las puertas nunca estaban cerradas o casi nunca. Se limpió la tierra en el felpudo, yo la imité. Los perros se quedaron sentados, tranquilamente.

Apenas entramos teníamos la escalera del segundo piso frente a nosotras. El pasillo era oscuro, de madera barnizada hace muchos años, solo una ventana al fondo lo iluminaba. Gabi entró por una puerta a la derecha de escalera.

Ingresamos a la cocina, que era inundada por agradable olor a café. Aquella habitación estaba mejor iluminada con una ventana al frente, directo al pasillo exterior y otra al

costado. En la esquina entre las ventanas había una estufa, la que tenía fuego en su interior. Un lado, bajo la ventana estaba el fregadero con una encimera y lleno de gabinetes, todo antiguo, de por lo menos cincuenta años atrás. En otra esquina había una mesa, con un banco pegado a la pared y una sillas. En la otra esquina, más muebles de cocina y un televisor de perillas.

Frente al fregadero había un inmenso hombre lavando los platos. Debía de ser su abuelo, ya que tenía el pelo blanco, cortado prolijamente, pero su contextura no parecía la de un anciano. Al voltearse, sus ojos cafés me vieron con calidez. Su piel morena estaba surcada por las arrugas y su barba y bigote eran del mismo color que su cabello, aún así me costaba creer que fuera viejo. Tenía una postura erguida y ni un kilo de más. No dudaba que siguiera ejercitando su cuerpo. Me le quedé mirando como una tonta. Por alguna razón aquel hombre se me hacía vagamente familiar.

—Tiendo a causar esa impresión —comentó con una voz grave—. Has crecido mucho, te pareces a tu padre.

Gabi lo miró sorprendida.

—¿La conoces?

—Por supuesto, ¿por qué pensabas que te había encargado su cuidado? Era amigo de sus padres.

—¿Pero cómo?

—Siendo cazador es normal moverse por muchas partes y conocer gente.

No parecía querer ahondar en más detalles.

—Jaime me contó lo que pasó —cambió de tema—. Me alegra que no te haya pasado nada.

Me preguntaba si también le habría dicho de la humillación por parte de Einar.

—Tata, creo que Lila necesita que le aclares algunas cosas —Gabi no parecía tan dispuesta a dejar el tema de lado.

Su abuelo lo pensó un momento.

—Lila, ¿juegas ajedrez? —me preguntó.

—No, mi papá intentó enseñarme de chica, pero no continué sin él.

Podía recordar a mi padre explicándome en el salón, donde tenía una mesa especial para su tablero de ajedrez. Calentados por la chimenea encendida, con las ventanas escurriendo las gotas de la lluvia que caía afuera. Me hubiera gustado volver a aquel momento.

—Es una pena. También es importante ejercitar la mente —comentó—. Bueno, Angelito, te tocará a ti ser mi contrincante —le anunció a Gabi—. Prepararemos el café y vamos a la biblioteca.

Buscó unos tazones en los gabinetes, un pequeño frasco que supuse contendría azúcar y cucharas en un cajón. Tomó la jarra de la cafetera para servir el café.

—Para mí no, gracias —me apresuré—. No bebo café, no es bueno para mis crisis.

—Tengo café descafeinado —ofreció—. Queda bueno con leche, está recién hervida.

—Bueno.

Tomó un cucharón y sirvió el líquido blanco en uno de los tazones. Buscó el tarro de café y lo puso en la mesa, para luego seguir sirviendo.

—Hazlo a tu gusto —me animó.

Una triste historia

Subimos al segundo piso con los tazones humeantes. Entramos a la primera puerta al lado de la escalera. Era una habitación del doble que la cocina, llena de repisas ocupadas por libros. En las dos ventanas colgaban unas pesadas cortinas que el abuelo de Gabriela descorrió para que entrara luz.

A un lado había una mesa con sillas. En una de sus esquinas de esta estaba el tablero. Al otro lado habían varios sillones antiguos, con unas que otras lámparas de pie.

Gabi y su abuelo se sentaron en la mesa, uno frente a otro donde estaba el tablero. Comenzaron a ordenar las piezas. Yo comencé a pasearme por los libreros sosteniendo el tazón con ambas manos. Su calor era agradable.

Habían libros de H.P. Lovecraft, Edgar Alan Poe, Julio Cortázar, Stephen King, entre otros y por ahí divisé una copia de Dracula de Stoker. Me quedé pensando si había enfrentado monstruos reales, para que leerlos en la ficción.

—¿Qué quieres saber?

Su grave voz me sacó de mi recorrido. Me volteé, él y mi amiga ya habían comenzado una partida.

—Don...

—Dime Miguel.

No supe qué decir, no me parecía correcto llamar por su nombre al abuelo de mi amiga.

—No se va a acabar el mundo porque me llames Miguel.

—Miguel —dije con lentitud y un sentimiento extraño—. ¿Cómo conoció a mis padres? —No era la pregunta que real-

mente quería hacer, pero me pareció más apropiada que lanzar la artillería pesada.

—Como dije, viajo por todas partes y conozco a muchas personas. No lo recuerdo bien, pero fue una vez que estaba de cacería.

Sentía que era evasivo al respecto, dudaba que no lo recordara. Mas trataría de sacarle la máxima información posible.

—¿Entonces mis padres sabían de aquellas criaturas?

—¿Tú crees que era así?

¿A qué venía aquella pregunta? ¿Por qué tantos rodeos? Aunque si la respondía con todo lo que yo recordaba la respuesta hubiera sido no. Ambos nos decían que los monstruos bajo la cama no existían, que nuestros temores eran producto de nuestra imaginación. ¿Sí sabían?, ¿por qué nos mentirían?

No le respondí.

—¿Sabe lo que realmente les pasó?

—No, lo siento.

—Entonces, ¿por qué les pidió que me cuidaran?

—Quería a tus padres y lo que habías vivido fue difícil. Les pedí que te cuidaran como una persona que ha sufrido, no porque pensara que fueran a ir criaturas tras de ti.

¿Criaturas tras de mí? Nunca lo había pensado, ¿acaso lo había dicho porque esa era su real intención?

Me quedé callada por un momento.

—Imagino que Gabriela le habrá hablado de Bjorn y sus hijos. —Atacaría por otro frente—. El mayor, Einar, es forense y revisó los expediente de la autopsia de mis padres y me confirmó que había sido un wendigo, pero habían varias discordancias...

—Lila —detuvo mi parloteo—. Creo que deberías dejar de desenterrar el pasado.

Lo miré sorprendida, no me esperaba aquello.

—Lo digo por tu salud emocional —se apresuró a aclarar—. Gabi me ha hablado de tus crisis.

¿Emocional? Creía que en realidad quería decir mental,

aunque no quiso ser tan directo.

—Lo de tu familia es un capítulo que debes cerrar.

¿Qué sabía él? No había perdido a sus seres queridos de forma tan horrible.

Me giré nuevamente. Los ojos se me estaban llenando de lágrimas. Respiré tratando de contenerlas.

—Angelito, no te distraigas.

No podía ver a Gabi, pero imaginaba que estaba tan sorprendida como yo por las respuestas de su abuelo.

—¿Por qué sus hijos no quieren saber nada de usted? —pronuncié después de un rato.

El rencor me había llevado a formular aquella pregunta, mas apenas lo dije me arrepentí.

—Lo siento, quería decir ¿por qué no quieren saber nada de lo que hace? —dije al voltearme.

El anciano me miró con tristeza.

—Mi señora nunca quiso que involucrara a mis hijos en todo aquello, por el peligro. —Se descubrió un antebrazo, el cual estaba lleno de cicatrices—. Por lo que evité hablarle de ello de más pequeños, simplemente me encontraba fuera trabajando. Pero luego, Clara enfermó, cáncer al páncreas. Fue ahí cuando ella les contó lo que hacía, para defenderme por no estar ahí, mientras progresaba su enfermedad. Por la importante misión que su padre hacía para salvar a otras personas.

»Ya eran adolescentes, así que no iban a creer tan fácil, en especial por no estar el día en que su madre murió. Me odiaron por eso. Pensaron que todo era una excusa para engañarla, una mujer crédula e inocente del campo.

»Me arrepiento de no haber estado ese día, de haber puesto mi deber antes que a mi familia. Y cuando quise corregirlo ya era muy tarde.

»Después de la muerte de Clara dejé la cacería para cuidar de mis hijos, mas ellos ya no me necesitaban y apenas pudieron se marcharon. Aunque cuando tuvieron hijos me

dieron una segunda oportunidad, como abuelo, por su madre. Aunque nuevamente me volví a equivocar.

No supe qué responder. Agaché la mirada, en cambio, él volvió con su juego. Lentamente me volví hacia los libros y continué con mi recorrido.

Los estantes no tenían libros solamente, sino también fotografías familiares. Imaginaba que la mujer que aparecía ahí era su difunta esposa y los tres chicos y dos niñas, sus hijos. Me causaba tristeza observarlas, en especial por lo que había contado, cuando de pronto me topé con Miguel sonriendo al lado de una pareja que sostenía un gran pez, eran mis padres. Mi madre llevaba el pelo castaño, largo y revuelto, no la melena prolija que yo recordaba y mi padre una barba de pocos días, la cual siempre le reclamaba cuando pequeña, ya que pinchaba al darle besos. Se veían felices.

Sujeté con una mano la fotografía.

—Fue en 1984, un año antes que se casaran. —Miguel se había percatado de mis acciones—. Deberías tener una copia en los álbumes familiares.

—No tengo ninguna foto —respondí—. No saqué nada de la casona.

Guardó silencio.

—Puedo hacerte una copia —finalmente dijo—. Disculpa que no te la regale ahora, pero es la única que tengo con ellos y me gustaría conservarla.

Era tan extraño, no había tenido reserva de hablarme de algo tan privado de su vida, no obstante, cuando trataba de mis padres no decía casi nada.

—Gracias —contesté.

—Jaque mate, Angelito.

Me giré. Gabi había perdido y su rostro se veía triste, aunque imaginaba que no era por su derrota.

—Siento mucho que mi abuelo no te haya dicho nada —se disculpó cuando íbamos de regreso—. Nunca antes lo ha-

bía visto actuar así, tan evasivo.

Se quedó un momento pensando.

—No te preocupes —contesté—. Pero no pienso seguir su consejo —dije con determinación—. He pasado mucho tiempo en la ignorancia, es hora de que sepa qué les pasó realmente.

—Y te apoyo —indicó ella—. Te ayudaré a que encuentres la verdad.

Le sonreí.

Aquella noche le di muchas vueltas al tema y si no me hubiera tomado la infusión de Engla no habría logrado conciliar el sueño.

Decidida

A la mañana siguiente me desperté temprano. Los pensamientos de la noche anterior seguían dando vueltas en la cabeza. ¿Por qué el abuelo de Gabi conocía a mis padres?, ¿por qué no quería que siguiera investigando?, ¿sabría la verdad? Pero él no me daría las respuestas.

Recordé la fotografía y el hecho de que yo no tuviera ninguna y un deseo nació en mi corazón, debía ir a buscarlas a la casa. Sería fácil tomar la llave, ya que no estaba mi tía, mas me sentía mal por ello.

Me levanté y fui a ducharme reflexionando en aquello. ¿Era mejor que mi tía no supiera nada?, ¿y si le dijera, cómo reaccionaría? Aunque ni loca le diría que fueron asesinados por un wendigo, creería que definitivamente había perdido la cordura.

Me agradaba el calor del agua que corría por mi espalda. Era reconfortante, un instante de calma en el caos que se había vuelto mi vida las últimas semanas.

Decidí que ya no podía seguir mintiéndole, no era justo para ella, quien me había cuidado como una madre durante esos doce años. Aunque omitiría algunas cosas o mejor dicho, muchas. Nada del wendigo, ni mucho menos la visita anterior a la casona.

Cerré la regadera y salí de la ducha.

Me estaba preparando el desayuno cuando decidí llamar a Einar. Se me había olvidado que la casa era la escena de

un crimen, así que no sabía si podría entrar.

Apoyé el celular en el hombro, pegado a mi oreja, mientras revolvía la leche con chocolate. Demoró un poco en contestar y cuando lo hizo su voz sonaba somnolienta.

—¿Aló? —preguntó como si no supiera con quien hablaba.

Miré el reloj en la cocina eran las 7:23.

—Lo siento, Einar —respondí avergonzada—. No me di cuenta que fuera tan temprano, te llamo más tarde...

—¿Lila? ¡Espera! —se apresuró a decir, más despierto—. ¿Pasó algo?

Me sentía mal por haberlo despertado de esa forma.

—Nada, solo quería hacerte una pregunta, pero puede ser más tarde.

—Ya desperté, además más tarde posiblemente esté durmiendo —indicó rápido para que no fuera a colgar—. Tuve una autopsia en la madrugada y recién me había ido a acostar. Pregunta.

Peor me sentí.

Decidí contarle primero lo que había pasado el día anterior con el abuelo de Gabi. Que conocía a mis padres, pero que no quería que siguiera indagando.

—... y por lo tanto quiero ir a mi casa en Bosque Claro, para buscar mis fotos familiares y de paso ver si descubro algo más —le comenté—. Lo que no sé es si puedo entrar, debido a la investigación por los cadáveres en el sótano y eso. Por lo que quería consultarte si sabrías algo.

Guardó silencio un momento.

—Para serte sincero, son detalles que los forenses no manejan —contestó, a lo que me sentí avergonzada—. Pero puedo consultar. Aunque antes de eso, ¿Piensas ir sola?

—Eeeeeh... no lo había pensado aún. —Y era cierto—. Supongo que Gabi me acompañará.

—¿Cuándo piensas ir?

—Bueno, cuando pueda, es decir si es que puedo entrar. Además quiero hablarlo antes con mi tía, me molesta

estar mintiéndole.

—¿Te parece la próxima semana, el sábado? —consultó—. Es mi día libre, así que podría acompañarlas.

—No tienes porqué molestarte. Es tu día de descanso, no para estar haciendo de niñera —Sonó algo rudo, aunque no era mi intención. No obstante, lo veía así, con doce años de diferencia debía de verme como una niña.

Lo escuché reír.

—Creo que hace rato ya no eres una niña, además no es problema y yo estaría más tranquilo.

Aquellas palabras encendieron mis alarmas.

—¿Acaso nos podríamos topar con algún zoocrypto?

—No es normal encontrar alguno cerca de la madriguera de un wendigo, pero últimamente las cosas no han funcionado como yo creía. Si les pasara algo no podría perdonármelo.

Noté una sensación agradable en mi interior, una pequeña ilusión, a la que tuve que rechazar rápidamente. Le recordaba a su hermana, por eso era obvio que no quería que no tuviéramos un destino similar.

—Bueno —dije simplemente.

—Entonces averiguo lo de la casa y te mando un mensaje, luego nos ponemos de acuerdo —indicó para finalizar.

—Oka, buenas noches —respondí.

Él rió.

—Lila, es de día.

Me ruboricé.

—Quiero decir, descansa.

—Hasta luego, Lila.

Debo reconocer que me gustaba cada vez que decía mi nombre.

Colgó la llamada.

Veinte minutos después llegó su mensaje.

«Ya habían liberado la casa. Le informaron a tu tía.»

Era obvio que ella no me iba a decir nada.

Debemos hablar

Mi tía me avisó que llegaba al medio día, por lo que quise hacer el almuerzo para esperarla. Usaría todos mis trucos para suavizarla antes de hablar aquel tema. Estaba nerviosa, sabía que se resistiría, no por algún motivo extraño como Miguel, sino que por lo protectora que era conmigo y su miedo a que me afectaran las cosas.

Hice chuletas de cerdo con salsa de champiñones y puré de papas, uno de sus platos favoritos, junto con fresas con crema batida de postre. Preparé la mesa en la cocina, hacerlo en el comedor formal sería demasiado, además mi tía comenzaría a sospechar.

Laika me miraba acostada en un rincón. Era una perra muy respetuosa, a diferencia que Kiko y Kika, que ya estarían pidiéndome que les diera algo de lo que estaba preparando. En cambio, la labradora era tranquila, protectora y muy inteligente. Siempre me había extrañado que la hubieran abandonado, hace seis años apareció echada delante de nuestra puerta. Aunque mi tía se enamoró inmediatamente de ella, empezamos a buscar a su dueño, mas nunca apareció. El veterinario nos dijo que tenía alrededor de un año y según lo que notamos había sido entrenada.

Mi tía entró por la puerta y los torbellinos junto con ella.

—Mmmm... huele bien. ¿Qué cocinaste?

—Chuletas de cerdo con salsa de champiñones y puré de papas.

—¡Qué rico! —Ella se veía contenta.

Almorzamos tranquilas. Le pregunté por su hermana y me dijo que estaba bien, más tranquila. La tía Laura había encontrado nuevamente a su esposo en una de sus infidelidades, lo había echado, prometiendo que se iba a divorciar de él, que había perdido su oportunidad. La tía Caro se había quedado para consolarla y apoyarla. Mis primos se fueron donde sus amigos, cansados de aquel drama que se repetía constantemente, pero nunca terminaba. Y como siempre, nuevamente volvió a perdonarlo. A tía Carolina también le cansaba aquello, mas era su hermana y no la abandonaría como los demás.

—¿Y tú cómo has estado?

—Bien... —Hice una revisión mental de todo lo que había ocurrido y era mejor omitir mucho—. Estuve con unos amigos y ayer fuimos a visitar al abuelo de Gabi, así que no me he aburrido.

—Qué bien, ¿y con qué amigos estuviste?

Me removí incómoda. No habíamos llegado al postre y ya salía el tema.

—No los conoces.

Me miró extrañada, ella sabía quienes eran todos mis amigos, bueno hasta ese momento.

—¿Hace cuánto que eres su amiga? —comenzaba el interrogatorio.

—Unas semanas.

—¿Y cómo?

—Tía, después de tanto tiempo, ¿no confías en mí? —No quería crear una mentira, pero no pensaba decirle nada del episodio del wendigo.

—Lo siento, se me olvida que ya no eres una niña, aún así me preocupas.

—Lo sé, lo sé. Y hablando de que ya no soy una niña, hay algo que debemos conversar.

En su rostro se le notaba que no estaba segura de conti-

nuar con la conversación.

—No tengo nada de mis padres, ni de mi hermana y quería ir a buscar las fotos a la casona...

—¡No! —Se paró de la mesa alterada—. ¡No puedes ir ahí! ¡Con todo lo que paso!, ¡tus crisis! ¡Algo podría pasarte!

—No voy a ir sola —traté de calmarla—. Gabi me acompañará...

—¡Con ella no es suficiente! ¡Han habido nuevos asesinatos en esa casa! —Apenas lo dijo se tapó la boca, por lo visto pensaba que había cometido un error.

—¡Lo sé! —solté, exasperada por su reacción, pero inmediato me arrepentí.

—¿Cómo lo sabes? —Me miraba horrorizada.

—Bueno... los detectives me interrogaron al respecto...

—¡Me prometieron que no lo harían! ¡Me van a escuchar! —Estaba muy enojada.

—¡No! —Si hablaba con ellos sabría que había estado allí—. No importa. —Traté de bajarle el tono a la conversación—. No puedes protegerme de todo, ya soy adulta y debo enfrentar las situaciones.

—¿Pero tus crisis? ¿Y si revives lo que pasó? —Se le humedecieron los ojos—. No quiero que vuelvas a bloquearte como aquella vez, además el asesino podría andar cerca.

—No solo iré con Gabi. —A quien aún no le había dicho nada—. Además estaré con Einar, él es forense. Además el asesino no va aparecer, descubrieron donde dejaba a sus victimas, no puede volver ahí.

—¿Por qué conoces un forense?

Había hablado de más y no sabía cómo podía salir de esa. Respiré profundo, no me quedaba de otra.

—Él me está ayudando a descubrir qué pasó con mis papás y Amy —respondí lentamente.

Ella quedó en silencio. No podía adivinar qué estaba pensando. De pronto rompió en llanto y se volvió a sentar. Yo quedé de piedra, no sabía qué hacer. Laika fue hasta mi tía y

puso su cabeza en su regazo.

—¿Qué está pasando?

El tío Enrique estaba parado en la puerta de la cocina observando la escena. Era un poco más bajo que yo, con el cabello canoso y un bigote muy ochentero. A pesar de todo el tiempo que se lo pasaba trabajando iba al gimnasio y se mantenía en buena forma. Ese día llevaba traje.

Mi tía levantó la mirada.

—Lila está investigando el asesinato... —No pudo decir más, volvió a llorar.

Pero a su marido no le fue difícil saber a qué asesinato se refería. Me miró sorprendido, mas luego sus facciones se suavizaron.

—¿Pero qué tiene de malo? ¿Por qué el llanto? —le consultó.

Ella lo miró sorprendida.

—¿No has pensado en ella? —se defendió—. ¿Y si lo que descubra la hace revivir todo? ¿Y si vuelve estar en estado catatónico? —Respiró tratando de contenerse—. ¿Y si el asesino se entera que ella está investigando? ¡La matará!

Se le formó una sonrisa divertida al tío Enrique.

—¿Cómo se va a enterar? ¿Ni que fuera alguien cercano para que supiera lo que planea Lila? —expuso—. Además que lo descubra de la nada solo pasa en las películas.

«Otro punto es cómo entró a la casa o cómo salió. Ellos no abren puertas». Las palabras de Einar se me vinieron a la mente. La casa estaba con llave, ¿cómo la habían abierto?, debía de tenerla el asesino. Aunque también podrían haber forzado la entrada, como mostraban en el cine. Aún así, no era tan descabellado que alguien cercano fuera el culpable, por lo que mi tío podía estar equivocado.

—Además es natural que quiera saber qué pasó con sus padres y su hermanita —continuó—. Es una mujer adulta, no puedes protegerla eternamente.

Agradecía que intercediera por mí. Aún así, mi tía no pa-

recía muy convencida.

—Estaré bien —traté de tranquilizarla—. Te dije que Einar es forense, así que él podrá cuidar de mí si me da una crisis. Como médico —me apresuré a aclararlo, no quería que lo asociara inmediatamente con muerte.

—¿Einar cuánto? —consultó el tío Enrique.

—No lo recuerdo, era un apellido extranjero difícil de recordar. —Lo había oído solo esa vez en el interrogatorio.

—¿Y cuándo van a ir? —Estaba haciendo las preguntas de rigor, ya que mi tía no parecía animada a ello.

—El sábado de la próxima semana, es cuando Einar tiene libre, aún tenemos que ponernos de acuerdo —respondí—. Tía, necesito la llave.

Ella me miró sin decir nada.

—No te preocupes —me susurró el tío Enrique—. Yo hablo con ella.

No me gustaba dejar la conversación así, aunque le hice caso. Subí a mi habitación para hablar con Gabi y ponerla al corriente.

Me quiere, mucho, poquito, nada

Al parecer la conversación con su marido había ayudado, ya que al día siguiente me entregó la llave, sin antes hacerme prometer que la llamaría si pasaba algo, por pequeño que fuera. Yo se lo prometí, aunque sabía que era probable que no cumpliera.

Einar me recomendó que fuéramos en bus. Era un viaje largo y no sabía qué podía encontrar entre las cosas de mis padres, así que era mejor mantenerme lo más relajada posible. Por lo que nos ofreció alojo, así no tendríamos que andar corriendo para alcanzar el último bus de vuelta. A lo que acepté.

Durante esa semana, el tío Enrique salió nuevamente de viaje de negocios. Lo que me preocupaba, ya que mi tía estaría sola mientras se moría de preocupación por mí. Por suerte regresó la noche del viernes, un poco antes que Gabriela llegara.

Gabi se fue a mi casa para irnos juntas a la terminal de buses. Aunque me arrepentí un poco de eso, ya que en la cena no paró de indicar que Einar era un «buen chico» que cuidaría de nosotras, en un intento de tranquilizar a mi tía. Pero apenas decía algo de él, me hacía guiños y caras que no se les escaparon a mis tíos. Por lo que mi tía estaba ansiosa de conocer a mi «interés amoroso» cuanto antes.

A las ocho partió el bus. Mi tía nos fue a dejar y no se marchó hasta que nuestro transporte dejó la terminal.

—¿Emocionada? —me preguntó Gabriela sentada al lado del pasillo.

—Más nerviosa que emocionada —respondí—. Ni siquiera sé si voy a poder encontrar las fotos, pudieron haber sido comidas por ratones o si cayó una gotera sobre ellas estarán arruinadas.

—Eso es un poco fatalista, pero no preguntaba por eso, sino por lo que va a pasar después.

—¿Qué va a pasar después? —No entendía a que se refería. Hizo una gran sonrisa.

—Vas a dormir en el apartamento de Einar —dijo con picardía. Me ruboricé.

—Tú también vas a dormir ahí —espeté.

—Ya, pero yo no soy la que está enamorada de Einar.

—¡¿No lo estoy?! —Me arrepentí de levantar la voz, ya que más de un pasajero volteó a mirarme.

—Bueno, te gusta, aunque de eso a lo otro no hay mucho.

—Es muy distinto —indiqué molesta—. Y gracias por lo de anoche. Ahora no sé cómo voy a hacer para que mi tía no siga insistiendo en que quiere conocerlo.

Ella miró desconcertada.

—No pensé que te molestara —contestó sinceramente—. Con los otros chicos parecías querer que lo hiciera.

—Es distinto —murmuré.

Claro que era distinto. Trataba que mi tía me viera como una chica normal que había rehecho su vida, que se interesaba en muchas cosas, como el amor. No una muchacha que cada cierto tiempo tenía crisis y que debía cuidar con mucho cuidado.

—Es decir, te gusta «en serio» —aclaró Gabi—. Bienvenida al mundo de la madurez.

La miré con una sonrisa torcida.

—Habla la más madura.

Me sacó la lengua y luego rió.

Mi celular comenzó a sonar. Lo saqué de mi bolsillo, era Einar.

—Tu romeo está llamando —dijo Gabi al ver la pantalla.

Respondí la llamada sin hacerle caso.

—Hola, como hace media hora salimos —respondí apenas contesté.

Habíamos quedado que le avisaría más o menos a que hora llegaba, para que nos fuera a buscar.

—Hola, Lila. Lo siento —me contestó—. Pero no podremos ir hoy. Me pidieron reemplazar a un colega a último minuto y no podía negar después de los cambios de turnos que solicité.

Mi cara de decepción era evidente. Tenía pena, quería ir a la casa y no podría por no haber llevado mi auto.

—¿Qué pasa? —susurró Gabi.

Le indiqué que guardara silencio.

—Tendremos que ir mañana. No entro hasta en la noche, así que tengo tiempo —continuó Einar—. Y como se van a quedar en mi departamento podemos salir temprano.

Respiré aliviada.

—No las podré ir a buscar cuando lleguen. ¿Qué les parece si dan una vuelta por la ciudad y cuando termine de trabajar las paso a recoger? —Parecía preocupado por afectar mis planes.

—No hay problema. —Sonreí a pesar de que no me veía—. Después nos vemos. Que te vaya súper en tu trabajo.

—Gracias, Lila. Anden con cuidado.

—Sí, papá.

Einar rió al otro lado de la línea.

—Para qué le dijiste eso, es terriblemente mata pasiones —me regañó Gabi apenas corté la llamada—. Ahora en vez de su hermana chica te va a ver como su hija. Vas en retroceso, Lila.

—No exageres —respondí—. No vamos a poder ir hoy. —Cambié de tema—. Tiene que trabajar, así que nos toca hacer hora hasta que salga.

Sonrió con malicia.

—Qué te parece arreglarte para deslumbrarlo y de paso

compramos un camisón sexy para la noche. —Movió las cejas.

Me puse los audífonos y la ignoré.

—Vamos, Lila, no seas pesada.

Cerré los ojos y fingí dormir.

Siendo observada

Cuando llegó el bus a Agua Brava, el auxiliar nos tuvo que despertar. Gabi estaba recostada sobre mí, dejándome una marca de baba sobre mi hombro.

—Fue tu culpa —me dijo, mientras íbamos por la costanera—. Si no te hubieras hecho la loca, no me habría aburrido y por ende no me habría dormido y menos babeado. Ahora tendrás que comprarte algo más bonito para que Einar no te vea así.

—No importa —respondí—. De aquí hasta que nos encontremos con él ya se habrá secado.

Además me gustaba ese suéter que llevaba, me quedaba suelto, cubría mi trasero y era verde, uno de los colores que más me gustaba. Consideraba que se veía bien con los vaqueros azules y botines negros que llevaba. En contraste con Gabi, quien llevaba unos jeans negros ajustados, con una polera blanca ceñida al cuerpo y una camisa de tartán roja y negra, amarrada a la altura del vientre. Completando con unos tenis de mezclilla.

Me quedó mirando y luego suspiró.

—No te insistiré más.

Sonreí triunfante. Luego me acordé que le iba a avisar a mi tía cualquier cosa que pasara. Que nos atrasáramos era algo que le podía contar.

—Hola Lila, ¿cómo está todo? —dijo apenas me respondió la llamada.

—Llegamos bien, pero Einar tuvo que trabajar, así que

mañana iremos a la casa. Yo creo que eso hará que también nos retrasemos en volver.

—¿Qué van a hacer ahora?

—Pasear, mirar cosas...

El estómago de Gabi rugió, por lo que tuve que contener la risa.

—Ahora comeremos algo —continúe.

—¿Tienes suficiente dinero? ¿Necesitas que te transfiera?

—Traje suficiente por cualquier eventualidad. Siempre lista, como una niña exploradora.

Aunque nunca lo había sido.

—Anden con cuidado, no las vayan a asaltar.

Tuve que contenerme en decirle «Sí, mamá», esas bromas no iban con ella.

—Tranquila, tía, estaremos bien. Que tengas un lindo día. Besitos.

—Tú también, cariño. Besos.

Corté la llamada y guardé el celular en mi bolsillo.

—¿A dónde vamos? —preguntó Gabi.

—¿Al centro comercial? Queda a unas cuadras —sugerí.

Íbamos a continuar caminando cuando me sentí observada, era una sensación extraña. Me volteé a mirar por todos lados, pero no pude ver nadie viéndonos directamente. La gente caminaba a su ritmo, unos lentos y relajados, otros apurados de llegar a algún lado. Habían bastantes personas donde estábamos, además del otro lado de la calle. Los autos avanzaban con rapidez. Por más que busqué no hallé al responsable de esa mirada.

—¿Qué pasa? —Gabí me miró preocupada.

—Nada, solo creí... pero me equivoqué.

—¿Creíste qué?

—No importa. Vamos a comer, sino a mí también me va a rugir el estómago.

Ella rió.

Caminamos disfrutando de la costanera. En la bahía ha-

bía un gran crucero que contrastaba con las montañas que caían al mar.

En el trayecto estuve mirando de reojo todo, mas ya no estaba segura de aquella sensación.

Cuando llegamos al centro comercial se nos adelantó un tipo. Con vaqueros desgastados por el uso, una cazadora militar, un gorro con visera y unos lentes de sol. Era más alto que nosotras. Pasó rápido a nuestro lado con las manos en los bolsillos. No me dio buen presentimiento, pero como lo vi alejarse al interior del centro, dejé pasar el tema.

Subimos al tercer piso, al patio de comidas. Gabi pidió un combo de pollo, papas fritas, gaseosa y no sé qué más, en cambio, yo compré una fajita de carne queso con una soda de cereza.

Mi amiga devoró su comida, se notaba que estaba hambrienta. Yo comí despacio, mientras hablábamos de lo que haríamos después, como visitar la tienda de arte y la librería, cuando volví a sentirme observada.

Al levantar la vista, unas mesas más allá, se encontraba el sujeto que nos había adelantado. Tomaba un vaso de café. Por las gafas oscuras no podía saber si estaba mirándome o no, aunque cuando vi directamente hacia él no reaccionó.

¿Cómo nos encontró si se había adelantado? Luego recordé que mi amiga no moderó el volumen de su voz para expresar los deseos de comer el pollo de aquel local. Fue antes que pasara delante de nosotras.

—¿Qué ocurre? —preguntó Gabi ante mi repentino enmudecimiento.

—No te voltees —le ordené—. Creo que el hombre que está sentado unas mesas más allá nos está observando.

—¡Quiero un helado! —chilló ella.

No alcancé responder a su comentario fuera de lugar, cuando se volteó para buscar en su mochila, haciendo parecer que buscaba dinero, cuando en realidad lo tenía en el

bolsillo. Continúo con su teatro. Se paró y puso la mano en el bolsillo, mirando en la dirección del hombre. Caminó a uno de los locales donde vendían helados, observándolo de reojo. Yo la veía a ella, así que cuando volteé vi que el hombre apuraba su café y se levantaba de la mesa.

Avanzó hacia mí, así que me enderecé y continué comiendo mi fajita con el corazón a mil por hora, mas pasó de largo. Alcancé a oler su colonia, lo que me causó un extraño sentimiento de nostalgia.

Un poco más allá había un basurero donde botó el vaso. Gabi se había acercado, por lo que casi chocó con el sujeto.

—Lo siento —dijo ella.

—No te preocupes —respondió.

Su voz, al igual que su perfume, se me hizo conocida, pero mi cabeza no quería mostrar el recuerdo.

—No parecía un acosador —comentó Gabi al acercarse—. Aunque tenía pinta de andar ocultando su identidad, como alguien famoso.

—¿Y tu helado?

—¡Rayos!, ¡se me olvidó! Como se te acercó ese sujeto me estaba preparando por si intentaba hacer algo.

Se dio media vuelta y volvió al local.

Una antigua pista

Después de eso no volví a ver señales de que nos siguieran, aunque permanecí alerta.

Paseamos por las tiendas. Gabriela aprovechó de comprar algunas pinturas, en cambio, yo solo miré, no tenía cabeza para leer ningún libro o distraerme con otras cosas.

Cerca de las seis, Einar llamó. Preguntó dónde estábamos y me dijo que en veinte minutos nos pasaba a buscar.

—Te tengo una sorpresa —comentó apenas subimos al auto.

Miré a Gabi por el retrovisor, sonreía con una chispa en los ojos.

—Hablé con el detective que llevó el caso de tus padres y aceptó hablar de él con nosotros.

Estaba realmente sorprendida, no esperaba que lo revisara de un ángulo tan «normal».

—¿Pero qué nos puede aportar una investigación así? —consulté. No tenía ganas de perder el tiempo.

—Ya verás. He hablado un poco con él y hay cosas que debes saber. Aunque creo que es mejor que él te lo diga.

Salimos de Agua Brava, bordeando por la costanera. El detective no vivía muy lejos. Subimos una colina que llevaba a un portón que estaba abierto. Habían varias casas en el lugar bordeando el camino. Nos detuvimos en una de un piso con la pintura descascarada, que, en su momento, parecía que fue amarilla.

Estacionamos al lado de un auto gris. Dos perros salieron a nuestro encuentro ladrando, a los que hizo callar un hombre robusto, con canas poblándole sus sienes. De piel morena y alrededor del metro sesenta y algo. Nos invitó a pasar.

Extendió su mano en forma de saludo, la cual estreché.

—Carlos Quinteros —se presentó.

—Lila —respondí.

—Lo sé.

Me miró con tristeza.

—Sí que has crecido.

—¿Me conoce? —pregunté tomando asiento en el salón, donde él nos había invitado a sentarnos.

Gabi se sentó a mi lado y los dos hombres frente a nosotras.

—Claro, yo te entrevisté o mejor dicho intenté interrogarte, después del crimen. —Parecía que ponía cuidado con las palabras que usaba—. Pero el médico me dijo que no estabas en condiciones para hablar. Y luego, cuando te recuperaste, volví a intentarlo.

Guardó silencio, seguramente no quiso hablar de todas las «locuras» que dije.

—Eras pequeña. Pasabas por una situación difícil, además he cambiado algo —comentó tocándose el estómago—. Así que entiendo que no me reconozcas.

Y tenía razón, no lo recordaba. Veía en mi memoria a los detectives que me hicieron preguntas cuando había salido de mi mutismo. Eran siluetas borrosas y más atemorizantes que el hombre que tenía en frente.

—Lamento no haber encontrado las respuestas. —El caso de mi familia parecía pesar en su conciencia.

No sabía qué responderle. Ahora entendía que era imposible que lo resolvieran desconociendo un mundo de fantasía y terror, que era tan real como nosotros. No podía culparlo, pero tampoco consolarlo.

—Hay personas que quieren que deje todo esto atrás —le conté, por mi tía y el abuelo de Gabi—. Pero no puedo, nece-

sito descubrir lo que pasó.

Me miró dándome a entender que me comprendía.

—¿El doctor Östberg te ha informado que se ha reabierto el caso?

—¿Quién?

—No quise adelantarle nada —explicó Einar.

—Debido a las similitudes con la serie de homicidios que han afectado a Bosque Claro —aclaró Quinteros—. Me agregaron como apoyo debido a mi experiencia con el caso.

»Tenía esperanza que lográramos resolver el asesinato de tu familia, pero la investigación ha tomado la misma dirección que antes.

—¿Qué quiere decir?

—En el 95, el ADN llevaba poco tiempo. Por lo qué se creyó que había habido un error al recoger el material genético, pero nuevamente arrojó un resultado similar.

Me apoyé al borde del sillón, expectante.

—Era en parte humano, aunque presentaba una mutación nunca antes vista.

Estaba sorprendida, aunque no por las razones que se imaginaría el detective. Aquello indicaba que era verdad el mito de que el wendigo antes era humano.

—Además el asesino dejó sobre sus víctimas una sustancia similar a la saliva —continuó—. Por lo que... —Parecía dudar si decirme aquello.

Einar le hizo señas para que continuara.

—Pensamos que había usado un animal, como algún perro grande o un felino como un puma para los crímenes. Mas no concuerdan las mordidas, ni hay presencia de ADN de algún tipo de animal —explicó previamente antes de lanzar la bomba—. Y por lo que la evidencia indica que... se alimentó de los cadáveres.

Mi escasa reacción desconcertó a Carlos Quinteros.

—Trato de no imaginarlo, de tomarlo como una historia de ficción. Es una forma de evitar las crisis —me apresuré a res-

ponder, no necesitaba que se formara una idea equivocada de mí y terminara siendo yo la sospechosa.

El detective pareció tragarse mi cuento. No obstante, era verdad que intentaba no formarme una imagen, pero ya sabía a qué correspondía todo aquello. El wendigo los asesinó y se alimentó de ellos. Era algo que ya estaba al tanto, por lo que no entendía qué esperaba Einar que descubriera de nuevo.

—Quería consultarte si has podido recordar algo más de aquella noche —consultó con cautela.

Miré a Einar. ¿Acaso me había llevado para que me interrogara?

—Sé que fue una situación traumática, pero cualquier nueva pista nos podría ser de ayuda —prosiguió.

—No, lo mismo que hace años atrás. Invoqué con mi hermana al hombre polilla. Nuestro padre nos sorprendió despiertas. Amy se fue con él. Debido al viento se cortó la luz. Y vi la silueta en la colina. Eso fue todo antes que en la mañana me despertara y encontrara así a mi familia.

Apreté los párpados, trataba de no evocar aquella visión hace doce años. Respiré profundo. Sentí la mano de Einar sobre mi hombro, lo que me distrajo de mis pensamientos. Por lo visto se había levantado y estaba detrás de mí, atento a cualquier crisis. Al abrir los ojos pude ver la decepción en el rostro de Quinteros, sin duda esperaba encontrar algo nuevo.

—Que no me creyeran lo del hombre polilla no significa que la silueta que vi no fuera real —aclaré con rabia—. ¿Acaso pensaron por alguna vez que era el asesino el que vi por la ventana?

—Consideramos esa posibilidad —indicó—. Pero la pista no nos llevó a nada.

En ese momento, la decepcionada era yo. Nada de lo que me dijera me llevaba más cerca de conocer la verdad.

—Aún no le dices de las sospechas —intercedió Einar.

El detective lo miró como si estuviera cometiendo una infidencia.

—Aún está en investigación —respondió.

—Ella no interferirá, no lo compartirá con nadie —intercedió el joven forense.

Contuve la respiración. ¿Qué era aquello tan importante que no quería decirme?

Inspiró.

—La entrada, como las ventanas no fueron forzadas y según las indagaciones tus padres no dejaron la puerta abierta, ni tú la cerraste cuando se fue el asesino. Por lo tanto, quien hubiera cometido el crimen debía tener la llave de tu casa, así que posiblemente era cercano.

Sentí que se me escapaba el alma. A pesar de lo dicho por el tío Enrique, no había asumido aquello como cierto.

—Suponemos que como solo mató a tu familia hace doce años, tenía un interés específico, aunque dio arranque a sus más bajos instintos. Pero el monstruo que habitaba en su interior salió finalmente, por eso volvió a matar y usó tu casa como guarida, debido a que fue donde cometió sus primeros crímenes. Aunque antes debió haberse deshecho de la llave por miedo a que lo descubrieran con ella. Por eso ahora rompió la pared del sótano, en vez de entrar como antes.

—¿Qué intereses podría tener? —murmuré.

—Aún no se confirma nada, pero pudo haber sido económico. Como quedarse con los bienes de tu familia.

Me levanté con la mirada hacia el suelo. Gabi me imitó y tomó mi mano.

—Pero todo quedó para mí. ¿Acaso piensa que yo fui?

—Por supuesto que no —se apresuró—. Era imposible para una niña poder realizar aquello. Mas siendo menor de edad, alguien debía hacerse cargo de todo antes que fueras mayor.

Abrí mis ojos de par en par. Solo podía referirse a tía Carolina. Mi cuerpo comenzó a temblar.

—Lila, ¿estás bien? —Einar estaba preocupado.

Gabi sujetaba con fuerza mi mano.

Enfoqué mi mirada en el detective. No temblaba porque fue-

ra a tener una crisis, sino por la rabia que estaba conteniendo.

—¡Mi tía no es responsable de nada! —le grité—. ¡Todas las ganancias del arriendo del campo las ha puesto en una cuenta de ahorro para mí! ¡No ha sacado ni un peso para mis gastos!, ¡todo lo ha pagado con su dinero!

Las lágrimas corrían por mi rostro debido a la impotencia que sentía ante la acusación que creía que hacía.

—No me refería a ella. —Trató de calmarme—. Tienes más tíos y tenemos entendido que hubo una discusión de quién se hacía cargo de ti.

Sentí que se me helaba la sangre. No quise preguntar quién era, no quería saber de su boca quién podría ser.

—Aunque aún no descartamos la venganza, puede que tus padres hayan hecho enojar a alguien. Aunque no hemos encontrado pistas de eso.

—¿Hay algo más que quiera decirme?, ¿o ya me puedo ir?

—Eso es todo —contestó, a lo que me dio la sensación que no me decía la verdad.

Salí de la casa con Gabi y Einar tras mío, preocupados por mí. Tenía un revoltijo de sentimientos, mas estaba segura que no había ningún signo de una crisis a punto de desencadenarse.

—Lamento que te vayas así —dijo Carlos Quinteros desde la puerta.

Me volteé a mirarlo.

—No solo la imagen de tu familia me ha perseguido a lo largo de los años, sino también aquella niña en el asiento trasero del auto de su tía, envuelta en una frazada con los pies llenos de sangre.

—Adiós —contesté y me subí al auto.

Espectros, espíritus, fantasmas y otros

De regreso, los tres permanecimos en silencio, aunque podía sentir las miradas preocupadas que me lanzaban ambos.

¿Quién había querido quedarse con mi custodia? ¿Por qué no lo había logrado? ¿Y en primer lugar por qué me había dejado viva? Sabía que era el wendigo quien había asesinado a Amy y mis padres, aunque él no abrió la puerta. Así que un ser humano debía ser el causante de todo aquello, ¿pero cómo? La silueta que vi aquella noche debía de ser del responsable.

También el detective había dicho que podía ser por venganza. ¿Qué había hecho mi familia si eso era cierto?

Cercano, pensé. Se me vino a la mente el abuelo de Gabi, con sus evasivas. Se suponía que era su amigo, además siendo cazador conocía a los zoocryptos. ¿Podía haber sido él? Miré por el espejo retrovisor. Mi amiga enviaba un mensaje. Sabía cuánto lo quería, por lo que preferí mantener mi sospecha en secreto.

Miré de reojo a Einar, estaba concentrado conduciendo. Me preguntaba si se arrepentiría no haberme dicho las sospechas él directamente, era probable que hubiera sido de otra forma.

De pronto entramos a un estacionamiento subterráneo.

—Necesito comprar unas cosas —aclaró Einar.

El estacionamiento se encontraba casi vacío, eran cerca de las ocho de la tarde, por lo que me pareció extraño.

Gabi y Einar salieron del coche, yo realmente no tenía

ganas de pasearme en el supermercado.

—¿No vienes? —preguntó él.

—No estoy de humor —le respondí.

Pareció dudar.

—Cerraré con seguro las puertas —prometí.

Se marchó no muy decidido.

Vi cómo se alejaban conversando. Cerré el pestillo de la puerta del chófer, lo que cerró todo y subí el volumen de la música. Cerré los párpados. No quería seguir pensando en suposiciones, en ese momento solo quería descansar y escaparme aunque fuera un solo momento de ahí. My immortal de Evanescence sonaba en la radio.

No supe si me dormí, pero de pronto sentí que las luces pestañearon. Abrí los ojos, tenía un mal presentimiento. Volvieron a parpadear. A unos metros, pegada en una pared, vi una sombra moverse. Todos mis sentidos se pusieron en alarma.

La sombra se fue acercando. A medida que avanzaba fui notando que era traslúcida, parecía ser la silueta de un hombre.

Un golpeteo en mi ventana hizo que gritara. Era Einar con Gabriela, ya estaban de vuelta, por lo visto se me pasó media hora sin que me diera cuenta.

Al voltearme nuevamente en la dirección de la sombra, ya había desaparecido.

Abrí los seguros.

—Lo siento, no quise asustarte —se disculpó Einar mientras dejaba las bolsas en el asiento de atrás.

—¿Qué pasó? —preguntó Gabi al sentarse.

—Vi una sombra acercarse.

El joven forense se veía culpable al colocarse tras el volante.

—Me vas a odiar —dijo.

No entendía a qué se refería.

—Se me había olvidado que anda un espectro en el subterráneo, como ya estoy acostumbrado. Además anda menos gente así que demoro menos en hacer las compras.

—¿Un espectro?

—Espectro, espíritu, fantasma, como sea que les llamen.

—¿Y no lo cazan?

—No, no está dentro de nuestra línea de trabajo.

—¿A qué te refieres?

—Solo criaturas físicas —respondió Gabi—. Todo aquello que se pueda matar.

—Para seres espirituales se encargan otras personas, como exorcistas, mediums, etc. —complementó él—. Pero no te preocupes, no causan mayores problemas, principalmente asustar a la gente.

Y vaya que lo hacían bien.

No lo odiaba, pero me molestó que se olvidara avisarme. Mi nivel de cabreo iba aumentando.

Sábado por la noche

El departamento de Einar estaba en un edificio alejado del centro de la ciudad. Eran cinco torres y nosotros entramos al subterráneo de la C. Subimos al ascensor y él marcó el piso once. Mientras subíamos ellos iban conversando, a lo que no les presté atención. Nuevamente estaba pensando en lo que había dicho el detective y quiénes podían ser los posibles sospechosos, no podía solo enfocarme en Miguel, debía pensar en todas las posibilidades.

—¿Lila? —Gabi me llamaba del pasillo, fuera del ascensor.

Einar estaba tras de mí y sujetaba las puertas con una mano. Estaba muy cerca. No me había dado cuenta cuando el ascensor se había detenido.

Me apresuré a salir avergonzada.

—Mi departamento es el 1103 —dijo mientras buscaba las llaves en su bolsillo con una mano y en la otra tenía las bolsas de las compras.

Gabi llevaba otras más, en cambio yo solo cargaba con mi mochila.

—Pasen —nos invitó apenas abrió la puerta, entrando él al final.

Era una habitación no muy grande. Con sofá largo y dos sillones, al medio de estos había una mesa de café, a un costado, pegado en la pared estaba un mueble con repisas que llegaba hasta el techo. Un poco más allá una mesa rectangular de vidrio con seis sillas. A un costado había un gran ventanal que daba a un balcón.

—Me cambio y preparamos la cena —indicó.

Dejó las bolsas en la mesa, Gabi lo imitó.

—Mientras, tomen asiento, ya vuelvo.

Le hice caso y me hundí en el sofá. Mi amiga se sentó a mi lado.

—¿Cómo te sientes? —me preguntó.

—De maravilla, no todos los días una se entera de que alguien cercano puede ser el asesino de tu familia. —De inmediato me arrepentí de lo que había dicho y en el tono desagradable en que lo hice. Gabi no se merecía esa contestación—. Lo siento. No es como si nunca haya pensado en eso, pero que el detective lo dijera lo volvió real.

Me miró con tristeza.

—Bueno, yo fui la que decidí buscar la verdad, no puedo alterarme con cada cosa nueva que descubra.

—Estás en tu derecho, Lila. No es que se te hubiera ocultado que San Nicolás no existe. Mataron a tu familia. Puedes ponerte furiosa y lanzar todo lo que se te antoje.

Las lágrimas corrieron por mis mejillas, no pude contenerlas más. No solo estaba enojada, sino triste, desolada y con un vacío que no sabía si podría llenar.

Gabi me abrazó, yo se lo devolví. No exploté en llanto, no quería, ya había llorado demasiado y con eso no conseguiría nada. Debía enfocarme y poner todo de mi parte para descubrir la verdad. El abrazo de mi amiga me confortó.

Alcé la vista. Einar estaba parado al lado de la mesa observándonos. Ya no llevaba un traje, sino una camiseta de mangas largas que se le ajustaba a su cuerpo, delineando sus músculos. Con unos vaqueros azules y solo calcetines.

—Disculpa, no quería interrumpir —dijo.

Gabi se volteó a verlo. Se volvió a girar y me susurró al oído.

—Está para comérselo.

Yo me sonrojé y ella se levantó del sofá.

—No hay problema —le respondió.

—¿Les parece que cocinemos? —preguntó él.

—¿Y si antes nos muestras tu departamento? —sugirió con descaro Gabriela.

Einar sonrió.

—Bueno, pero no es ninguna maravilla.

Primero nos mostró una pequeña cocina, donde cabía un refrigerador, una estufa a gas, un fregadero, una encimera con gabinetes y más gabinetes arriba. Con un pequeño pasillo que te permitía circular hacia todo y llegar a la ventana de la habitación.

Le continuaba una habitación, donde habían dos camas de una plaza cada una y un montón de cajas. Nos contó que sus hermanos siempre reclamaban por eso cuando se iban a quedar, pero debido al espacio no le quedaba otra opción y ahí es donde dormiríamos esa noche, así que aprovechamos de dejar nuestras mochilas.

Al frente estaba el baño, donde entraba un retrete, un lavamanos, una ducha, un estante para toallas y nada más. Sobre el lavamanos había un simple espejo. A su lado había una oficina, bueno un cuarto que Einar adaptó como oficina, donde estaba una silla, un escritorio, un librero lleno de archivadores y uno que otro libro y un sitial, era del mismo tamaño que el otro cuarto y al fondo estaba la habitación principal con una cama de dos plazas y dos mesas de noche y una cómoda donde había un televisor. Tenía un baño propio, muy similar al otro.

Todas las paredes del departamento estaban pintadas de color gris, con detalles blancos, a excepción de la cocina y los baños que tenían los mismos azulejos cuadrados blancos con vetas imitando al mármol. No había mayor decoración.

—Decepcionadas —preguntó al final del recorrido.

—Un poco —respondió Gabi—. Creí que tendrías un departamento con mejor decoración, así es un poco soso.

Me sentí mal por él.

—Lo siento, pero no es mi prioridad —se defendió.

—¿No tienes a alguien que te ayude con eso? Como,

¿una novia?

—No, estoy soltero.

Ella me miró sutilmente con una sonrisa. Solo esperaba que Einar no lo hubiera notado.

Ayudamos a Einar a cocinar, o mejor dicho a conversar mientras cocinaba y pasarle una que otra cosa, ya que la estrechez de la habitación no permitía que estuviéramos todos dentro.

Preparó algo rápido y luego que terminamos de comer, Gabriela buscó unas cervezas en el refrigerador.

—Es sábado en la noche —contestó al ver la expresión de mi rostro—. No es como si saliéramos de fiesta o nos emborracháramos. Solo relajarnos un poco.

—Creo que todos lo necesitamos —opinó Einar. Aunque creía que se referían principalmente a mí.

Ayudé a Einar a retirar la mesa y lavar la loza, mientras Gabi ponía unas papas fritas y otras cosas en recipientes, además de unas salsas en la mesa de café. Para mí habían comprado una botella de jugo natural de frambuesa.

Me acomodé en el sofá con Gabi al lado y Einar frente a nosotras. Cada uno bebiendo, sin decir nada.

—¿Cuáles son tus defectos, Einar? —soltó de improviso mi amiga—. Porque hasta el momento eres perfecto y eso no me lo compro.

Einar rió divertido.

—Nadie es perfecto —respondió—. Me tiro gases como todo el mundo.

No esperaba esa respuesta, pero la risa de Gabi hizo que me contagiara.

—¿Por qué piensas que soy perfecto? —Quiso saber.

—Bueno eres guapo, atlético, amable, ayudas a la gente y sabes qué decir y hacer en situaciones complicadas. Solo te falta un superpoder y una capa.

Él sonrió.

—¿Acaso estás coqueteando conmigo?

Si aquella pregunta me la hubiera hecho a mí me hubiera cohibido inmediatamente, pero Gabi no le tomó mayor importancia.

—No. «Yo» no estoy interesada en ti —contestó remarcando el yo—. Simplemente no puedo creer que exista alguien tan bueno. No lo tomes a mal.

—No te preocupes. Lila ya vio algo de mi mal temperamento. Cuando me estreso, estoy preocupado o algo por el estilo soy algo irritable. Soy algo desordenado, solo que ordené bien antes que vinieran. Además si me conocieran no me considerarías «tan bueno».

Bebí un trago de mi jugo. Ya que había sacado el tema, tenía ganas de preguntarle el porqué de su reacción con el tema de los extraterrestres. Mas estando Gabi ahí no me atreví.

—Ahora puedes hacernos la pregunta que tú quieras —propuso ella—. No solo a mí, puede ser también a Lila.

—No crees que es un poco injusto cargar a tu amiga con eso. Fuiste tú la que empezó con el interrogatorio.

—A ella no le molesta.

Y en realidad no lo hacía, ya que no creía que él fuera a hacerme alguna pregunta incómoda.

Einar parecía pensar. Posiblemente no tenía mayor interés en nosotras.

—¿Qué tipo de entrenamiento has recibido? —se dirigió a Gabi.

—Podrías preguntar algo más interesante. —Debía estar decepcionada que le consultara a ella en vez de a mí.

—Esa es mi pregunta.

Gabriela suspiró.

—Como le dije a Lila, no soy cazadora. Mi abuelo no quiso ponernos en peligro, simplemente nos preparó para enfrentarnos a los zoocryptos si nos topábamos con ellos. Nos enseñó sus registros, también a disparar. Nos pidió que mantuviéramos un buen estado físico y cuidáramos nuestra alimentación.

—Ya veo. Entonces si no son cazadores, ¿por qué tu

primo vigilaba la casa de Lila?

—Espera. Ya te respondí una pregunta, ahora me toca a mí.

A Einar no pareció molestarle aquello.

—¿Cómo te gustan las mujeres?

Él la miró perplejo. Yo me sentí avergonzada, era obvio que lo hacía por mí.

—¿Estás segura que no te intereso?

—Muy pero muy segura.

—¿No crees que demasiado personal la pregunta?

—No, es como si preguntara por tu color favorito. Además, si quieres que te responda lo de mi primo debes contestarme esto.

Sentí pena por Einar, a mí no me hubiera gustado que me hiciera esa pregunta.

—No lo sé, no estoy preocupado de eso ahora.

—¿O acaso te gustan los hombres?

—No es eso. Me gustan las mujeres, solo que no tengo un parámetro.

—No te creo.

Él la miró serio. Yo no sabía dónde meterme.

—Puedo encontrar a cualquier mujer bonita, no importa su conflexión, raza o lo que sea.

—Yo también y eso no significa que me gustan. Dime, ¿estarías con alguien que fuera demasiado baja? Te quedaría como llavero con tu altura.

—Prefiero que sea alta —respondió resignado.

—Vez que no es tan difícil. ¿Y qué más?

—Creo que mejor cambiamos de pregunta —intervine—. Podrías responderle a Einar lo que te consultó antes.

Ella me miró, se lo supliqué con los ojos, por lo que no siguió insistiendo.

—Jaime desea ser cazador y ha puesto mucho esfuerzo en ello. Pensaba que a lo mejor la criatura responsable de lo que le paso a Lila podría andar rondándole. No sabíamos que había sido el wendigo.

Me estremecí ante la idea.

—Lila, tú no has preguntado —me indicó Einar.

Lo miré sin saber qué decir. Lo que quería preguntar no me atrevía en ese momento y no se me ocurría otra cosa. Me quedé muda.

Gabi se paró.

—Me voy a dormir, me acosté tarde anoche y estoy cansada.

Sabía que estaba mintiendo, solo quería dejarnos solos.

—Pero no se preocupen por mí, ustedes sigan hablando.

Se fue a la habitación. Me quedé mirando cómo se iba.

—¿Estás bien? —consultó Einar.

Me volteé y nuestros ojos chocaron.

—¿Por qué lo preguntas? —Temía que hubiera intuido algo.

—Por la visita con Carlos Quinteros. Lo siento, no pensé que fuera a salir así.

Respiré aliviada.

—Estoy bien. —No sabía qué decirle. Me había desahogado con Gabriela y no quería darle más vueltas al tema.

—Debe ser doloroso pensar en que alguien cercano a ti fuera el responsable. —Pero al parecer él no quería dejarlo ahí.

Suspiré.

—Es más rabia que dolor —aclaré—. Por la traición de alguien en quien ellos confiaban. Si fuera mi tía Carolina o Gabi, el mundo se me acabaría, mas a otros no tendré problema de golpearlos cuando los descubra.

—No entiendo.

Levanté la vista hacia el techo, luego los clavé en sus ojos pardos.

—Mi tía tiene dos hermanas y dos hermanos, en total son cinco, bueno eran seis con mi madre. Desde que pasó lo de mi familia me han tratado como la niña rota a la cual se debe tener cuidado como se habla, si no a la primera colapsa. Un incordio para las reuniones familiares. Siempre noté que estaban incómodos conmigo cerca.

»Además de tía Carolina, mi abuela Laura, la mamá de mi

mamá, me trató con amor. Y sé que ella por ningún motivo lo hubiera hecho. Mi abuelo, su marido, falleció antes que yo naciera. Y los padres de mi papá, tampoco los conocí. Cuando le preguntaba a mi padre siempre ponía una cara de tristeza, así que imagino que también están muertos. Y no recuerdo que tuviera hermanos.

Sentí como si algo se me olvidara, como si un recuerdo estuviera ahí, pero me fuera imposible acceder a él.

—Aunque ya no quiero hablar más del tema —rogué—. Cuando sea momento lidiaré con el problema, mas ahora prefiero no pensar en ello.

Y Einar respetó mi deseo, no siguió preguntando.

—Espero no te haya incomodado mucho Gabriela —continué.

—Estoy acostumbrado, Aren es parecido.

—Me di cuenta.

La mirada que me lanzó fue difícil de descifrar.

—¿Te dijo algo?

Recordé su interrogatorio y lo que había dicho.

—Hay algo que me gustaría preguntarte. —Con aquella conversación finalmente me había armado de valor.

—Dime.

—¿Por qué te molestó que Jaime dijera lo de la abducción?

Desvió la mirada y recostó su espalda en el sillón.

—A los dieciséis viajé a Noruega para las vacaciones, donde la familia de mis padres. Aunque más que vacaciones resultó ser más un entrenamiento y por lo tanto, los acompañé en las cacerías.

»En un pueblo pequeño, muy aislado, desaparecieron muchas jóvenes. Nos enteramos solo porque la madre de una de ellas viajó buscándola. Dijo que le habían dicho que se la llevaron los extraterrestres, a lo que ella dudaba. Al llegar al pueblo nos encontramos con un culto a los seres del espacio. Según ellos, las chicas fueron bendecidas por estos seres quienes se las llevaron con ellos y compartieron su sabidu-

ría. Casi nadie los cuestionaba, ya que prácticamente toda la aldea estaba convencida de ello. Así que nadie las buscaba.

»No nos tragamos nada. Empezamos a investigar, hasta que las encontramos en lo profundo del bosque en una casa. Encadenadas en habitaciones separadas. El líder del culto las torturaba y violaba junto a otros miembros.

»Al verse descubierto el líder decidió quemarse con todas sus víctimas. Fueron muy pocas las que logramos rescatar en comparación a las que murieron en el incendio.

Se arremangó el brazo izquierdo. Una fea quemadura le subía por el brazo, más allá del codo.

—Aún puedo ver a Greta, una de las jóvenes, llorar y toser mientras trataba de quitarle sus grilletes con las llamas rodeándonos. Hubiera muerto junto a ella, si mi primo no hubiera entrado y me hubiera sacado de ahí. Aún recuerdo como suplicaba que no la abandonara, con angustia en su voz, hasta que quedó inconsciente por el humo.

En sus ojos trataba de contener las lágrimas, mientras que las mías se derramaban como una cascada sobre mis mejillas. Se tapó el rostro con la mano. Me hubiera gustado abrazarlo para consolarlo, pero yo estaba en peor condición que él. Busqué en mis bolsillos pañuelos para limpiarme la nariz, pero al final tuve que levantarme e ir al baño por papel higénico.

Cuando volví parecía más repuesto, no obstante, las marcas de aquello aún no desaparecían.

—Creo que es por eso que me molesta tanto cuando usan a los alienígenas como excusa.

—Siento haberte hecho recordar algo tan triste. Aún sabiendo que no le habías contado de ello a tu hermano. Lo lamento.

Él me miró extrañado.

—Mis hermanos y mis padres conocen toda la historia con más detalles que los que te conté.

Entonces, ¿por qué Aren me había dicho eso? Apenas lo viera le pediría explicaciones.

Einar se me acercó, se arrodilló frente a mí y secó las

lágrimas que aún rodaban por mis mejillas. Mi corazón se aceleró. Nuestros ojos se encontraron por un momento que se me hizo eterno. De pronto se levantó.

—Creo que será mejor que nos vayamos a dormir. Mañana debemos levantarnos temprano —indicó.

Yo solo moví la cabeza para afirmar, ya que no me salían las palabras.

Preparándose para la guerra

Nos levantamos a las siete de la mañana. Einar quería pasar por la casa de sus padres antes de ir a Bosque Claro. Así que tomamos un desayuno ligero y nos marchamos.

Llegamos casi a las ocho.

Quedé impresionada con la jauría que nos recibió. Estaban las perras que había visto antes. Otro que era muy similar a Agha aunque unos centímetros más bajo, uno negro completamente, con apariencia de lobo y más alto que todos y cuatro perros más pequeños, tres grises y uno negro, que parecían ser cachorros. Aren estaba en medio de todos ellos.

—A Cleopatra y Agha ya las conoces. Él es el papá de Agha —indicó Einar al perro similar a ella—. Aquiles y el negro se llama Thor, lo trajimos de Noruega hace unos años. Es el padre de estos cuatro con Cleopatra. Hugo, Paco y Luis —indicó a los tres cachorros grises—. Y ella es Kira. —Por la cachorra negra.

La imagen de Thor me trajo un recuerdo a la mente. Me agaché a acariciarlo.

—Me recuerda a Cerbero —comenté.

—No creo que sea tan aterrador para que pienses en el can del inframundo. Es la cosa más tierna que existe —respondió Aren frotándole el lomo, el cual respondió moviendo la cola—. Bueno con los zoocryptos actúa como un auténtico demonio.

—Me refería a un perro que tuve de pequeña —aclaré—. Lo envenenaron unos días antes que...

149

Dejé la frase en el aire, no obstante, los demás parecieron darse cuenta a qué me refería.

—La mamá los está esperando para desayunar —indicó Daven acercándose.

—Ya comimos —contesté.

Pero por lo visto eso no importaba, ella nos alimentaría de todas formas. Los tres entramos a la casona. Daven y Aren se quedaron afuera.

Al entrar a la cocina Engla nos abrazó a Gabi y a mí como si fuéramos sus hijas, al igual que Einar.

Tartas, pan amasado y leche recién hervida nos esperaba. Nos sentamos a la mesa. En eso entró Bjorn con sus hijos y ocuparon los puestos libres.

—Así que van a la casa —comentó el padre de Einar, como si «la casa» tuviera una carga negativa.

Bueno de cierto modo sí.

—Por eso vengo a buscar la camioneta —aclaró Einar—. Y algunas armas, también uno de los lanza llamas.

Yo lo miré sorprendida, no me había dicho nada de aquello.

—¿Es que piensas ir a la guerra? —intervino Aren—. Sabes muy bien que los demás zoocryptos no se acercan a la guarida de un wendigo. A pasado muy poco tiempo para que su aroma hubiera desaparecido.

—Lo sé, pero las cosas no han ocurrido de la forma que conocíamos... —Dejó en el aire la frase, posiblemente era porque las cosas no ocurrían como esperaban en torno a mí.

—Si tanto te preocupas, ¿qué tal si los acompaño?

Me removí incómoda, a lo que Aren sonrió, seguramente me haría nuevas preguntas o se las arreglaría para molestarme.

—Solo lo dices para correrte del trabajo —respondió Daven.

Aren se paró e hizo unos movimientos de manos teatralmente.

—Einar es el señor cordialidad y Daven el señor amargado —contestó con sorna.

Su hermano le dirigió una mirada asesina.

—Y tú el señor inmadurez —espetó.

—Los dos deberían callarse —intervino Bjorn—. Aren, deja de molestar a tus hermanos. Y tú, Daven, deberías reclamar menos.

Ninguno de sus hijos dijo nada, mas se lanzaban miradas que saltaban chispas.

—Si estás preocupado será mejor que te lleves a Aren —se dirigió a Einar.

Todos acataron sin protestar, aunque el menor de los hermanos se viera triunfante y el del medio molesto.

Apenas terminamos de desayunar comenzamos a prepararnos.

Con Gabi acompañamos a los hermanos a una armería. Estaba fuera de la casa, en una bodega antigua aunque refaccionada. Tenía lo suficiente para un pequeño ejército, escopetas, rifles, ametralladoras o por lo menos era lo que yo pensaba. Desconocía de armas, así que si me decían que una escupía arcoiris y algodón de azúcar les creería. Bueno, no para tanto.

—¿Sabes usar esto? —Einar le preguntó a Gabi mostrándole una.

—Sí —dijo acercándose.

Gabi y Einar se pusieron a hablar de las armas con Daven a su lado. Aren mantuvo la distancia. Imaginaba que trataba de mantenerse lejos del alcance de su enojado hermano. Aproveché ese momento para encararlo.

—Eres un mentiroso —le susurré.

Él me miró confuso.

—Sabías lo de los extraterrestres —aclaré.

Sonrió con malicia.

—Simplemente te estaba dando una oportunidad —respondió en el mismo volumen—. Espero la hayas aprovechado, mira que mi hermano es un poco lento.

Me sonrojé. Él rió.

—¿Qué tramas? —La voz de Einar nos hizo saltar a ambos.

Estaba detrás de nosotros y se le veía algo molesto. ¿Acaso había alcanzado a oír?

—¡Oye! ¿Por qué tendría que estar tramando algo? —se defendió haciéndose el ofendido—. Simplemente conversábamos.

—¿De qué? —No parecía tragarse lo que decía su hermano, aunque por lo menos me dejaba tranquila de que no había escuchado.

—¿Y de dónde salió el cotilla del barrio? ¿O acaso estás celoso?

Einar abrió los ojos como plato. Se dio vuelta, dándonos la espalda.

—Ayuda a cargar —le ordenó antes de volver con Daven y Gabi, quienes nos observaban.

Hermanos

Aren se sentó en el asiento del copiloto, al lado de Einar, después de guardar todo en una caja metálica en el cajón de la camioneta. Nosotras nos fuimos en los asientos de atrás, junto con Agha, quien se echó sobre mi regazo, así que aproveché de acariciarla todo el trayecto.

El ambiente entre los hermanos era tenso, por lo que traté pensar en un tema para conversar, no obstante, Gabriela se me adelantó.

—¿Por qué tu padre no mandó a Daven en vez de Aren? ¿O Aren es el niñito consentido? —La pregunta iba para Einar, mas no ayudaba con la tensión.

El «niñito consentido» se giró para contestar.

—Porque Daven es un amargado y lo único que haría es incomodarlos con sus protestas. Y si hay un «niño consentido», ese es él.

Einar suspiró.

—Daven se comporta así solo contigo, porque no dejas de molestar y nadie es el consentido —intercedió por su hermano ausente—. Tenían cosas que hacer en el campo y él es más hábil para eso que Aren.

—Es decir que eres un vago —encaró Gabi a Aren, quienes no se podían ver directamente, ya que ella estaba sentada tras él, sino la mirada entre ambos hubiera sido épica.

—No —se apresuró Einar—. Aren lleva los impuestos y la contabilidad, es hábil con los números. Aunque también ayuda con los trabajos del campo.

A pesar que antes se veía molesto con Aren, no dudó un momento en defender a su hermanito. Lo que me hizo preguntarme si yo hubiera sido así si Amy viviera.

Viene por ti

Cuando llegamos a la casa los ánimos se habían calmado. Apenas abrí la puerta Agha se bajó de un salto, feliz de ser liberada. Aunque era una perra muy bien entrenada, ya que en ningún momento se había mostrado inquieta.

Aren fue directo a la caja metálica, evadiendo a Gabriela. Se notaba que ninguno de los dos se agradaba.

—¿Vive alguien aquí? —preguntó antes de abrirla.

Aquello no lo había pensado. El campo estaba arrendado y el arrendador trataba directamente con mi tía, por lo que no se me había ocurrido anunciar mi visita. Aunque era posible que ella avisara.

—Está arrendado el lugar —contesté—. Quiero decir el campo, la casa no —aclaré—. Pero no sé si hay gente.

—No me gusta —respondió—. Si nos ven con armas podrían llamar a la policía y ahí tendríamos problemas.

—Si eso pasa yo lo arreglo —indicó Einar—. Además tenemos permiso para portarlas y son legales. Es normal que si visitas el lugar donde un asesino serial descuartizó a sus víctimas quieras protegerte por si vuelve.

—Solo digo —comentó Aren.

Abrió la caja y sacó tres escopetas. Una para Gabriela, que la recibió sin mirarle a la cara. Otra para Einar y la última para él. También sacó unas mascarillas de goma, con unas latas a los lados, las cuales nos paso a todos. Cuando me la puse me di cuenta que era algo incómoda.

Nos acercamos a la casa. Einar me pidió la llave para

ser él quien entrara primero junto con Agha. Apenas abrió le dio una orden, la cual imaginé sería en noruego, porque no entendí nada, para luego colocarse la mascarilla. La perra se lanzó de inmediato dentro de la casa, buscando.

Aren no nos dejó pasar, hasta que Einar nos gritó desde dentro que podíamos.

Había poca luz a pesar del día, la suciedad de años había oscurecido los vidrios. Abrí unas cortinas, esperando que eso ayudara, pero no fue mucho el cambio, solo levanté polvo.

Aún así alcanzaba ver y con eso me di cuenta que las cosas no estaban como doce años atrás, no como aquella noche con el wendigo. Por lo visto habían revisado toda la casa debido a la investigación, lo que era extraño, ya que con el caso de mi familia solo habían tomado evidencia de la habitación de mis padres o por lo menos eso era lo que pensaba.

Gabi entró a la cocina, seguida por Aren, Einar se encontraba allí. En cambio, yo decidí subir a mi habitación. Al entrar vi las mantas echadas para atrás, como las dejé aquella mañana. El mismo sentimiento de vacío se alojó en mi pecho.

Traté de abrir la ventana, mas el abandono y la humedad la habían trancado. Me senté en la cama y me saqué la mascarilla, me incomodaba demasiado. Tomé en los pies de la cama un roñoso conejo de peluche, el cual había sido mi favorito de pequeña, pero en ese momento se deshacía en mis manos.

Recordé aquella noche. Amy asustada por mi juego de invocación, mi padre cargándola, la silueta en la colina. Ya no tenía miedo, sino tristeza, mucha tristeza e ira hacia el responsable. Fueron tan fuerte los sentimientos que no pude contener las lágrimas, hasta sollocé.

Al levantar la vista me di cuenta que Aren estaba en el umbral de la puerta. Parecía incómodo. Se quitó la máscara.

—Lo siento, no quería ser inoportuno —se disculpó—. No deberías quitarte la mascarilla.

—No parece que hubieran ratones, el wendigo debió

espantarlos —respondí.

—Es probable, pero no lo digo solo por eso. No sabes si ha crecido algún tipo de moho que sea nocivo.

Hablando así me recordaba a Einar, por lo visto podía tener una faceta protectora. Aún así no le hice caso. Sequé mis lágrimas con el dorso de mi mano.

—¿Hay alguna criatura? —consulté.

—Agha no encontró nada, así que no hay peligro. Los zoocryptos que no pueden ser rastreados por los perros atacan de noche.

Me levanté y salí del cuarto, Aren me siguió. Bajé al primer piso, Gabriela y Einar estaban en la cocina.

—Si es seguro, podrían darme un momento a solas —les pedí.

No quería que me vieran llorar, aún Gabi quien me había consolado tantas veces. Necesitaba un momento para vaciar mi pena.

Einar afirmó con la cabeza, aunque mi amiga pareció dudar. Me pasó una linterna.

—Puede que la necesites —dijo al quitarse la máscara—. Además deberías volver a ponértela. —La señaló—. Estaremos afuera en la entrada, con la puerta abierta. —A Gabi le costaba dejarme.

—Estaré bien.

Los tres salieron.

Fui a la habitación de al frente, donde estaba el comedor formal y el living. Recordaba que antes de acostarnos estuvimos con Amy haciendo unos dibujos ahí. No habíamos guardado nada, ya que pensábamos seguir al día siguiente.

Me acerqué a la mesa de centro. Ahí estaban las hojas dispersas, pero de los dibujos no quedaban nada. Una gotera había caído encima, dejando manchones irreconocibles y destruyendo parte de los papeles.

Me arrodillé con nuevas lágrimas amenazando por salir. De pronto, en la periferia de mi vista algo se movió. Levanté

mi rostro y me topé con una niñita en pijamas, algo traslúcida, con manchas de sangre en su ropa y un costado de su abdomen desgarrado. A pesar de que la visión causaría horror a cualquiera, yo solo podía sentir dolor.

—Amy... —gemí.

—Lila. —Su voz sonaba distorsionada, con un chirrido metálico, pero era su voz—. Él sabe que lo buscas y no dejará que lo descubras. ¡Debes irte! ¡Viene por ti! ¡¡Viene por ti!! ¡¡¡Viene por ti!!! —Y con un grito de horror desapareció.

Agha comenzó a ladrar embravecida. El correr de patitas se escuchó en toda la casa. No alcancé a pararme cuando se cerró una puerta con fuerza, lo que me sobresaltó.

Corrí a la entrada, era aquella puerta la que se había cerrado. Escuchaba aporrearla, de afuera trataban de abrirla. Gritaban algo que no podía entender. Algo comenzó a cubrir las ventanas, como si fueran escamas negras. Quedé completamente a oscuras.

Iba a encender la linterna cuando sentí algo sobre mi cabeza, una respiración jadeante. Me paralicé por un momento, para luego apuntar con la luz. Era una criatura negra que se sujetaba con manos y pies del techo, estirando su cuello hacia mí, con colmillos y unos ojos negros. Por lo que me había dicho Gabriela era un cuco.

Apagué la luz y corrí a ciegas al comedor. Como pude me metí bajo una mesa. Rogando inocentemente que no me encontrara. Mi corazón palpitaba con fuerza.

Debió ser unos minutos, pero me pareció una eternidad. Solo podía oír los intentos de entrar de los demás, mas nada de la criatura. Ilusamente pensé que podía haberla despistado.

De pronto mi celular comenzó a sonar con su estridente música y las luces bailarinas traspasaban mi ropa con esa negrura total. Como pude corte la llamada. Me quedé tendida esperando oír que se acercara, no obstante, no hubo ningún ruido.

Creía que podía respirar tranquila cuando sentí su aliento en mi cara. Apunté la linterna. Ahí estaba agazapado frente a

mí el cuco, por quién sabe cuánto tiempo. La criatura chilló y con una garra me alzó del suelo sujetándome del cuello. La linterna quedó en el suelo, por lo que no pude volver a ver su horrenda expresión.

El terror inundó todos mis sentidos. De repente ya no era una oscuridad absoluta. Había una figura alta frente a la ventana de mi habitación, abierta de par en par, dejando entrar la lluvia y el viento. Escuchaba abajo el llanto de mi hermana, los gritos de mis padres y el gruñido del wendigo. Estaba reviviendo aquella noche, que por algún motivo había olvidado. Quería que terminara, que todo se acabara, de ser necesario que me matara.

A lo lejos escuché un cristal quebrándose, para luego una luz cegadora envolverlo todo, quemándome los ojos. Caí al suelo y mi torturador comenzó a bramar enloquecido. La descarga de una escopeta me hizo saber que al fin habían logrado entrar.

—¡Lila! ¿Estás bien? —Sentí el contacto de Einar, pero no lo podía ver, todo era un brillante blanco que dolía.

Seguían los disparos, aunque el rugir del cuco iba perdiendo fuerza.

—¡No puedo ver! —grité.

—Cierra los ojos —me ordenó y de inmediato puso algo sobre mi cabeza que oscureció aquella luz.

Me cargó y yo lo abracé aliviada que estuviera ahí.

La calma después del caos

—Tendrás que esperar a que se pase el efecto —me dijo Einar.

No sabía dónde estaba, aunque deducía que me había sacado de la casa por la brisa que sentía y estaba sentada en algo.

No pude entender a qué efecto se refería. De fondo se escuchaba a Agha atacar algo que emitía un chillido distinto al del cuco, más como un ratón.

—¿Qué me pasa? ¿Por qué veo todo luminoso? —Quise saber.

—Es por el ataque del cuco. Tiende meter a sus víctimas en un trance —explicó—. Uno de los efectos secundarios es dilatar las pupilas de forma anormal.

Así que a eso se refería con aquello.

—¿Estás mareada? ¿Te falta el aire? —me preguntó.

—No, ¿por qué? ¿Son otros de sus efectos?

—No, son los síntomas de tus crisis. Lila, lo que viviste recién fue la peor de tus pesadillas, eso es lo que busca esa criatura. Y el miedo es uno de los detonantes de las crisis de pánico. —Sonaba preocupado.

—Me siento perfectamente bien, aunque con el corazón a mil por hora.

Y como él había dicho lo normal era que sufriera un episodio, pero no ocurrió, extrañamente.

—¿Cómo está? —Era la voz de Gabriela.

—Bien —respondí inmediatamente—. En perfectas con-

diciones aunque ciega.

Los dos permanecieron mudos.

—Agha mató a todos los duendes —dijo Aren—. Voy por el botiquín para curarle las heridas.

—Creo que ya podríamos probar cómo está tu vista —finalmente habló Einar—. Cuando yo te diga abres tus ojos lentamente.

Quitó lo que me había puesto sobre la cabeza.

—Ahora.

Seguí sus indicaciones. Ya no me dolía como antes, ni todo era brillante, mas las formas estaban difusas. Parpadeé varias veces, no obstante, no arregló mi vista. Tanteé mi rostro para asegurarme que tenía puesto mis lentes, aunque no tenía tan mala visión como para verlo todo borroso sin ellos. Ahí estaba y parecían pegados a mi cara, ya que no se habían movido con todo el jaleo.

—Veo todo borroso, no distingo nada —aclaré.

—Ten paciencia, pronto regresará a la normalidad.

Y así tuve que esperar unos minutos hasta que se cumplió lo que dijo él.

Cuando abrí los ojos, Einar estaba a mi lado, mas Gabriela y Aren llevaban los cuerpos de las criaturas a la camioneta. Lo que había dicho por duendes no eran unos simpáticos hombrecitos con gorros de cono, sino unas criaturas pequeñas con forma humanoide que parecía que tuvieran más corteza que piel. De nariz puntiaguda y una fila de colmillos en la boca. Estaban completamente desgarrados, posiblemente por las fauces de Agha.

La perra estaba echada al lado de Einar. Solo se le veía unos rasguños en el hocico que eran cubierto por un líquido morado o lo que fuera.

—¿Por qué los suben a la camioneta? —pregunté.

Einar me miró. Se acercó para observar mis ojos.

—Ya parecen que están completamente bien. Con res-

pecto a lo otro, siempre nos llevamos los cadáveres para reducirlos en la casa. No es buena idea dejar evidencia de ellos. Más aun con el arrendador y eso. Como les conté la otra vez. Aunque con los disparos de hace un rato ya debería haberse dado por enterado.

Pensando en lo que había pasado, recordé el quebrar de los vidrios, lo que sin duda me salvó.

—¿Cómo supieron que estaba en el living?

—¿A qué te refieres? —Einar se veía algo confuso ante mi pregunta.

—Es decir, ustedes rompieron la ventana para que entrara luz y esa cosa se quemara, ¿no? —Recordaba lo que había dicho Gabi acerca del cuco.

Me miró sorprendido.

—Creímos que tú la habías roto.

—Eso no es posible, ni siquiera estaba consciente de lo que pasaba.

—Ya están todos arriba —intervino Aren, acercándose con Gabriela.

—¿Qué pasa? —consultó Gabi al ver nuestras caras.

—¿Quién rompió la ventana? Si no fui yo ni ustedes —contesté.

—A lo mejor la niña que vimos —comentó Aren, sin darle mucha importancia—. La que pareció que nos abrió la puerta.

—¡¿Qué?! —No podía creer lo que decía.

—A pesar de nuestros esfuerzos la puerta no se abría y no quisimos disparar por si estabas cerca —explicó Einar—. Yo corrí a la camioneta a buscar el hacha, así que no la vi. Pero cuando regresé la puerta ya estaba abierta. Los chicos ya habían entrado y el cuco chillaba por la luz.

—La puerta se abrió despacio —indicó Gabi—. Al frente había una niña, la cual no vimos cuando entramos.

No pude aguantar más, me puse a llorar con todo lo que daba mis pulmones. Amy me había salvado. Mi pequeña hermana me protegió aún cuando yo no había hecho eso por ella.

Gabi me abrazó tratando de contenerme.

—Fue Amy —dije entre sollozos—. Fue Amy quien me salvó. Apareció... antes que comenzara todo...

Nadie dijo nada ante mis palabras.

—Me dijo que «él» sabía que lo buscaba y que no dejaría que lo descubriera —continué tratando de recobrar la compostura—. ¡«Él» es culpable de esto! ¡«Él» me tendió una trampa!

—¿Quién es «él»? —preguntó Gabi.

—¡No lo sé! —grité con rabia—. ¡Solo sé que es el responsable de la muerte de Amy y mis padres!

Mi amiga me abrazó con más fuerza. Volví a romper en llanto.

Arrendatario

Después de unos minutos me calmé.

—Deberíamos irnos —indicó Einar.

—Aún no busco las fotos... —Levanté la vista para hablar, pero no me fijé en él, sino que más allá, hacia donde habían unos galpones viejos. Una persona estaba parada ahí y nos observaba. Me pareció tan familiar que lo confundí —¿Papá?—. susurré.

Aunque mis palabras fueron lo suficientemente audibles para que el resto las oyera. Todos se voltearon en esa dirección. El sujeto al verse observado corrió detrás de las construcciones.

Einar le dio una orden a Agha, la cual salió disparada en esa dirección. Los hermanos fueron tras la perra y a pesar del intento de Gabi para que me quedara ahí yo también fui detrás.

Mientras corría pude escuchar los ladridos de la perra, por lo visto había acorralado al sujeto. Cuando se escuchó la detonación de una escopeta, seguido por el chillido del animal. El corazón comenzó a saltar en mi pecho, por nada quería que le hubiera pasado algo a Agha. La conocía hace poco, pero era difícil no encariñarse de ella.

Al cruzar el galpón me encontré con los dos hermanos apuntando sus escopetas a un tipo. No me había dado cuenta que aún las llevaban. El sujeto también les apuntaba con otra escopeta.

Por suerte Agha estaba al lado de Einar gruñendo. Por lo visto el disparo solo la había asustado.

Al ver mejor al hombre me di cuenta que no era el mismo

que nos veía.

Los tres estaban tensos, a punto de disparar.

—Baja el arma —ordenó Einar, suave pero con un tono muy duro.

—¡No pienso! ¡Si quieren asesinarme no la tendrán fácil! —respondió el hombre.

—Nadie quiere asesinarlo —respondí—. ¿Por qué no bajan ustedes las armas primero? —me dirigí a los hermanos.

—¡Estás loca! —contestó Aren—. Nos observaba. Podría dispararnos.

—¡Yo no...

—No era él quien nos veía —interrumpí al sujeto.

—¿Cómo estás segura? —interrogó Einar.

—Lo estoy —No podía explicarle ahí que era la primera vez que veía al hombre que teníamos en frente, en cambio, sabía en mi interior que al otro lo había visto antes, solo que no podía recordar dónde.

Einar al ver mi determinación bajó la escopeta. Aren lo hizo a regañadientes. El hombre dudó al inicio, pero finalmente se calmó.

—¡Alejen a esa bestia de mí!

Agha aún le gruñía con el pelo erizado y mostrándole los dientes.

Einar le dio una orden y ella se sentó tranquila, pero sin apartar los ojos del tipo.

—¿Por qué están aquí? ¿Qué quieren? —El hombre aún estaba a la defensiva.

—Eso también queremos saber de usted —respondió Einar.

—Yo trabajo aquí, soy el administrador del campo.

—¿Y por qué anda armado? —cuestionó Gabi.

—¡Les parece poco con lo que pasó antes! —se exasperó—. ¡Un asesino serial mató a muchos en esa casa! ¡El administrador anterior fue una de sus víctimas! Mi jefe me dijo que llevara un arma para protegerme, por si acaso volvía el asesino.

De cierto modo era extraño que alguien hubiera aceptado trabajar ahí con aquel peligro latente.

—¿Quiénes, mierda, son ustedes? —Parecía aún más impaciente.

—Yo soy la dueña de este campo —le informé.

—Miente, mi jefe ha hablado con una señora con más edad.

—Mi tía Carolina es mi tutora legal. Bueno, era, ya soy mayor de edad. Aun así, ella ha continuado encargándose del arriendo del campo. ¿Acaso no les informó que yo venía? —aclaré.

El hombre me miró de arriba a bajo.

—Mi patrón dijo que venía su sobrina con sus amigos a la casona, por lo que no debía ir allí, ni molestarlos. Y quién quería ir. No paso por ese lugar, aún cuando tenga que dar un rodeo.

Eran un poco sospechosas las indicaciones del jefe del hombre.

—¿Está solo? —pregunté.

—Sí, trabajo solo, se contratan por temporada para las cosechas.

—Me refiero ahora, ¿no había alguien con usted?

—Mi jefe estuvo antes, pero hace un rato que se fue.

—¿Me podría dar su número?

Me miró con cara de pocos amigos.

—Si lo quiere pídaselo a su tía. Ahora váyanse que tengo que trabajar. Y si vuelven a apuntarme con un arma llamo a la policía.

—Está bien, no lo molestamos más —contestó Einar.

Regresamos a la casa, para buscar las fotos y dejarla cerrada. Esa vez no me dejaron sola y decidí que era mejor no demorarme con sentimentalismos.

En el ropero de mis padres encontré la caja que contenía los álbumes familiares. Era más grande de lo que recordaba, por lo que la cargó Einar detrás en la camioneta.

Antes de marcharnos miré de nuevo hacia la bodega, pero esta vez no había nadie.

Nada es como debería ser

Nos fuimos directo a la casa de los padres de Einar. Aren tenía ganas de pasar a la bencinera a comprar un café, Gabi estaba de acuerdo con ello, pero Einar no los dejó. Con los cadáveres de las criaturas en el cajón no quería demorarse.

El joven forense se veía tenso mientras conducía.

—¿Qué pasa, Einar? —Verlo así me preocupaba.

—En primer lugar un cuco no ataca de día. Ellos duermen a esta hora. Además los zoocryptos no colaboran entre ellos, pero los duendes bloquearon las ventanas para que el sol no lo dañara y cerraron la puerta para atraparte. En general los duendes no hacen más daño que morder o arañar a las personas.

»Otra cosa es que sabían que no debían estar en la casa para que Agha no los notara. El cuco, en cambio, los perros no lo sienten. Y una vez que estuviste sola ellos actuaron. No es un comportamiento normal.

»Aún así me cuesta creer que una persona pueda controlarlos. Son criaturas salvajes, no pueden ser domesticadas.

Por el retrovisor pude ver que apretaba la mandíbula, no solo estaba tenso, sino también enojado. No volvió a hablar, por lo que continuamos un rato en silencio.

Me puse a pensar en aquel hombre que había visto al lado de la bodega. Se me hacía familiar, pero confundirlo con mi padre era otra cosa. De pronto se me vino la imagen del tipo en el centro comercial y supe que era el mismo.

—El de la bodega era el mismo que nos estuvo observan-

do en el centro comercial —dije sin pensarlo mucho.

Einar se orilló en el camino y puso los intermitentes. Se volteó para mirarme directamente.

—Las estuvieron asechando, ¿y no me dijeron nada? —Su tono de voz mostraba su molestia.

—Es decir, no fue como si nos estuviera asechando —se apresuró Gabriela a responder—. Lila tuvo la sensación que nos veía, pero luego el tipo se fue. No pareció que fuera nada.

Aún así no parecía más tranquilo Einar.

—¿Quiénes sabían que venían? —nos interrogó.

—Mi tía y su marido —respondí.

—Mi abuelo y Jaime —continuó Gabi—. ¿No estarás insinuando que uno de ellos es responsable de aquello?

Con eso recordé mis sospechas respecto de Miguel, aunque era mejor indagar sola y no decirle nada a mi amiga.

—También estaba el arrendatario y el administrador —indicó Aren—. Y tu tía pudo decírselo a alguien más que conociera, así comentándolo. Así que pueden haber muchas más personas que supieran, de lo que sabemos. —Parecía que trataba de calmar el ambiente, algo que era más normal en su hermano mayor que en él.

Pero Einar se veía sumamente enojado, ¿o simplemente estaba preocupado?

—Es mejor que sigamos, cuando lleguemos a casa lo hablamos con más calma —finalizó el hermano menor.

Einar se volvió a girar y continuó conduciendo.

Cuando llegamos donde sus padres, Einar se bajó sin decirnos una palabra. Nosotras lo seguimos, con Aren tras nuestro. Buscó a Bjorn y a Daven, quienes les ayudaron a poner las criaturas en un hoyo para luego prenderle fuego.

Aren comenzó a bajar las armas para guardarlas en la armería. Gabi lo ayudó.

Einar volvió y se subió en el cajón. Yo en cambio no sabía

en dónde pararme ni qué hacer. Él iba a levantar la caja, con mis fotos, pero se detuvo.

—Lo siento —me dijo con un tono ya no tan golpeado—. La caja se manchó de sangre.

Lo miré asustada. No quería que se arruinaran.

Él comprendió mi mirada y revisó dentro.

—Están bien —comentó—. Los álbumes tienen cubierta plástica, así que no les pasara nada, solo hay que limpiarlos un poco. Voy a ir por un bolso para meterlos. Quedará pesado, pero será más fácil así llevártelos a Fuente Nueva.

Con un salto bajó de inmediato y se fue a la casa dando zancadas. Yo troté tras él hasta que lo alcancé en el inicio de las escaleras del segundo piso. Lo tomé del brazo. Él se volteó a mirarme.

—¿Estás enojado? —pregunté con timidez.

Su mirada se ablandó.

—Lo siento, no es contra ustedes —respondió—. Pero todo ha sido tan extraño que me preocupa lo que pueda suceder. No quiero que te pase nada.

Lo quedé mirando fijo. Avanzó hacia mí y se inclinó, tocándome la mejilla.

—¿Se van a quedar a almorzar? —Engla apareció en el pasillo.

Rápidamente Einar se enderezó.

—Sí, no entro hasta la noche, así que podemos quedarnos un rato más —le respondió.

Yo no entendía qué había pasado ahí.

Einar comenzó a subir las escaleras, al darse cuenta que me había quedado clavada en el mismo sitió se volteó.

—¿No vienes?

Con eso salí de mi congelamiento y lo seguí.

Encontró un bolso en su antigua habitación y me ayudó a limpiar los álbumes que se habían manchado ante de ponerlos ahí. Como había dicho había quedado pesado, pero con

la ayuda de Gabriela no tendría problema en llevarlo.

Cominos y de paso les contó a los demás todo lo que había pasado. Bjorn miró a su hijo serio. Por lo visto a él tampoco le gustaba aquello.

—Podría preguntarle a Freyja si sabe de algo parecido —propuso Daven.

—¿Freyja? —Salió de mi boca sin que pudiera detenerlo.

—Su novia —aclaró Aren—. Es nuestra prima en Noruega, aunque en realidad fue adoptada junto con su hermano, así que no comparte sangre con nosotros.

—No era necesario que dieras esa información —Su hermano lo miró molesto.

Aren solo movió los hombros.

—En Noruega hay más clanes de cazadores que acá, aunque no son tan abiertos de compartir su información —indicó Bjorn—. Pero Freyja es buena investigando, podría encontrar algo. Por favor, pídeselo.

Daven afirmó con la cabeza.

—Por ahora creo que no deberías ir a ningún sitio desolado, Lila. Y si lo que dijo tu hermanita es verdad, tampoco andes sola —indicó Bjorn—. Aren y Daven podrían volver a hacer vigilancia...

—¡Está bien! No es necesario eso —me apresuré a decir. No necesitaba seguirles causando problemas—. No andaré de noche, ni me meteré en lugares extraños. En especial andaré por zonas donde haya mucha gente.

Bjorn me miró serio y al parecer Einar también había pensado en la idea de su padre.

—Tienen trabajo acá, no creo que sea bueno prescindir de ellos —traté de argumentar—. Además es desgastante que estén viajando todo el tiempo y son cinco horas de distancia. Entre ida y vuelta es demasiado.

—Como cazadores también es nuestra responsabilidad proteger a las víctimas.

—En serio, estaré bien. Tengo a Gabi cerca, también está Jaime...

—Pero no son cazadores —interrumpió Einar—. Disculpa Gabi.

—Tranquilo, eso te lo dije yo —respondió ella.

—Pero tienen más habilidades que yo —aclaré—. Además está su abuelo, que es un cazador hecho y derecho.

Del cual yo sospechaba, pero quería quitarme de encima la vigilancia. No me daba cuenta hasta ese entonces en el peligro real en que estaba.

Al final conseguí lo que quería, no siguieron insistiendo en ponerme bajo vigilancia, con la condición de que me reportara todos los días con Einar.

Después de almorzar nos quedamos un poco más, hasta que Einar decidió que debíamos regresar a Agua Brava.

Pasó a comprar al supermercado. Esa vez los acompañé porque no me hacía gracia quedarme en el estacionamiento con el bicho que había allí. Al llegar al departamento preparó algo ligero. Después de comer se cambió y fue a trabajar. Nos dio permiso a que sacáramos cualquier cosa para comer, pero con todo lo vivido ninguna de las dos tenía ganas de trasnochar, así que nos acostamos temprano.

A la mañana siguiente nos despertó apenas llegó, lo que nos dio tiempo de ducharnos y tomar el desayuno junto con él. Una vez listas nos fue a dejar al terminal.

Nostalgia

Una vez llegamos a Fuente Nueva, mi tía Caro nos pasó a buscar. Dejamos primero a Gabi en su casa y nos fuimos a la nuestra.

Cuando quise sacar el bolso con las fotos del maletero me costó mucho poder levantarlo y terminó cayendo al suelo con un ruido estrepitoso.

—Espera, deja que te ayude —indicó mi tía.

Sujetó uno de las asas y yo la otra y levantamos al mismo tiempo.

—¡Huy!, qué pesa —comentó ella.

—Traje todos los álbumes que habían —respondí.

Me ayudó a llevarlo a mi habitación. Lo dejamos en una orilla, pegada a la pared, cerca del armario.

—Aún no me cuentas cómo estuvo todo —expuso con cara preocupada—. ¿Tuviste alguna crisis?

Me senté en mi cama, tratando de parecer lo más tranquila posible, no quería que empezara a sospechar.

—No, no pasó nada —contesté—. Fue triste entrar de nuevo a la casa, ver las cosas, algunas hechas un desastre. Lloré, me dio pena, pero no tuve ninguna crisis.

Ella se sentó a mi lado y me abrazó. No dijo nada, mas no importaba, la calidez de su abrazo me reconfortaba y a la vez me hacía sentir mal por engañarla.

—Bueno, voy a calentar la comida para que almorcemos. —Se despegó de mí y me miró directamente a los ojos—. ¿Te parece?

—Sí.

Ella se levantó y salió de la habitación.

Clavé la mirada en el bolso. Fui hacia él y me senté en el suelo a su lado. Deslicé despacio la cremallera. Saqué el primer álbum a mi alcance. Era azul marino y tenía en la portada un oso de peluche con un gran corazón. Al abrirlo me di cuenta que era el álbum de bebé de Amy, ya que en las primeras fotos ella aparecía como recién nacida, rosada y fea. Siempre me parecieron feos los bebes recién nacidos.

Habían varias donde estaba desnuda, con una cinta en su abdomen, cambiándole pañal o bañándola. En algunas también aparecía yo, con mi madre en la cama y ella al medio.

Con el paso de las fotos, también se mostraba el paso del tiempo. Había una serie de tres fotografías en el patio de nuestra casa, las dos sentadas en una manta, Amy ya tenía unos meses. En la primera las dos estábamos sentadas, en la segunda Amy caía hacia un lado y en la tercera mi madre estaba enderezando a mi hermanita. Sonreí.

En aquel álbum solo habían fotos hasta que Amy tenía un año de edad, su primer cumpleaños y sus primeros pasos. Lo cerré y dejé en el suelo.

El siguiente que tomé era más pequeño. Empezaba con fotografías de nosotras en la playa poco antes que ellos murieran. No alcancé a darle vueltas, pues mi tía me llamó para que comiera.

Sospechas

Al entrar en la cocina, ya tenía servidos los platos sobre la mesa. Me senté en silencio. Después de un rato mi tía comenzó a hablar.

—Además de ir a la casa, ¿qué más hicieron?

Levanté la vista, analizando las respuestas que le iba a dar.

—Bueno, el día que llegamos a Agua Brava fuimos al centro comercial, comimos, Gabi hizo unas compras y luego nos juntamos con Einar y fuimos a ver el detective que llevó el caso de mis padres. —Ya que ella había preguntado era buen momento de hablar de ello, la miré de reojo y parecía más calmada que la otra vez. Imaginaba que había asumido que seguiría con mis indagaciones—. En realidad no sabía mucho, lo que si me pudo decir es que no forzaron la entrada, por lo que el asesino debía de tener la llave.

—¿Cómo es eso posible? —Ella se veía confundida.

—Su hipótesis era que es alguien cercano. —Hice una pausa esperando a que ella me dijera algo, pero solo me escuchaba atentamente—. Que pudo ser por motivos de dinero o venganza. ¿Quién peleó mi custodia, tía?

Ella abrió los ojos asombrada.

—¿No estarás insinuando que Roberto tuvo algo que ver?

Así que era él, aunque no me extrañaba. Lo que si era extraño que hubiera querido quedarse conmigo, ni él, ni su esposa, ni mis primos eran agradables conmigo. Siempre era la niña frágil que mantenían a distancia y a la que le hacían preguntas de cortesía, nada más.

—¿Por qué quería mi custodia si no me quiere?

—¿Por qué piensas eso? Mi hermano es algo menos de piel, pero no significa que no te quiera.

—No soy inocente, tía. Ninguno de tus hermanos me quiere y lo he notado. Ni siquiera nos visitaban cuando mis padres estaban vivos.

—¡Eso no es cierto...! —Parecía dudar si decirme o no lo que pensaba—. Fue tu madre quien los alejó... Bueno, no es que Claudia quisiera alejarlos, pero no paraban de criticar a tu padre. Thomas era algo extraño, aún así ella lo amaba. Y bueno cuando lo conocías bien te dabas cuenta de lo agradable y buena persona que era, solo que mis hermanos no le dieron la oportunidad.

Sin duda la tía Carolina era la conciliadora de la familia, amable y cariñosa. La que nunca le daría la espalda a ninguno de sus hermanos hicieran lo que hicieran.

—Pero eso no responde a mi pregunta. ¿Por qué quería mi custodia?

—Él creía que sería mejor para ti, ya tenía hijos y sabía cómo cuidarlos, yo en cambio...

—No es tan abnegado. ¿Tenía problemas de dinero, verdad? El detective dijo algo.

—Los tenía, aunque no iba a matar a tus padres por eso. Tu abuela intervino, le prestó dinero que tenía ahorrado y con eso se solucionó todo. Y bueno no íbamos a permitir que tocaran los bienes de tu padre, eso te corresponde a ti decidirlo, aunque no en ese momento. Además tú misma lo dijiste, ellos no los visitaban, ¿cómo entonces podrían tener una llave?

Se me había escapado ese detalle.

—Además Thomas también tenía un hermano.

La miré confundida.

—¿No lo recuerdas? Tú me contabas de tu tío... No recuerdo su nombre, hace tiempo que no pienso en él. Él los visitaba. Tú parecías adorarlo. El campo era de los padres de Thomas, los que fallecieron antes que tus padres se conocie-

ran, en un accidente, creo. Claudia era bastante reservada acerca del tema. Por lo visto el campo quedó solo para tu padre, él era el mayor. Así que su hermano debería tener más motivos para... asesinarlos.

Me sorprendió que ella acusara a alguien. Por otro lado, a pesar de lo que decía no podía recordar al hermano de mi padre.

¿Lo había visto aquella noche? ¿Había sido aquello tan traumático que bloqueé todo recuerdo de él?, aquellos pensamientos flotaban en mi cabeza.

Entonces recordé a Miguel, él podría darme respuestas o tal vez no. Más aún era otro de mis sospechosos.

Guardé silencio y mi tía no pareció querer seguir con la charla.

Después de almorzar le avisé que iba a salir, algo que le extrañó, ya que venía recién llegando y decirle que me iba a juntar con Gabi no era buena excusa. La había visto unas horas antes, pero no podía quedarme quieta.

Afuera en el auto llamé a mi amiga.

—¡Tanto tiempo! —respondió riendo.

—Descubrí algo —solté.

Hubo un silencio.

—¿Cómo?

—Confronté a mi tía, acusé a su hermano y con eso ella me dijo que mi padre tenía un hermano.

—¿Y tú no lo sabías?

—Ni siquiera lo recuerdo. Pero si tu abuelo conoció a mis padres con suerte también a él. Así que ahora pensaba ir allí.

—Te acompaño.

—Prefiero hablar a solas con él —De hecho pretendía enfrentarlo. No solo preguntar por mi tío sino que decirle mis sospechas acerca de él, una idea estúpida si realmente era el asesino. Así que quedé pensando por un momento, era mejor llevarla conmigo, aunque sin que se enterara de lo que iba a decir—. Te parece ir, ¿aunque de ahí desaparecer un momento?

—¿Por qué quieres hablar a solas con él?

Quiero acusarlo del asesinato de mi familia, no era un buen argumento para darle a ella, mas algo debía decirle.

—Creo... tengo un presentimiento... puede que esté más dispuesto a decirme la verdad estando solo yo.

—¿Por qué lo piensas?

Por favor, deja de hacer preguntas, pensé.

—Si hay algo delicado, a lo mejor mis padres hicieron algo y por ser su amigo no quiere dejarlos mal... —No se me ocurría nada convincente—. No lo sé, es un presentimiento, no suelen ser algo lógico.

—Bueno, intentémoslo. No perdemos nada.

Respiré aliviada.

Me puse en marcha y pasé por Gabriela.

Cuando llegamos los tres perros nos recibieron con alegría. No estaba el auto de su abuelo, por lo que me preocupaba no encontrarlo, pero era Jaime quien había salido.

—Me alegra verlas bien. —Nos recibió Miguel con un abrazo y un beso en la mejilla—. Me preocupé cuando Gabi me contó lo que había pasado ayer.

Miré a mi amiga, ella movió los hombros. Por lo visto ya lo había puesto al corriente.

—Tuviste mucha suerte, Lila —indicó su abuelo—. Aunque el cuco suene como un cuento de niños es algo de temer.

—Lo sé —respondí, pues lo había vivido en carne propia—. No es algo que quiera volver a experimentar otra vez.

—Me imagino, por lo que deberías parar en tus indagaciones. —Ahí estaba de nuevo tratando de detenerme.

Miré a mi amiga, ella se dio cuenta de lo que quería.

—Abuelo, necesito buscar algo en las cajas que te traje el año pasado para guardar. Pero no se preocupen, puedo hacerlo sola, ustedes sigan hablando.

Y sin esperar respuesta salió de la habitación. Por la mirada de Miguel supe que intuía que algo estábamos tramando.

Los dos quedamos en silencio por un momento.

—¿Quieres un café o algo más? —ofreció él rompiendo el silencio.

—Estoy bien así... En realidad necesito hablar contigo.

Me miró serio.

—Imagino que Gabi te habrá hablado de la visita al detective. —Esperé a su respuesta, él solo movió la cabeza afirmando—. Dijo que podía ser por dinero o venganza... —No sabía cómo continuar, estaba perdiendo valor para hacer mis acusaciones—... ¿Fuiste tú?, ¿eres el responsable de sus muertes?

Me miró con asombro, en su rostro era notorio que no se esperaba aquello. Mi miedo se disipó. En sus ojos la sorpresa se transformó en tristeza, en una tan profunda que sentí ganas de llorar.

—Los amaba, nunca les hubiera hecho daño —respondió despacio, con voz suave, aunque cargada de sentimiento—. Me duele que puedas pensar eso de mí.

Me sentí mal, mas a la vez irritada.

—¿Qué esperabas? —Traté mantener el volumen bajo—. Te conozco apenas hace unos días y lo único que has hecho es ocultarme las cosas. Entonces, si no eres tú, ¿fue el hermano de mi padre?

Nuevamente abrió los ojos.

—Christopher nunca habría hecho eso —lo decía con convicción, pero eso no me aseguraba que fuera así. Cuando amamos tendemos a obviar el lado malo de las personas, esperando lo mejor y por lo que veía quería a mi tío tanto como a mis padres—. Si realmente supiera quién es el culpable yo mismo lo mataría. —Su mirada era intensa y no me dejaba ninguna duda de que él sería capaz—. Lila, quien fuera el responsable es hábil y peligroso, esa es mi razón para no querer que te involucres. No quiero que tengas el mismo destino.

—Digas lo que digas no me detendré —aclaré con lágrimas acumulándose en mis ojos—. Necesito saber la verdad.

Me dirigí a la puerta, estaba apunto de ponerme a llorar.

—Lila —dijo antes de que pudiera salir de la habitación—. Creo que por el bien del corazón de Gabi no deberías comentarle esta conversación.

—Lo sé —contesté sin voltearme.

Me fui a sentar a la escalera de afuera, dejando que mi llanto fluyera. Los perros no se lanzaron sobre mí, sino que se sentaron a mi lado, acompañándome en mi pena.

Pasaron varios minutos en los que me fui calmando, cuando sentí a mi espalda abrirse la puerta. No me volteé.

Gabriela me abrazó por atrás.

—¿Qué pasó? —preguntó preocupada.

—Discutí con tu abuelo y no conseguí nada más que el nombre de mi tío. —Mi voz sonaba plana—. Lo siento. —Me sentía culpable por lo que le había dicho a Miguel, mas también muy frustrada.

—¿No me vas a decir de qué hablaron? —Quiso saber.

Yo solo moví mi cabeza negando, no quería lastimarla a ella también. Mi amiga me abrazó aún más fuerte.

—Tranquila, ya averiguaremos algo. —Trató de confortarme.

Al final nos fuimos. Ni el abuelo de Gabriela ni yo estábamos de humor para hacer vida social.

Recuerdo

La semana pasó tranquila sin ningún incidente. Todos los días hablaba con Einar para reportarme y casi en misma medida con Gabriela, la que no paraba de preguntarme acerca de las conversaciones con Einar, con la esperanza que algo interesante pasara en ellas.

El sábado por la noche me encontraba sola en casa. Mis tíos habían ido a visitar a unos amigos, por lo que volverían tarde. A pesar que Einar me aconsejó que Gabriela fuera a quedarse conmigo no le hice caso, no creí que fuera a pasar nada, nunca había ocurrido antes algo en la casa por lo que dudaba que algo fuera a suceder.

Eran pasado las diez de la noche, por lo que ya estaba oscuro cuando Laika pidió salir al patio trasero. Recién me había hecho una infusión de frutas, así que tomé la taza y la acompañé. No es que la perra necesitara mi compañía, pero tenía ganas de observar las estrellas, que escasamente se podían ver por la luz de la ciudad.

La labradora se metió en medio de unos arbustos, perdiéndola de vista. Yo alcé mis ojos al cielo. En eso, una mariposa nocturna pasó por mi campo visual, lo que captó mi atención. Se fue directo a la lampara exterior, donde se encontraban más insectos revoloteando ante su luz. Era grande, con antenas como plumas y un hermoso diseño en sus alas con ojos.

De pronto unas imágenes aparecieron en mi mente. La silueta en mi habitación, frente a la ventana abierta que per-

mitía que entrara la lluvia. De fondo los gritos y llanto de mi hermanita y padres. Todo se fue a negro.

Cuando pude reaccionar me encontraba en el suelo sobre el prado. Laika lamía mi rostro. El tazón estaba unos centímetros más allá, al igual que mis anteojos. Me había desmayado. Por suerte había caído sobre el pasto y no en el caminito de cemento.

Me senté. Laika pareció tranquilizarse y se sentó a mi lado, esperándome. ¿Qué había sido aquello? Era el mismo recuerdo que había extraído el cuco cuando me atacó. ¿Pero por qué había aparecido en mi mente si nunca antes había pasado algo así? Al parecer el ataque de la criatura había hecho un corto circuito en mi cerebro removiendo recuerdos que tenía bloqueados.

La mariposa había sido el detonante. ¿Por qué? ¿Acaso mi intento de invocar al hombre polilla se había convertido en la llave para abrir mis memorias?

Estaba segura que aquel desmayo no se debía a una crisis. ¿Era acaso que aún no podía soportar aquellos fragmentos de memoria por lo que me hicieron colapsar?

Podría haber llamado a Einar o a Gabriela para contarles, no obstante, no lo hice. Dudaba que ellos pudieran darme una respuesta y solo lograría preocuparlos.

Recogí el tazón y los lentes y entré con la perra. Decidí acostarme, aunque antes me preparé la infusión de Engla, pues no quería tener ningún sueño terrorífico aquella noche.

El informante

A la mañana siguiente me levanté tarde. Al parecer la aparición de aquel recuerdo me cansó más de lo que pensaba. Casi iban a ser el medio día cuando bajé a la cocina y por lo visto mis tíos se habían levantado hace poco porque estaban recién desayunando.

—Buenos días —los saludé.

—Buenos días —respondieron al unísono.

—¿Mala noche? —preguntó tía Carolina.

—No, para nada, solo estaba algo cansada.

Dejé mi celular en la encimera y busqué mi tazón para servirme cereal con yogur en los gabinetes de abajo.

—¿Esperas una llamada? —consultó el tío Enrique.

Yo levanté la vista, primero no había entendido el porqué de su pregunta.

—Aaaaa, no —contesté—. Lo traje para no olvidarme en llamar a Einar, aunque lo haré después de desayunar.

Mi tía sonrió.

—¿Cómo andan las cosas con ese chico? —indagó.

—Bien... somos amigos. —Hice una pausa—. A pesar de lo que les haya dicho Gabi ahí no pasa nada.

Me serví el cereal y yogur y me llevé una cuchara a la boca.

—¿Pero a ti te gusta?

Casi me atraganté.

—No es nada tía, me agrada, nada más. —Mas comenzaba a ponerme roja.

El timbre de mi móvil me salvó. Lo cogí para contestar,

aunque al ver en la pantalla un número desconocido me causó extrañeza.

—¿Aló? —contesté sin mucha seguridad.

—¿Con la señorita Lila Riedel? —Mi interlocutor era un hombre con un acento extraño.

—Siiii, ¿Por... qué?

—Si está con otras personas le aconsejo que vaya a un lugar diferente. Tengo información que le interesa, respecto al asesinato de su familia. Pero nadie debe saber que estoy hablando con usted.

Mi corazón se aceleró con violencia. Me había quedado muda. Estaba de espalda a mis tíos, no obstante, pude darme cuenta que estaban atentos a mi comportamiento.

—¡Gabi! ¡Deja de hacerme esas estúpidas bromas! —Traté de disimular, el hombre al otro lado de la línea parecía querer replicar—. Espérame un momento...

Me volteé hacia mis tíos.

—Es Gabi, saben como es.

Esperaba que ninguno hubiera alcanzado a oír la voz masculina.

—Voy a ir al salón para que me cuentes todo lo que pasó —le dije al tipo, el cual se dio cuenta de lo que hacía.

Una vez en el salón me senté en uno de los sillones.

—¿Quién es? ¿Qué quiere?

—Quien soy no es importante —aclaró con tono neutro—. Y lo que quiero, bueno, es decirle la verdad respecto a quién está detrás de toda su tragedia.

Mi pulso era acelerado, aun así traté de mantener la compostura.

—Entonces hable.

—No así. Véame a las cinco y media de la tarde en el café de La Rosa en Agua Brava. ¿Lo conoce?

Aquello me dio un mal presentimiento.

—Podría ser usted el asesino y simplemente quiere terminar el trabajo —le espeté.

—Ambos sabemos que el real asesino no trabaja así, sino que usa la ayuda de «ciertos seres». Yo la estoy citando en lugar muy concurrido. ¿Cómo podría matarla de esa forma?

Y en eso tenía razón. El café estaba en una calle que llevaba a la costanera y por la cual transitaba mucha gente.

—Bueno, le daré un pequeño incentivo para que me crea —continuó el sujeto—. Tiene que ver con su tío.

Mi corazón golpeó aún más fuerte.

—Busque una mesa en el exterior —indicó él.

—Estoy en Fuente Nueva, ¿cómo pretende que llegue a tiempo? —finalmente pude decir.

—Por eso mismo debe apurarse. Y le aconsejo que no le diga a nadie, sino nos pone a ambos en riesgo.

—¿Y cómo lo identifico?

—No se preocupe, yo la encontraré.

Y sin despedirse colgó la llamada.

Me quedé un segundo analizando lo que había ocurrido. Debía avisarle a Einar y a Gabi, pero el desconocido había sido muy claro en que no lo hiciera. Apreté con fuerza el teléfono. ¿Qué debía hacer? Mas no podía demorarme, tenía que decidirme pronto. No los llamé.

Iba a ir a un lugar público, rodeada de gente, no imaginaba que algo pudiera salir mal.

Rápido, me precipité a la puerta de la cocina, por lo cual casi golpeé al tío Enrique con esta, quien se encontraba en el fregadero lavando la vajilla.

—Lo siento —me disculpé asustada.

—¿Cuál es el apuro? —preguntó tía Carolina.

—Voy donde Gabi, hay algo que me tiene que mostrar.

—Siquiera termina tu desayuno.

Tomé el tazón y la cuchara.

—Lo haré mientras me cambio.

Y salí por la otra puerta.

Me metí cucharadas de cereal y yogur a la boca mientras subía la escalera y otras mientras me cambiaba de ropa. Me

puse mis típicos tejanos, suéter y botines y con el apuro tuve que tener cuidado de no romper mis lentes que se me enredaron cuando me coloqué el suéter.

Agarré mi mochila, metí mi celular, me fijé que estuviera mi billetera y no le di más vueltas al asunto.

Corrí escaleras abajo. En la entrada estaba Laika, la cual me miraba seria, como si supiera lo que iba a hacer. Le acaricié la cabeza antes de abrir la puerta.

—¡Regresaré tarde! —grité—. ¡Nos vemos!

Pude oír que se despedían de mí, pero no distinguí lo que decían.

Ni siquiera prendí la radio durante el viaje. Mi corazón y mente iban a mil por hora repasando una y otra vez lo que me había dicho el sujeto. Sentía que mis sospechas eran ciertas, por algo había nombrado a mi tío y por fin iba a saber realmente la verdad.

Tan ansiosa estaba que hubieron momentos en que superé el límite de velocidad, aunque volvía a moderarme. Si me detenían podía irse todo a la basura.

Llegué a Agua Brava veinte para las cinco, así que busqué con calma dónde estacionar.

Y cuando llegué al café eran las cinco un cuarto. No estaba lleno, así que pude ubicarme en una mesa afuera. Lamentaba que no hubiera escogido un café en la misma calle de la costanera para haber tratado de tranquilizarme observando el mar, porque a pesar que me había sentado mirando en esa dirección poco podía ver con los edificios, además de estar a casi una cuadra de distancia.

Cuando la camarera pasó pedí una infusión de frutas, en un intento de entretenerme mientras esperaba, ya que no paraba de mecer las piernas con impaciencia. Hasta que finalmente apareció.

Llegó por mi espalda y se sentó frente mío.

—Mucho gusto, señorita Riedel.

Era un hombre de mediana estatura, de unos cuarenta o cincuenta años. Llevaba un traje color crema y camisa celeste. Sus zapatos de vestir eran café. Su cabello negro estaba prolijamente peinado hacia atrás, su piel era de un tono tostado. Sus ojos cafés oscuro a pesar de verse amables me daban la sensación que no era de fiar. Tenía un aire mediterráneo.

—¿Quién es usted? —No podía permitir que supiera mucho de mí y yo de él nada.

—Puedes decirme Leo.

—Por qué tengo la sensación que no es su nombre.

—Como te dije yo no soy importante —Me sonrió—. Lo que sé es lo que importa.

Lo miré seria esperando que continuara.

—Veo que aún no confías en mí. —Cruzó los brazos sobre la mesa, acercándoseme un poco más—. Aunque es entendible de una niña que su familia fue asesinada y sobrevivió a aquello. Mas si les dice a las personas de criaturas de fábula, nadie le cree. Y por sobre todo si su tío es el responsable.

Tenía mi confirmación.

—¿Cómo sabe todo eso?

—Bueno, soy un comerciante y la gente habla conmigo. He tenido tratos con él. Le he conseguido algunas cosas como armas, drogas, entre otros. —Se reclinó contra el asiento.

Su mirada era difícil de descifrar. Parecía divertido, pero a la vez se veía petulante. No obstante ya sabía con quién estaba tratando, un traficante. Debía andar con cuidado.

—Pero antes que siga hablando debemos hacer un trato.

Lo miré desconcertada.

—¿Es que acaso pensabas que te iba a dar la información gratis? —Enanchó su sonrisa—. No llegué aquí haciendo caridad.

Sacó de su chaqueta un papel y lápiz. Escribió un número y me lo pasó.

—Eso es lo que vale mi información.

Abrí los ojos como plato, era muchísimo dinero, podía

comprar tres casas con eso.

—¡¿Es que está loco?! ¡¿De dónde cree que voy a sacar esa suma?! —pregunté exaltada.

Movió la mano indicándome que bajara la voz.

—Señorita Riedel, usted es una mujer con recursos. Si revisa su cuenta encontrará la suma.

Me mordí una uña nerviosa. ¿Cómo podía saber cuánto había en mi cuenta? Ni siquiera yo sabía.

—¿Y por qué le pagaría? Usted mismo me dijo, fue mi tío, Christopher Riedel, el hermano de mi padre.

El hombre sonrió con malicia.

—Desconoce muchas cosas, ¿o acaso no quiere saber la razón de todo lo que ha pasado? No pienso decirle nada más hasta que me pague.

Agaché la mirada. No podía estar segura que una vez le pagara me daría toda la información, a lo mejor era solo eso lo que sabía y estaba jugando conmigo. El dinero no me importaba, no era que lo tuviera para desperdiciarlo, pero pasar con la incertidumbre doce años con respecto a lo que le pasó a mi familia era mayor a cualquier cosa. Necesitaba saber la verdad.

Al levantar la vista para darle una respuesta vi en su rostro espanto.

—Él lo sabe —susurró mirando tras de mí.

Me volteé, mas no vi a nadie que nos observara.

—Le dije que no le dijera a nadie... —su voz era un murmullo.

—No hablé con nadie —respondí desconcertada.

La camarera se acercó para tomar el pedido de él, cuando el hombre se levantó y comenzó a correr hacia la costanera. También me levanté, saqué un billete de mi bolsillo y se lo di a la mujer y salí tras él.

Chocaba con los transeúntes quienes le gritaban. Yo trataba de esquivarlos, aún así empujé a varios. Se volteó cuando iba cruzando la calle.

El chirrido de los frenos y el golpe del autobus contra su cuerpo hizo que el tiempo se detuviera, justo cuando yo llega-

ba a la esquina. Vi su cuerpo ser arrastrado y quedar doblado en medio de la intersección de la calle. La gente gritaba, pero me parecía un sonido distante.

Caí de rodillas, en estado de shock. Mis ojos no podían desviarse de su cadáver. Sentí una mirada quemándome en la nuca. Al voltearme lo vi. El sujeto que había visto ser atropellado hace un momento estaba parado en medio de la muchedumbre. Me observaba con una sonrisa torcida y una mirada inhumana.

No necesitaba las fichas de Bjorn para saber qué era, pues había oído el mito. Era un dopplegänger, un doble fantasmagórico y aquellos que ven su dopplegänger mueren.

El ser comenzó a avanzar hacia mí y me pareció que su imagen iba cambiando, cuando una figura lo tapó de mi vista.

—¿Se encuentra bien? —Era un policía que se inclinaba sobre mí.

Pude escuchar el ruido del entorno con claridad, ya no parecía que estuviera bajo el agua. Miré detrás del oficial y esa cosa ya no estaba.

—Sí —respondí.

Otra vez ese detective

Acordonaron la zona y desviaron el tránsito. El cadáver siguió por unos minutos ahí, hasta que la oficina del forense fue a retirarlo. Vi a un hombre maduro y calvo revisar el cuerpo antes de subirlo a la furgoneta. Por lo visto Einar no estaba de turno o eso era lo que yo pensaba.

Los policías interrogaron a los testigos en el lugar y tomaron sus datos para nuevas indagaciones. Hubieran hecho lo mismo conmigo, pero muchos me señalaron como «la chica que corría detrás de ese sujeto», así que me llevarían a la jefatura para interrogarme mejor.

Esperaba, con un policía a mi lado, cuando lo vi aparecer. Leonardo Torres acompañado de Cristian Lizama. No podía creer mi mala suerte. ¿Acaso estaban tan mal de presupuesto que solo tenían dos detectives en Agua Brava?

—Nos volvemos a ver, señorita Riedel —dijo Torres—. Y en circunstancias extrañas.

Lo miré irritada. El nerviosismo y miedo por mi reunión con el traficante se había diluido y el shock por verlo morir ante mí también se había ido. En ese momento sentía impotencia y frustración, porque nuevamente el asesino de mi familia se había salido con las suyas y el comentario del detective no ayudaba en nada.

—¿Qué insinúa? —le espeté cortante.

Él me miró serio, como si me analizara. Me sentí incómoda.

—Por favor, acompáñenos —indicó Lizama.

Yo lo seguí, con Leonardo Torres detrás mío.

Me fui en la parte de atrás de su auto en silencio. Al parecer ellos tampoco deseaban hablar.

Una vez en las oficinas de investigaciones me llevaron a una sala que se parecía más a las salas de interrogatorio que había visto en televisión que la anterior. Estuve unos minutos sola y comencé a ponerme nerviosa. No había llamado ni a Gabi ni a Einar y en el aquel momento no me parecía buena idea hacerlo, ya que podría haber alguien escuchando al otro lado.

Entró al cuarto Lizama, con una taza de café en una mano y una de té de manzanilla en la otra.

—Espero le guste —dijo entregándome el té.

—Gracias —respondí envolviendo la taza con mis manos para sentir su calor.

Se notaba que seguía siendo el «policía bueno».

—Dígame qué pasó —me solicitó, sentándose frente mío.

—Bueno... Yo estaba en el café La Rosa hablando con el tipo, cuando vio algo que lo asustó y salió corriendo. Fui tras él, pero no lo alcancé antes que cruzara la calle, donde lo atropellaron.

—¿Puede ser más específica? —insistió con calma, para luego darle un sorbo a su café—. Como, ¿de qué hablaban? ¿De dónde lo conoce? ¿Qué lo asustó?

Clavé la mirada en la taza. Era mala idea hablarle del dopplegänger y realmente no estaba segura en decir que mi tío era el asesino, no es que quisiera protegerlo, pero aún necesitaba unir puntos. Aunque no era buena idea inventar una historia, así que creí que era mejor contarle la verdad a medias.

Levanté la vista. Sus ojos estaban fijos en mí, esperando mi respuesta y posiblemente analizando mi comportamiento.

—No conozco a esa persona. Antes de hoy no lo había visto nunca. Me dijo que se llamaba Leo, aunque no sé si es su nombre real —aclaré.

—¿Entonces, por qué estaba con él?

—Él me llamó a mi celular personal, no tengo idea cómo

lo obtuvo. Me dijo que tenía información respecto a la muerte de mi familia y que si quería saberlo me debía reunir con él.

—¿Y no le pareció extraño?

—Sí, pero ¿qué esperaba que hiciera? —lo interpelé con una suplica en los ojos—. Han pasado doce años y aún no sé nada. —Bueno, nada que se pueda decir.

—¿Y qué le dijo?

—Quería que le pagara primero, no me daría ninguna información hasta recibir el dinero. Ahora ya no me dirá nada.

No sabría decir si el detective me miraba con lástima o no.

—¿Qué pasó para que saliera huyendo?

—Vio a alguien... Creo —rectifiqué. No podía decirle que se vio a sí mismo entre la gente—. Murmuró que él lo sabía. Se veía realmente aterrado.

Guardó silencio pensativo. En ese momento entró Torres con una carpeta que estrelló sobre la mesa. Si buscaba asustarme no lo había logrado.

—Terminemos el teatro —demandó cruzando los brazos y mirándome como si fuera su peor enemigo.

—¿Qué? —Su comportamiento me molestaba.

—Se encontraba con un criminal buscado por la Interpol —comenzó a relatar—. Traficante de armas, arte robado, joyas, entre otros. Un tipo peligroso. ¿Y ustedes estaban simplemente hablando? —Se apoyó con una mano en la mesa inclinándose hacia mí.

Lo miré a los ojos asombrada. Me había dicho que era un traficante, aunque no imaginaba del nivel de los más buscados.

—Nono... no sabía eso —tartamudeé.

—¿En serio? ¿Acaso pensabas que era un buen samaritano? —Se enderezó sin quitarme los ojos de encima.

—¡Por supuesto que no! —exclamé—. ¡Me cobró por la información! ¡Pero no sabía todo eso!

—¿Qué le podría interesar a alguien como él el dinero de una niña como tú? —Volvió a acercárseme—. Mientes.

¿De pronto comenzaba a tutearme? Aquello no me gustaba.

—¡Por supuesto que no!

—Y cómo creerte con todo el espectáculo de las crisis de pánico de la otra vez. Por lo visto no alcanzaste a meterte esta vez en tu papel, porque según tu amiga las situaciones estresantes las detonaban. Ver como atropellaban a alguien no es menor.

No cabía del asombro. Tenía razón. No había señal alguna de una crisis asechándome y no me había dado cuenta de ello. Se me había olvidado que el miedo y nerviosismo también eran normales en personas que no lo sufrían. Más aún en el ataque del cuco, la situación era ideal para haber tenido un episodio, pero a pesar de mi ritmo cardíaco no se produjo ninguno y no entendía el porqué.

—¡No miento! —Finalmente salí de mi congelamiento—. ¡Las crisis eran reales! ¡No sé porqué no tengo una ahora! ¡¡No sé lo que pasa!!

Estaba desesperada. Siempre odié que me ocurriera aquello, pero en aquel momento hubiera sido mejor que una se hubiera desatado.

La puerta se abrió. Era Einar quien no se veía muy feliz.

—¡¿Qué haces, Östberg?! ¡Interfieres con una investigación! —lo confrontó Torres.

—Simplemente te estoy evitando una demanda por acoso a una víctima —respondió cortante.

Su molestia no solo parecía ser porque los detectives me tuvieran ahí, era muy probable que fuera por lo que le había ocultado.

—Einar, deberías mantenerte fuera de esto —aconsejó Lizama.

—¿Van a presentar cargos? ¿La van a acusar de algo? —preguntó Einar sin cambiar el tono de voz.

El miedo se alojó en mi estómago.

—No —dijo Lizama.

—Entonces me la llevo. —Casi empuja a Torres, quien estaba rojo de ira.

Me tomó del brazo y levantó con fuerza.

—¡¿No puedes interrumpir un interrogatorio?! —Leonardo no parecía dispuesto a dejarme ir.

—¿Le leíste sus derechos cuando comenzaste a interrogarla?

Estaban frente a frente y las chispas saltaban. El detective no dijo nada.

—Entonces solo es una testigo que se puede ir cuando quiera. —Volteó a mirarme—. ¿Quieres irte?

—Sí —Apenas salió de mi boca.

—Ahí tienes. Ahora, por favor, muévete.

Mas el detective se quedó quieto.

—Leonardo —solo eso dijo Lizama, pero sirvió para que su compañero hiciera caso.

Salimos del cuarto.

—Hablaré con tus superiores —amenazó Torres a nuestras espaldas.

No obstante, Einar no le dijo nada.

Avanzamos con paso ligero hacia el estacionamiento.

Regaño

No hablamos hasta llegar al auto. Einar se sentó en el asiento del chófer y apretó el volante con fuerza. Yo estaba un poco asustada a su lado, nunca lo había visto así.

—¿Qué pretendías? —preguntó sin mirarme. Su tono de voz era bajo, pero contenía mucha rabia.

No pude responderle.

—¿Es que no eres consciente del peligro? —Seguía sin voltear hacia mí.

Me dieron ganas de llorar, mas luché contra ello.

Al no recibir contestación mía, se giró. Nuestros ojos se encontraron, no pude resistir la decepción que habían en los suyos y bajé la mirada.

—¿Por qué te juntaste con un traficante? ¿Por qué no nos dijiste nada? —Su voz se había suavizado.

—Dijo que tenía información de la muerte de mis padres y Amy. —Esta vez yo no lo miraba—. Creí que podía ser una trampa, pero luego nombró a mi tío. Debía saber, tenía que saber la verdad. —Mi voz comenzó a quebrarse, mis manos temblaban—. No tenía tiempo para pensar, era mi oportunidad de descubrir lo que había pasado. —Las lágrimas comenzaron a rodar por mis mejillas—. Ustedes no me hubieran dejado ir —dije mirándolo.

Él se veía triste.

—Debiste haber confiado en nosotros. Lila, ¿y si te hubieran asesinado? ¿Qué importa saber la verdad si se te va la vida en ello? ¿Hubieran querido eso tus padres?

Me sentí culpable.

Tomó mis manos.

—No lo vuelvas a hacer. Dinos lo que te pasa.

Afirmé con la cabeza.

Él soltó mis manos, le dio marcha al auto y comenzamos a salir del estacionamiento.

—Necesito que me cuentes lo que pasó —pidió.

Le conté todo sin omitir nada.

—Tuviste suerte. Los dopplegängers son muy peligrosos, además de difíciles de cazar. Nosotros no hemos podido acabar con ninguno —me dijo.

Miré por la ventanilla. La gente caminaba tranquila, era una hermosa tarde de verano. En ese momento íbamos por la calle de la costanera.

¿Cazar?, se vino a mi mente.

Me giré hacia él.

—El otro día no dijiste que cazaban solo criaturas con forma física, entonces, ¿cómo puedes cazar un dopplegänger? ¿No es acaso un espíritu demoníaco?

—Los mitos no siempre dicen la verdad —explicó—. Son una especie de camaleón que toman la forma de su víctima antes de matarla. Imagino que por el terror de verse observado por uno mismo orilla a las personas a que cometan muchas imprudencias, como el traficante. Al final no fue el dopplegänger quien lo mató, pero lo indujo a correr a la calle sin mirar.

Pensar en aquel ser observándome me causó escalofrío.

—¿Te has enfrentado a alguno? —pregunté recordando sus palabras.

No desvió la mirada de la calle, aún así, noté que se había vuelto sombría.

—Cuando estuve con mi familia en Noruega —dijo después de un largo silencio—. Lo vi partir en dos a mi primo.

Sentí que se me helaba la sangre.

—Si no te causas la muerte tú mismo, él lo hará. Hubiera

acabado conmigo también, pero llegó el resto del grupo con lanzallamas, así que huyó.

Se quedó callado, al igual que yo. ¿Cómo podía hablar después de lo que me había contado? Eso, más lo de las jóvenes, me daba a entender que aquel había sido un muy mal viaje.

—¿Cómo supiste que me estaban interrogando? —consulté después de un rato. Rompiendo el lúgubre silencio que se había formado.

—Carlos me llamó al ver que te llevaban.

Lo miré sin saber a quién se refería.

—Carlos Quinteros, el detective del caso de tu familia.

—Aaaaaaa... —No recordaba cómo se llamaba—. ¿No tendrá problemas?

—No, no tienen cómo saber que él fue quien me avisó.

Entramos al estacionamiento subterráneo de un edificio.

—Hablé con Gabriela —me dijo al bajar del auto—. Ella vendrá temprano con Jaime mañana. No quiero que vuelvas sola. Ahora tengo que seguir trabajando, así que deberías ir a quedarte donde mis padres. Le pediré a alguien que vaya a buscar tu carro. Mientras esperarás en mi oficina. Necesito que me des tus llaves y me digas donde lo dejaste.

Se las entregué en el instante y le dije lo que me pidió. Él me dejó en una oficina pequeña con un escritorio y dos sillas, estantes y un pequeño sofá. La decoración era igual de aburrida que en su departamento. Me tendí en el sofá a la espera y como la tensión había bajado, mi cuerpo se relajó y terminé quedándome dormida.

No comprendo lo que pasa

Abrí los ojos. A mi lado estaba mi mamá y Amy arropadas con frazadas. Me deslicé con cuidado del sofá para no despertarlas. Mis pies descalzos tocaron las frías tablas. Se escuchaba el suave murmullo de las olas rompiendo en la playa. Pero otro ruido me llamó la atención.

Cerca se podía oír a alguien discutiendo, aunque murmuraban, avancé en esa dirección por un pasillo estrecho. Había una puerta un poco abierta. De ese cuarto venían las voces, eran dos hombres, uno era mi papá, al otro no lo podía recordar. Me acerqué para ver por la rendija cuando sentí una mano en mi hombro.

Abrí los ojos espantada, estaba tendida en el sofá de la oficina de Einar y él estaba arrodillado a mi lado.

—Lo siento, no quise asustarte —se disculpó.

¿Qué había sido ese sueño? ¿Un recuerdo? ¿Por qué venía en ese momento a mí?

—Ya trajeron tu auto —me anunció—. Aún me quedan unas horas acá. ¿Crees que puedas llegar por tu cuenta?

No recordaba bien el camino, así que Einar me dibujó un mapa. Me apuré en marchar, ya estaba anocheciendo lo que me dificultaría identificar el lugar.

No fue complejo seguir por la carretera pavimentada, lo que se me dificultó fue cuando tomé el camino de ripio. Como estaba lleno de hoyos tuve que conducir muy lento para que mi pobre auto no sufriera el maltrato de la ruta.

Más de un vehículo me adelantó hecho un bólido, pero uno se quedó detrás mío, avanzando a mi velocidad, lo que hizo que sus faros se reflejaran en mis espejos molestándome. Prefería que me adelantaran a toda marcha en vez de que se quedara atrás, mas no parecía querer hacerlo.

Después de un rato pareció que disminuía su velocidad, ya que sus luces se distanciaban cada vez más. Respiré aliviada por un momento.

Al girar en una curva a la izquierda, había un viejo puente de madera, el río era angosto por lo que no se notaba mucho. Fue ahí cuando sentí el golpe. El vehículo de atrás me embistió a toda velocidad. Me sacudí con violencia, pero el cinturón evitó que golpeara hacia delante. No alcancé a maniobrar, por lo que mi parachoques chocó contra la baranda del puente rompiéndola.

Me precipité al lecho del río en cámara lenta. Sentía en mi estómago la misma sensación cuando alguna vez soñé que caía, el pánico se apoderó de todos mis sentidos, en un momento eterno y fugaz a la vez. Lo último que vi fue las rocas acercándose y el poco caudal que fluía.

La oscuridad me envolvía y a lo lejos oía que alguien me llamaba. Poco a poco se iba acercando. Cuando logré abrir los ojos estaba en mi auto, aunque para mi sorpresa no estaba en el fondo del río. Frente mío había un vehículo con las luces apagadas, pero con los intermitentes encendidos. Las luces de mi coche lo iluminaban, era una camioneta.

—¡Lila!, ¡¿estás bien?! —Era la voz de un chico.

Miré a mi izquierda, mi puerta estaba abierta y ahí estaba Aren inclinado hacia mí. A su lado estaba Daven.

—Caí al río. —Fue lo primero que salió de mi boca.

—Si hubieras caído no estarías en medio del puente. ¿Te golpeaste la cabeza? Tu auto está chocado adelante y atrás.

Me toqué la frente pero no sentí nada. Desenganché mi cinturón y salí del coche.

—Tómalo con calma —aconsejó Daven.

Efectivamente estaba en medio del puente y a mi izquierda faltaba gran parte de la baranda como si un vehículo lo hubiera atravesado. Me acerqué para mirar, como si tratara de encontrar mi auto en el fondo, mas no vi nada, estaba muy oscuro para ver. Aren me tomó del brazo.

—Cuidado, que podrías caer.

Los miré aún algo atontada.

—Nuestro hermano nos avisó que venías, pero como demorabas decidimos buscarte —aclaró Daven.

De pronto mi celular comenzó a sonar llenando de luces la noche a pesar de estar en mi bolsillo.

—Debe ser Einar, a tratado de comunicarse contigo desde que le avisamos que no habías llegado.

Lo saqué y respondí.

—¿Aló?

—¿Lila? ¿Estás bien? —Efectivamente era él y se notaba preocupado.

—Sí —respondí con lentitud.

Aren me quitó el aparato, por lo que no supe qué me había dicho.

—Tranquilo, la encontramos —contestó a su hermano—. El auto tiene unos choques. —Guardó silencio un momento, seguramente Einar le decía algo—. No sabemos, estaba en medio del puente de madera. No parece herida, solo algo aletargada.

Caminó de vuelta a mí. Miró mi frente, me tocó detrás de la nuca y en el cuello.

—No, no tiene nada. Está de una pieza. ¿Te parece si seguimos hablando cuando llegues a la casa? Creo que es mejor que nos volvamos. Avisa al papá que la pillamos. Chao.

Me devolvió el móvil.

—Te irás con Daven —me ordenó—. Yo llevo tu auto.

—Ve adelante —le sugirió su hermano—. Por si tiene alguna falla. Yo te sigo.

Daven me tomó del brazo, por lo visto aún seguía preocupado de que me hubiera golpeado la cabeza y terminara colapsando. Subí a la camioneta algo más despierta. Él retrocedió la camioneta orillándola en el camino. Cuando Aren pasó con mi auto, dimos una vuelta en u y fuimos tras él.

—Daven, ¿qué pasó? —pregunté después de un rato.

—Si tú no lo sabes, menos nosotros.

—Yoo... lo recuerdo, un vehículo que iba detrás mió me chocó, fue intencional. Pero yo caí, es decir el auto completo cayó. Lo último que recuerdo es casi llegar al fondo. —hice una pausa—. Tú lo viste, faltaba la baranda y el auto no estaba ni cerca de la orilla. ¿Cómo pudo pasar eso?

Me miró de reojo, sin perder el camino de vista por mucho tiempo.

—¿Estás segura? ¿No pudiste haber perdido el conocimiento por el golpe y soñarlo todo?

Volví a tocar mi frente.

—No golpeé mi cabeza, el cinturón me contuvo.

Me toqué el pecho y sentí dolor.

—No sé, Lila, realmente no sé qué decirte.

Chequeo médico

Aren fue muy despacio delante de nosotros, posiblemente tratando de minimizar el daño de mi pobre auto. Por lo que demoramos más de lo normal en llegar.

Afuera de la casa nos esperaban Bjorn y Engla, rodeados por los perros. Ambos se veían preocupados cuando nos recibieron. Pasamos a la cocina y la madre de Einar me preparó una infusión y me dio un trozo de tarta para que comiera, mientras Daven les contaba a sus padres cómo me habían encontrado y lo que yo les había contado.

Solo habían pasado unos minutos cuando la puerta se abrió con fuerza. Einar apareció por ella, algo agitado.

—No deberías ser tan imprudente —regañó Daven a su hermano mayor—. Con un accidente tenemos más que suficiente. Debiste haber volado por las piedras para llegar tan rápido.

Me paré para saludarlo, pero no alcancé a decir nada cuando me abrazó fuerte. Me puse roja completamente, aunque debo decir que estaba feliz por aquel gesto, mas no pude devolverle el abrazo con toda su familia allí.

—Lo siento, no debí haberte enviado sola, fue estúpido con lo que había pasado —dijo sin soltarme.

—Deja de estrujar a tu... —Aren no alcanzó a terminar la frase. Vi como Daven le daba un codazo para que se callara.

Einar me soltó.

—Deberíamos ir al hospital para que te revisen —continuó Einar—. Un golpe en la cabeza podría tener...

—No me golpeé —lo interrumpí—. Aren ya vio eso. Y es-

toy bien, no necesito ir al hospital.

—Estabas aletargada —insistió.

—Ya se me pasó y la razón de eso no lo sé, pero no fue porque me golpeara —aclaré.

Él me miró serio.

—Si no quieres ir al hospital, entonces deja que te revise.

Si se me había pasado el rojo de mi rostro con aquello volvió a lucir mi cara como un tomate.

—Nono... es necesario —respondí nerviosa—. Dije que estoy bien.

—Estaremos más tranquilos todos si Einar te hace el chequeo —expresó Bjorn.

Suspiré.

—Bueno —murmuré agachando la mirada.

—Busco tus cosas —dijo su madre, empujando al resto fuera de la cocina.

Me senté a la espera de Engla, tratando de relajarme. Einar se sentó a mi lado, sin decirme nada. Al poco llegó su madre con un maletín de cuero muy típico de médico, después de dejarlo sobre la mesa se marchó.

Einar lo abrió y comenzó a buscar algo.

—No pensé que tuvieras algo así.

Me miró sin entender a lo que me refería, pero de inmediato captó.

—Soy médico, ser forense es solo una especialización.

Me sentí un tanto estúpida, era algo que yo ya sabía, aún así hice aquel comentario.

Sacó una máquina para medir la presión arterial.

—Sube la manga de tu brazo izquierdo —me ordenó.

A lo que obedecí. Me puso la banda justo por sobre el codo.

—Apoya el brazo sobre la mesa.

Me giré para poder hacerlo y él comenzó a apretar la válvula.

—Me volví médico principalmente para cuidar de mi familia —comentó—. Pero no podía estar en un hospital con aquellos turnos, en especial por las cacerías, así que decidí

convertirme en forense. Además como te dije antes con eso tengo acceso a casos extraños.

La banda me apretaba el brazo siendo muy incómoda cuando al fin se detuvo de bombear.

—Esta un poco sobre el límite, aunque es normal con todo lo que te ha pasado —explicó.

Yo pensaba que en realidad era por él que salió alterado el resultado. Me quitó la banda y guardó la máquina.

—Levanta los brazos.

Apenas lo hice el comenzó a palparme las costillas. El pulso se me aceleró.

—No tienes fracturas. Ahora quítate el suéter —dijo tranquilo mientras volvía a buscar algo en su maletín.

Yo abrí los ojos como plato, sentía cómo me ardía el rostro.

Él sacó un estetoscopio, cuando se volteó a mirarme se dio cuenta que no estaba haciendo lo que había pedido.

—Lo siento, no quiero incomodarte, pero necesito revisarte.

Afirmé con la cabeza, ya que estaba muda. Me quité el suéter y lo dejé sobre mi regazo. Me arrepentía de no haberme puesto un brasier más bonito de esos que levantaban el busto, ya que el mío era escaso. En cambio, tenía puesto uno viejo y cómodo, el cual se le había hecho un hoyo al costado. Crucé mis brazos sobre mi pecho en un intento de ocultarlo, con la espalda curvada.

—Está rojo donde tiró el cinturón, por lo visto fue fuerte el golpe —comentó—. Se formará un moretón ahí.

Al mirarme pude ver a lo que se refería. Arriba de mis senos había una línea roja, precisamente donde me dolía.

—Por favor enderézate.

Obedecí y quité los brazos aunque no pidió que lo hiciera.

Puso el estetoscopio sobre el busto, aunque antes lo restregó contra el pantalón, por lo que no estaba frío.

—Inhala con fuerza... ahora exhala —repitió varias veces la orden.

Mientras respiraba al compás de sus indicaciones bajé la

mirada, me sentía avergonzada, con el corazón palpitando con fuerza, era obvio que podría oírlo. Al mirarlo me di cuenta que su vista no estaba clavada en nada, simplemente su rostro estaba concentrado en escuchar los ruidos que pasaban a través del aparato.

Apartó el estetoscopio y levantó la mirada, nuestros ojos chocaron y yo no pude mantenerla apartándola hacia otro lado.

—Ya puedes vestirte —indicó—. No escucho líquido en tus pulmones, ni nada extraño.

Agradecía que no nombrara mi corazón sumamente acelerado. Me puse el suéter lo más rápido que pude.

Guardó su instrumento en el maletín y lo cerró.

—Voy a avisarle a los demás que estamos listos —me dijo llevando consigo el maletín.

Yo lo seguí por impulso.

Cuando salimos de la cocina al pasillo nos topamos con sus dos hermanos parados ahí.

—No hay nada anormal —les anunció.

—¿Y puedes caminar bien? —consultó Aren con una sonrisa.

Pensé que la pregunta era para mí, pero en eso Einar se acercó a su hermano menor y lo estampó contrata la pared. La casa retumbó. Aren se encorvó adolorido, yo los miré perpleja.

—¡Eres una bestia! —le chilló Aren, quejándose.

—Te lo buscaste —le respondió Daven.

—¡Si solo era una broma! —se defendió.

Einar no dijo nada, mas tenía una mirada fría con su hermano.

—¿Qué pasó? —Engla apareció por la puerta de otra habitación, seguida por su marido.

—Nada, solo Aren que anda molestando —intercedió Daven—. Lila, no hagas caso de lo que él dice.

Aren seguía en la misma posición quejándose.

Einar avanzó hacia la escalera.

—Me voy a acostar. Mañana me tengo que levantar temprano para completar el turno de mi colega, le pedí que empezara antes —anunció—. Cuando Gabriela y Jaime lleguen a Agua Brava los traeré. —Me miró.

Yo solo afirmé con la cabeza.

—¿No quieres comer algo? —preguntó Engla.

—No gracias, mamá.

Se acercó a ella y besó su frente.

—Buenas noches —le sonrió.

—Buenas noches, hijo —respondió con dulzura.

Sus ojos se fijaron en mí.

—Descansa, Lila.

—Tú igual —fue lo único que pude decir.

—Buenas noches a todos.

—¿Por qué solo se...

—Aren, cállate, sino quieres otro golpe —sentenció Daven.

Einar subió las escaleras ignorando a sus hermanos.

—Bueno, vamos a comer —anunció Engla.

Regresamos todos a la cocina.

Después de una contundente cena, Engla me llevó a mi habitación y me prestó algo de ropa para dormir, aunque me quedaba un poco corta.

Del cuarto decidí llamar a mi tía para avisarle que no iba a volver ese día.

Tristeza

Desperté tarde aquella mañana. Apenas abrí los ojos vi la toalla colgada en el respaldo de la cama, por lo visto Engla me la había dejado sin que me diera cuenta.

Me levanté rápido para ir a bañarme.

Cuando bajé a la cocina estaba la madre de Einar pelando unas manzanas.

—Buenos días —me saludó con una sonrisa.

—Buenos días, lamento levantarme tan tarde —respondí.

—No te preocupes, con el día que tuviste ayer es entendible. Toma asiento, te sirvo de inmediato.

Dejó el cuchillo en la mesa y se levantó hacia la estufa, que a pesar de ser verano tenía fuego. Aunque en ese momento aún guardaba algo de frescura la mañana.

—Puedo servirme yo, no tiene porqué molestarse —me incomodaba tanta atención que recibía.

Me sonrió con calidez.

—No es molestia y me gusta hacerlo. ¿Quieres leche caliente?

Afirmé con la cabeza y cedí a su insistencia. Me senté en la mesa.

Me acercó un tazón con leche recién hervida y un tarro de chocolate en polvo. Buscó el pan, mermeladas, queso y mantequilla, además de un plato, cuchillo y cuchara. Me estaba sirviendo cuando entró Aren, cogió un trozo de queso y se lo llevó a la boca.

—¿No habías comido ya? —comentó su madre.

—Estoy en crecimiento —respondió con la boca llena.

—Crecimiento hacia los lados —murmuré, pero él alcanzó a oírme.

Se levantó la polera mostrándome su marcado abdomen. A lo que me sonrojé.

—No voy hacia ningún lado —indicó palmeándose el vientre.

—No hagas eso que la incomodas —regañó Engla.

Su hijo obedeció y se bajó la ropa.

—¿Estás bien? Einar te empujó con fuerza. —Traté de cambiar el tema, craso error—. Nunca lo había visto actuar así.

—Desconoces muchas cosas de mi hermano —dijo afirmándose en la mesa y acercándose hacia mí—. ¿Quieres que te cuente? —Tenía una sonrisa traviesa.

—Para Aren, después tus hermanos se enojarán contigo. —La voz de Engla era dulce pero firme.

Se alejó de mí para ir a abrazar a su madre gimiendo como un perrito.

—Es que no me entienden —sollozó lastimeramente.

Ella besó su mejilla y acarició su rostro.

—Ahora déjame trabajar. —Y con eso deshizo el abrazo de su hijo.

Tuve envidia de Aren, también de Einar y su familia. No podía quejarme mi tía Carolina era muy cariñosa conmigo y me daba atenciones, pero no quitaba que mis padres no estuvieron para ningún evento importante en mi vida y que nunca tendría esa relación de hermanas con Amy. Aquello me había sido robado. Sin darme cuenta las lágrimas comenzaron a correr.

—¿Estás bien? —Engla me miraba preocupada.

Rápidamente sequé mi rostro con mis mangas.

—Lo siento, solo me acordé de mis padres y mi hermanita. —Tomé un poco de la leche con chocolate para calmarme—. Estoy bien, no pasa nada.

Aren parecía querer decir algo, con ese lado serio que tenía, mas en ese momento entraron Bjorn y Daven.

—¿La hiciste llorar? —Daven preguntó mirando a su hermano.

—¡¿Por qué tengo que ser yo siempre el culpable?! —se defendió.

—En serio estoy bien, no es nada. —Traté de restarle importancia.

Pero parecía que con más atención puesta en mí, más me costaba controlarme. Me paré y salí del lugar. Me dirigí afuera, necesitaba aire.

En el patio las lágrimas no paraban de correr, aunque trataba de contenerlas con todas mis fuerzas.

—A veces lo mejor es soltarlo todo de una, liberar lo que aprisiona tu pecho —escuché a Aren tras de mí—. Si quieres puedes contarme —dijo poniéndose a mi lado.

—Ellos no deberían haber muerto —gemí con la voz quebrada—. Extrañé a mi madre cuando estuve en cama con fiebre alta, que tocara mi frente... y me pusiera paños fríos. Extrañé... —Me detuve para inspirar—. Que mi padre amenazara al primer chico que me gustó. Extrañé arrastrar a Amy en mis aventuras... Y en muchas cosas más que nunca estuvieron. Mi hermanita no tuvo la oportunidad de crecer... —No pude seguir hablando, ya que rompí en llanto.

Aren me abrazó, acariciándome la espalda despacio.

Como dijo saqué todo lo que oprimía mi corazón, hasta que finalmente el llanto cesó, sintiéndome más tranquila.

Con suavidad él me apartó.

—¿Mejor?

Yo afirmé con la cabeza.

—Aunque hubiera sido mucho mejor si Einar hubiera sido el que te abrazaba en vez de mí —bromeó con esa característica sonrisa que tenía.

Por primera vez, no me avergoncé por el comentario, sino que reí contagiada por su chispa.

—Así me gusta —comentó con una sonrisa más gentil.

—¿Cómo sabes tanto de la pena? ¿Por experiencia

propia? —indagué.

Sacudió la cabeza.

—Realmente no he tenido grandes penas, lo más duro es lo que le pasó a Erika. Pero cuando Einar regresó de Noruega estaba destrozado. Andaba como alma en pena. Creo que desde entonces es que comencé a actuar como un estúpido, por lo menos así lograba sacarle una sonrisa.

Me asombró aquel comentario. Al final el hermano menor había resultado ser mucho más sensible del lo que aparentaba.

Aunque podía comprender algo. Con lo poco que me había contado Einar podía imaginar el sufrimiento que había tenido.

—¿Nunca buscó ayuda?

—Es difícil ir con un psicólogo haciendo lo que hacemos. ¿Cómo podría explicarle la razón de que investigaran la desaparición de esas chicas en vez de la policía? ¿Ver a tu primo despedazado por una criatura? ¿O que su primera novia fuera ahogada simplemente por su relación con él?

Abrí los ojos como plato.

—¿Su primera novia?

Él me miró como si hubiera cometido un gran error.

—Lo siento, olvídalo, si él no te ha dicho nada no es algo que pueda hablarlo yo.

Aquello me dio curiosidad, mas me sentí mal por ello, así que no insistí.

—Entonces, ¿cómo logró superarlo? —pregunté finalmente.

—Porque nos tiene a nosotros de apoyo. Mi padre siempre estuvo atento y siempre lo escuchaba y lo contenía, aún cuando despertaba gritando en la noche. Igual mi madre, aunque de una forma más tierna y dulce. Y bueno Daven, Erika y yo nos volvimos sus hermanos mayores por un tiempo. Con el tiempo logró reponerse y volver a ser quien era o mejor dicho gran parte de lo que era.

Agaché la mirada.

—Cambiando de tema —se apresuró a decir Aren—. Tu auto necesita arreglos. Tengo un amigo que sabe arreglar vehículos,

podría desabollar algo el choque, aunque no podría hacer nada con la pintura, tendrías que llevarlo a un especialista.

—Te agradecería mucho, no entiendo mucho del tema, yo solo conduzco.

Y no sabía cómo le iba a explicar el choque a mi tía.

—Muy mal, debes de conocer algunas cosas para salir de un apuro si se te descompone el auto.

Miré avergonzada.

—Lo voy a llevar ahora, estuve hablando con él, así que no hay problema.

—¿Cuánto dinero necesitas?

—No te preocupes, después arreglamos. —Avanzó unos pasos a mi auto y luego regresó—. Por favor no les digas nada que te comenté eso de Einar, son algo sensibles con el tema.

Afirmé con la cabeza. A pesar de sus bromas, Aren me agradaba y no quería ponerlo en problemas.

Estúpida inocencia

Cuando regresé a la cocina solo estaba Engla, quien me dio una cálida sonrisa, pero no dijo nada.

Terminé de desayunar para luego quedarme mirando al cielo en el patio. No es que no le hubiera preguntado a la madre de Einar si la ayudaba en algo, mas ella se negó mandándome a descansar, como si no hubiera dormido lo suficiente.

Odiaba estar ociosa, ya que me daba tiempo para pensar una y otra vez en lo que había pasado y por lo tanto frustrarme por no tener ninguna respuesta.

Como a las una almorzamos, aunque sin Aren, él aún no había vuelto de llevar mi auto donde su amigo.

Yo estaba en silencio mientras hablaban de las labores del campo cuando me acordé de lo de la vez anterior.

—¿Les ha dicho algo Freyja? —pregunté con timidez cuando ambos hicieron una pausa.

—Ha estado investigando, aunque aún no sabe nada —respondió Daven.

—¿Podrías preguntarle también acerca de lo que me pasó en el puente? —continué—. Es decir, es obvio que alguien quiso tirarme al río. Lo que quiero saber es porqué si iba cayendo me desperté en medio del puente.

—¿Crees que fue un zoocrypto? —consultó Bjorn.

—No lo sé, pero ¿quién más puede haber hecho eso? Miró serio su plato.

—Es raro que una criatura ayude a un humano —comentó.

—¿Raro? ¿Eso quiere decir que si han habido casos?

—No en mi experiencia, mas me parece haber leído de algo. Revisaré. Igual deberías preguntarle a Freyja acerca de eso, ella debe tener más información.

Daven afirmó con la cabeza.

Después de almorzar descansaron un momento y luego siguieron trabajando.

Pasado las dos de la tarde apareció Einar junto con los chicos.

Yo estaba afuera sentada en la hierva, rodeada de los perros. La cachorra negra se había echado sobre mi regazo.

—¡Estoy muy enojada contigo! —me gritó Gabi apenas se bajó del auto.

Imaginaba que iba a estar así, pues ni siquiera me había llamado y yo no me atreví a llamarle.

Corrí a la perra para levantarme. No sabía que decirle a mi amiga. Ella se acercó a paso firme hacia mí y me rodeó con sus brazos con fuerza.

—No vuelvas a hacer una estupidez así —susurró. Su voz sonaba triste.

—Lo siento —dije devolviéndole el abrazo.

Einar bajó un bolso del portamaletas y unas bolsas. Jaime llevaba consigo una mochila.

—¿Y eso para qué? —Reconocí el bolso de Gabriela.

—Bueno necesitamos ropa si nos vamos a quedar unos días —me respondió ella, apartándose de mí.

—Pero...

—El arreglo de tu auto va a demorar un poco en estar listo —me informó Einar.

—Traje de mi ropa para prestarte. Aunque pasé a comprar ropa interior, desodorante y cepillo de dientes. No podía ir a tu casa a buscarlo si no iba contigo, tu tía hubiera hecho muchas preguntas —indicó mi amiga—. Aunque lo más probable es que te quede grande.

Teníamos la misma estatura, pero yo era mucho más escuálida en comparación a la voluptuosa figura de Gabi.

—¿Y qué le voy a decir a mi tía?

—Que vamos a ir de acampada a la Reserva Nacional Cordillerana. Ya lo teníamos pensado.

Me sonrió.

—Bueno, los dejo —dijo Einar entregándole el bolso a Gabi y las demás cosas—. Tengo que volver.

—¿No tienes nada de tiempo? —le pregunté—. Es que quería preguntarte algo.

Me miró serio.

—¿Aren te dijo algo?

Pensé de inmediato en lo que se le había escapado y que me había pedido que no dijera nada. Era como si Einar pudiera leer la mente. Sacudí con fuerza la cabeza.

—No me ha dicho nada —aclaré sin mucha convicción—. Es por un tema médico.

Su rostro cambió, ahora estaba preocupado.

—¿Te has sentido mal?

—No es nada de eso —me apresuré a decir—. Son solo algunas dudas que tengo.

Quería preguntarle por mis crisis de pánico, aunque realmente era por mi falta de estas.

Miró su reloj.

—¿Es algo rápido?

—No lo sé.

—¿Puedes esperar a mañana? ¿O lo hablamos por teléfono?

—Mañana no habría problema.

—Entonces nos vemos.

Se despidió de todos y se marchó.

Nosotros entramos los bolsos. Engla acomodó a Jaime en la pieza de Einar, pues la única pieza de visitas la ocupábamos con Gabi. Puso la ropa interior en la lavadora y le sirvió almuerzo a los dos.

Mientras le avisé a mi tía de nuestra supuesta acampada, lo que le sorprendió que fuera tan de improviso. Después de

prometerle mil veces que nos íbamos a cuidar pude colgar.

Seguí ofreciendo mi ayuda a Engla, pero siempre se negaba. Así que cuando terminaron de comer los chicos decidimos salir a caminar.

—¿Por qué Einar te preguntó si Aren te había dicho algo? —indagó Gabi cuando estábamos a unos metros de la casa por el camino de ripio donde habíamos llegado.

Le conté lo que había pasado la noche anterior. Lo de la revisión, lo que le sacó una sonrisa y de lo que dijo Aren y la reacción de Einar.

Gabi soltó una estridente carcajada, en cambio Jaime solo sonrió. No me importaba hablar de eso delante de él, siempre que estábamos juntos Gabi hablaba de todo sin miramientos, así que me había terminado acostumbrando a que conociera mis secretos. Además él era callado y discreto y nunca me molestaba, así que le tenía cierta confianza.

—No entiendo porqué te ríes tanto, que Einar empujara a su hermano contra la pared no me pareció divertido.

—Lila, es que eres muy inocente —dijo tocándome el hombro—. Cuando un hombre se excita se le pone duro el pene y según el pantalón puede ser incómodo caminar.

En un instante me puse roja. No sabía cómo podría mirar a la cara a Einar después de lo que Gabi me dijo sin ponerme nerviosa.

—En todo caso no se excitaría conmigo —indiqué—. No tengo una bonita figura y casi no tengo pechos.

—Eso no tiene nada que ver, sigues siendo mujer. ¿Lo notaste nervioso cuando te revisaba?

—¡No! ¡Y caminaba con total normalidad!

Ella suspiró. Nos detuvimos en una pequeña laguna, donde habían unos patos silvestres que salieron volando. Clavé mis ojos en el agua, en un intento de escapar a mi vergüenza.

—Por lo menos si se le hubiera parado significaría que le atraes. Aunque también pudo haberlo disimulado bien.

—No deberían de hablar si se le para o no a mi herma-

no tan fuerte.

Los tres nos giramos. Era Aren quien nos había escuchado. La cara me ardía con aún más fuerza.

—Además él es médico, está acostumbrado a examinar personas, no se va a excitar tan fácil. Aunque últimamente vea más cadáveres. Y si alguien de mi familia los escucha hablando del pene de Einar es a mí quien van a castrar por hacer esas bromas.

Estábamos mudos, la llegada de Aren nos había pillado de sorpresa.

—Aclarado una vez eso —continuó él—. ¿Por qué hablaban de eso? ¿Les interesa algún servicio especial de mi hermano? —Movió de arriba a bajo las cejas con una sonrisa torcida y chispas en los ojos.

—Simplemente comentábamos lo que había pasado anoche —Gabi puso cara seria tratando de restar importancia al asunto, pero era obvio que Aren no se lo compraba.

—¿Regresaste caminando? —pregunté al darme cuenta que no había escuchado ningún vehículo.

—Sí, mi amigo vive cerca y no quería demorarlo con sus cosas haciendo que me venga a dejar. En la mañana aproveché de ir a Agua Brava a comprar los repuestos. Tranquila, fui en una camioneta que él me prestó, tu auto quedó guardado en su taller. No va estar listo antes de una semana.

—¿Tanto? ¿Tan mal está? —No me pareció que fuera tan grande el daño.

—Es que tiene unos trabajos antes que debe entregar. Si quieres podemos buscar otro mecánico que lo arregle antes.

—No, está bien. —Prefería que fuera alguien que ya conocieran, solo que tendría que volver a llamar a mi tía para decir que la «acampada» iba a ser por más días—. ¿Por qué tiene su taller en el campo? ¿No le es más fácil tenerlo en la ciudad?

—Lo tenía, pero el arriendo era muy caro. Sus clientes más fieles lo siguieron. Además también ve maquinarias agrícolas, así de cierto modo es mejor estar en el sector. —Se detuvo un

momento—. ¿Y, ustedes, por qué andan en el camino?

—No teníamos nada que hacer. Tu madre no nos dejó ayudar.

—Ella puede parecer muy dulce, pero es una dictadora. Es demasiado perfeccionista, así que prefiere hacer las cosas sola. A nosotros nos terminó de echar de su cocina por no hacer las cosas como ella quería. Por eso no acepta ayuda. Pero volvamos, hay cosas que podemos hacer. Como jugar a las cartas.

—¿No tienes trabajo? —interrogó Gabi.

—Daven y mi papá ya se encargaron. —Movió las manos sin darle importancia.

Comenzamos a avanzar de vuelta con Gabi diciendo lo consentido que era, con lo que Aren le respondió algo. Yo me fui quedando atrás con mi mente pensando en Einar y preguntándome porqué Aren insistía tanto en molestarlo conmigo.

—Noté cómo cambiaste el tema —dijo Aren a mi lado.

Al levantar la vista me di cuenta que Gabriela caminaba un poco más adelante hablando de algo con Jaime. No me había percatado que ya había terminado de discutir con ella.

—Pero te lo dejaré pasar esta vez. —Sonrió y aceleró el paso.

Me sonrojé, mas luego comencé a trotar para alcanzarlo.

Tratando de encontrar una respuesta

Al día siguiente, Einar llegó después de almuerzo. Gabi salió con Jaime para darme tiempo a solas con él.

Entramos al living-comedor que era en realidad dos habitaciones unidas por un gran umbral. La puerta al living estaba al lado de la escalera. Era una habitación grande, de madera barnizada con un tono oscuro. Un largo sofá azul marino era acompañado por dos sillones del mismo color, en el centro había una mesa de café baja del mismo tono que las paredes. Varios libreros adornaban las paredes y las ventanas eran enmarcadas solo con visillos de encaje.

En el comedor había una larga mesa, con sillas de tapizado rojo. La madera estaba en el mismo tono que todo el lugar. Y tenía una puerta, a la que salías al pasillo por muy detrás de las escaleras.

Einar se sentó en una de las sillas y yo me senté a su lado.

—¿Qué querías consultarme? —Me miró fijo.

Tuve que hacer un esfuerzo para no pensar en la conversación del día anterior. No quería ponerme roja de la nada.

—Es por mis crisis de pánico —finalmente dije—. En realidad es porqué no las tuve cuando vi como atropellaban al traficante o al ver al doppelgänger y también con el ataque del cuco. Tuve miedo y eso, pero no se desató ninguna.

Einar guardó silencio pensando en aquello.

—No me es fácil saber el porqué —respondió después de unos segundos—. Conozco los síntomas y cómo controlarlos en el momento, mas lo que me preguntas escapa

a mi conocimiento. Sería mejor que le preguntaras a un psiquiatra o un neurólogo.

En mis ojos se reflejaba decepción.

—A lo mejor ya te acostumbraste a las criaturas —continuó tratando de buscar una respuesta.

—No puede ser, es imposible acostumbrarse a eso. Si fuera por ello debía de haber desaparecido antes cuando me mentalizaba que nada era verdad.

—Puede ser. Pero puede que tu instinto fuera más fuerte e inconscientemente supieras que algo andaba ahí. Ahora que sabes lo que es, también sabes cómo puedes enfrentarlo. ¿Has hecho algún tratamiento psiquiátrico respecto a eso?

—Sí, varios —contesté dándole vueltas a lo que había dicho.

—A lo mejor al fin dio resultados.

De cierta forma tenía lógica todo lo que decía, no obstante, seguía habiendo algo que no me cuadraba.

—¿Cuándo tuviste tu último episodio? —indagó al verme no muy convencida.

Empecé a hacer memoria, recordando lo vertiginoso que había resultado todo últimamente. No se me venía nada a la mente, por lo que comenzaba a sentirme frustrada. Suspiré y me eché para atrás, para luego irme hacia delante y estrellar mi cabeza con la mesa. Aunque no golpeé con la madera. Einar había puesto su mano.

—No hagas eso, puedes lastimarte —regañó.

Quedé así con mi frente sobre su palma. Me gustaba sentir su contacto. Nuevamente suspiré y ladeé mi cabeza acomodando mi rostro, quedando mi mejilla sobre su mano. Él solo me observaba.

Me quedé mirándolo fijamente, seguía tratándome como a su hermana pequeña. Me perdí en el pardo de sus ojos cuando vino aquello a mi memoria. Sentí que se me helaba la sangre. Rápidamente me enderecé.

—En el ataque del perro negro —indiqué despacio.

Creo que lo desconcerté con mi reacción porque no dijo nada.

—Es igual a lo del puente —continué después de una pausa.

—¿Qué quieres decir? —consultó. Por su cara no comprendía a que me refería.

—Si lo piensas las dos situaciones eran similares —aclaré—. Estaba en peligro, pero de pronto pierdo la conciencia y aparezco a salvo, demoro en reaccionar y eso.

Einar parecía procesar algo en su mente.

—Te abducieron los aliens —bromeó Aren entrando al comedor.

Aunque su hermano lo miró con mucha hostilidad.

Detrás de Aren venía Daven. Ambos estaban vestidos con camisetas deportivas negras y pantalones y tenis del mismo estilo y color. Se veían uniformados, mas lo que me sorprendió era ver a Aren muy bien afeitado.

Le cambiaba la cara completamente, aparentaba ser más joven y sus rasgos eran algo más diferentes a los de Einar de lo que pensaba, ya que su mentón era un poco más triangular en comparación al rostro cuadrado de su hermano mayor. Y más aún era que tenía rasgos hermosamente femeninos. Era impresionante la sutil de las diferencias que hacían grandes cambios.

Me le quedé mirando fijo, lo que desconcertó a los tres.

—Te ves muy diferente sin barba —me apresuré a comentar.

Aren sonrió. Einar en cambio se veía demasiado serio.

—¿A que no soy guapo? —preguntó con un tono que parecía de coqueteo.

—Sí, tus rasgos son bellos y femeninos —respondí con inocencia.

—¡Oye! —exclamó molesto.

A mi lado sentí una suave carcajada. Einar reía con ganas. Al volver a mirar a Aren, este no parecía enojado sino que tenía una dulce sonrisa. Daven se tapaba la boca tratando de contenerse.

—Ya es suficiente de reírse de mí —indicó el hermano menor con un tono ofendido, aunque era claro que no lo es-

taba—. Ya que estás aquí entrena con nosotros, Einar.

—No estoy con la ropa adecuada.

De hecho, estaba con camisa y pantalones de vestir. Por lo visto había venido directamente del trabajo, aunque no me cuadraba con su horario anterior.

—No te hagas, tienes ropa acá. Ve a cambiarte y nos vemos en el gimnasio.

—¿Tienen un gimnasio? —consulté.

—Es un galpón que se adaptó para eso —explicó Daven.

—¿Irás a vernos? —preguntó Aren poniendo una mano sobre la mesa y acercándose a mí.

—Sí, me gustaría ver qué hacen —contesté.

Einar se paró, volvía a tener el rostro serio. Empujó a Aren apartándolo de mí.

—Calma, muchacho —dijo el hermano menor—. Nos vemos allá.

Einar salió de la habitación y yo seguí a los otros dos.

Entrenamiento

Afuera nos encontramos con Gabi y Jaime, quienes se nos unieron cuando supieron lo que íbamos a hacer.

Cerca de la casa habían varios galpones, aunque no muy grandes. Al que entramos tenía unas puertas dobles de las cuales me di cuenta que habían sido restauradas, al igual que su fachada, en la cual se notaban las tejas nuevas que contrastaban con las antiguas.

Al interior se veía un gran espacio libre con pisos de maderas. En una esquina habían pesas y a un costado, una puerta que estaba cerrada. Gabi miró con decepción.

—Pensé que iba a ser un gimnasio propiamente tal, pero no tienen ninguna máquina —comentó.

—No son baratas y debemos priorizar en algunas cosas, como las armas —respondió Daven—. Pero con lo que hay tenemos suficiente. Además tiene baño, para que no salgamos todos sudorosos al exterior —indicó, señalando la puerta que había visto antes.

—Bueno ahora viene la parte aburrida —aclaró Aren—. Vamos a calentar y elongar por un rato, antes de ponernos a luchar.

—¿Van a luchar? —Vaya con mi pregunta estúpida.

—Es una parte de nuestro entrenamiento —explicó Daven—. En las mejores condiciones no nos acercamos a los zoocryptos, simplemente acabamos con ellos a distancia, pero a veces salen las cosas mal y debemos ser capaces de defendernos cuerpo a cuerpo, por lo menos para lograr es-

capar. Con la mayoría es una locura usar los puños, aunque a veces no queda de otra.

—Bueno, empecemos —lo urgió su hermano menor.

Comenzaron a trotar alrededor. Jaime y nosotras nos sentamos en la orilla, con las espaldas pegadas a la pared y las piernas cruzadas.

Al observar con más atención a los chicos, me di cuenta que en sus camisetas en la espalda había un diseño de líneas que iba en degradé del celeste al calipso hasta terminar en el agua marina. Era muy bonito.

En eso entró Einar con la misma ropa que sus hermanos, mas parecía que a él le quedaba mejor, aunque viniendo de mí era bastante subjetivo.

En vez de ponerse a trotar se acercó a donde estábamos y se acuclilló frente nuestro.

—Si quieren pueden traer cojines de la casa para estar más cómodos —ofreció.

—No te preocupes, tenemos glúteos de acero —contestó Gabi.

Jaime, Einar y yo reímos ante su respuesta.

—¡Oye! ¡No te escapes! —le gritó Aren.

Einar se levantó.

—Si cambian de parecer, solo pídanle a mi madre —dijo antes de unirse al trote.

—Se te está cayendo la baba —rió Gabriela, cuando Einar estaba lo suficientemente lejos para escuchar.

Me sonrojé ante el comentario.

—Igual tienes buen gusto, Einar es guapo —continuó—. ¿Verdad, Jaime?

—Sí, aunque en realidad los tres lo son —le respondió.

Mi amiga suspiró.

—Maldita genética.

—Pero no me empezó a gustar por su aspecto —me defendí, ya que no quería que pensaran que era tan superficial—. Sino por cómo me trataba.

—No tiene nada de malo que te guste su físico —indicó Gabi—. Es normal, al inicio siempre nos fijamos en el aspecto, aunque muchos hagan ver que eso está mal, es negar la realidad. Lo malo es simplemente dejarse guiar solo por lo físico y crear prejuicios de aquello.

»Está de más decir que él ha demostrado ser una buena persona.

Clavé mis ojos en el techo del galpón, recordando las largas conversaciones que había tenido con él y cómo su presencia hacía que me sintiera segura. Lo protector que era solo me hacía pensar que le recordaba a su hermana.

—Lo malo es que solo me ve como su hermanita menor —comenté.

—Si quieres que eso cambie tienes que hacer algo para que deje de pensar así —dijo Gabriela—. Podrías intentar seducirlo o de una decirle lo que sientes.

Levanté mis piernas y escondí mi rostro en las rodillas.

—No quiero perder su amistad —murmuré.

—Pero si no haces nada, nada va a cambiar. Hasta podría empezar a salir con alguien.

Ella tenía razón, aun así no dejaba de tener miedo de que se alejara de mí. Además solo lo conocía hace como un mes. No podía llegar y lanzarle aquella bomba tan pronto.

De pronto escuchamos un golpe. Al levantar la vista Daven tenía a Aren en el suelo y sujetaba su brazo torcido tras su espalda. Einar estaba haciendo ejercicios de estiramiento más allá.

—No seas payaso y pelea bien —dijo Daven a su hermano menor.

Lo soltó y puso sus puños frente su pecho, esperando que Aren se levantara. El menor de los Östberg se levantó con agilidad y lanzó una patada que su hermano bloqueó y sujetó haciéndolo girar en el aire y lanzándolo al suelo. Me dolió a mí ver cómo caía Aren.

El hermano del medio volvió a ponerse en posición en

espera a que el otro se levantara. Aren volvió a levantarse rápidamente, pero esa vez no volvió a lanzarse, sino que esperó en posición defensiva al igual que su contrincante. Lo que obligó a Daven a atacar, pegando con un puño de frente a lo cual Aren bloqueó, mas giró sobre su eje rápidamente y asestó un golpe al costado, sin que esa vez pudiera bloquearlo. Aren se encorvó por el dolor.

A pesar de todos los movimientos que Aren intentaba, Daven siempre parecía ir un paso delante.

—Basta, le toca a Einar —indicó Aren mientras jadeaba, después de unos minutos.

Se enderezó y fue a donde nos encontrábamos. Se recostó contra la pared y se dejó deslizar hasta el suelo. Estaba completamente sudado, no solo se notaba a simple vista, sino por el olor también, aunque era tolerable.

—¿Qué arte marcial era esa? —le pregunté.

—De todo un poco —respondió mientras se secaba el rostro con la punta de su camiseta mostrando sus abdominales—. No es que nos interese seguir una disciplina —continuó esta vez mirándonos—. Simplemente es un todo vale.

—¿No se lastiman de esa forma? —consultó Jaime.

—Tratamos de no ser tan bestias, aunque hemos tenido unos accidentes en el pasado. Nada grave, solo esguinces y cosas así. Pero los golpes de hoy me van a dejar moretones.

—No pudiste ganarle a Daven —comentó Gabriela.

Él levantó los hombros.

—No es algo que importe, ni con él ni con Einar puedo, simplemente lo tomo como entrenamiento.

—Oye y ¿por qué te cortaste la barba? —Tenía curiosidad de saber el motivo.

Se restregó el mentón con una mano.

—En realidad me gusta más así, aunque me vea más femenino. —Marcó más la ultima parte.

—No era mi intención...

—Tranquila, no me molesta, simplemente estaba bro-

meando. Daven y yo hicimos una apuesta de quién duraba más tiempo con barba durante el verano, pero no aguanté más. Es posible que mañana veas a mi hermano rasurado. Aquí el único vikingo es mi padre, ya está acostumbrado.

Me causaba curiosidad cómo sería el rostro de Daven sin la barba.

—Fue lindo escuchar reír a Einar —dijo de repente—. No lo hacía hace rato. Ha estado algo estresado el último tiempo.

—¿Por qué? —interrogué preocupada.

Me miró directo a los ojos. En su rostro nació una sonrisa.

—Porque hay una persona que se lo pasa metiendo en problemas.

Me sonrojé ante el comentario.

—Quién diría que a pesar de lo pesado que puedes ser en realidad eres un osito de peluche —indicó Gabi.

La sonrisa de Aren se hizo más grande.

—¿Será acaso que te estarás enamorando de mí? —preguntó en tono juguetón.

—Nunca en la vida —contestó ella irritada.

El hermano menor rió.

Yo desvié mi mirada hacia el centro del gimnasio, justo para ver cómo Daven hacía un barrido con un pie que derribaba a Einar, mas este mientras caía aprisionó las piernas de su hermano con las suyas lanzándolo también al suelo. Einar se incorporó rápido y puso su brazo sobre el cuello de Daven. Este se rindió. Yo quedé con la boca abierta.

—Impresionante, ¿no? —dijo Aren al ver mi expresión—. Ambos son muy competitivos, así que no se andan con movimientos ligeros.

Y como él había dicho, la lucha parecía más intensa que la anterior. Ganando de casi similar veces ambos.

—Es suficiente —anunció Daven, después de un buen rato—. Me voy a bañar.

—Aren, te toca —ordenó Einar.

El hermano menor nos miró suplicante, como si pidiera

que interviniéramos.

—Tú quisiste luchar, así que asume —respondió Gabi.

Sentí un poco de pena por él. Einar parecía aún más duro de lo que había sido Daven. En cuestión de segundos lo enviaba al suelo y más aún le aplicaba llaves en el piso. Hasta que miró su reloj.

—Tengo que volver al trabajo —anunció el hermano mayor—. Me voy a bañar.

Daven ya había salido de la ducha y estaba sentado a nuestro lado mientras se secaba el cabello con una toalla. Se había puesto unos vaqueros azules y una camiseta manga larga negra con unos símbolos rojos a un costado. No tenía idea de dónde lo había sacado, ya que cuando llegaron al gimnasio no llevaban nada.

—¿Trajiste tu ropa, pajarón? —le preguntó Aren que aún estaba tendido en el suelo—. Creo que la última vez que entrenaste no volviste a dejar un cambio de ropa. Te tocará ir a la casa a buscarlo.

—Estamos en verano —le respondió este—. No es como si hubiera tanto cambio de temperatura.

—Si quieres puedo ir por tu ropa. —Daven se me adelantó al ofrecimiento.

—No te preocupes, prefiero bañarme en la casa.

Dicho eso salió del gimnasio. En cambio Aren no parecía querer moverse del piso. Tuvo que Daven jalarlo para que finalmente se metiera al baño.

Una historia del pasado

Alcancé a toparme con Einar antes que se marchara, nuestra conversación había quedado a medias debido a la intervención de sus hermanos.

—¿Tienes alguna idea de lo que pudo haber pasado? —le pregunté caminando a su lado, mientras él se dirigía a su auto.

Estaba sola, apenas me encontré con Einar, Gabriela y Jaime desaparecieron por arte de magia. No dudaba que estarían ocultos espiándome a hurtadillas.

Él me miró sin entender mi pregunta.

—De lo que hablamos antes, mis crisis de pánico y el parecido del ataque del perro negro con lo del puente —aclaré.

—Creí que preferías no decirle «perro negro».

—Es que se me olvidaron los otros nombres.

—No tengo idea, Lila —me respondió mientras abría la puerta de su coche.

Agaché la mirada, si ellos no sabían lo que pasaba, cómo podría yo encontrar una respuesta.

Sentí su mano sobre mi cabeza. Levanté mis ojos hacia su rostro, me sonreía. Su expresión era cálida y acogedora.

—Tranquila, ya descubriremos algo.

Besó mi mejilla como despedida y se metió al auto. Me quedé ahí parada viendo como le daba marcha, se ponía el cinturón y levantaba una mano para despedirse nuevamente de mí antes de comenzar a moverse.

Después de que Einar se marchara, Bjorn apareció con

una libreta, cuaderno o algo por el estilo, aunque se veía viejo. Y en ese momento también aparecieron mi amiga y su primo.

—Encontré el caso cuando un zoocrypto ayudó a un cazador —me anunció.

Me llevó a la cocina para mostrarme. Gabriela y Jaime me siguieron.

—¿Qué es esto? —Le pregunté cuando puso delante de mí, en la mesa, el cuaderno, ya que al hojearlo a la primera me di cuenta que no estaba en castellano.

—Es una bitácora de mi padre —contestó avanzando las páginas hasta un punto que igualmente no entendí—. Habla de una vez que estaba en el bosque de cacería y debido a la niebla se separó de su grupo. De pronto la figura de una banshee se presentó delante de él. Aquello lo asustó, por lo que detuvo su avance, poniéndose en guardia. Mas la criatura solo lo observó, hasta que la niebla se disipó donde ella estaba mostrando el acantilado hacia donde se dirigía él. Después de eso ella desapareció y él se reencontró con su grupo.

—¿Banshee? —Eran pocas las criaturas que conocía.

—Mujer «hada» que con su grito o llanto anuncia la muerte de alguien —explicó mi amiga.

Quedé pensativa. Aquello no explicaba para nada lo que había pasado, aunque la historia me causaba curiosidad.

—Si anuncian la muerte, ¿por qué evitó la de tu padre?

—No lo sé, ni siquiera nos habló de eso a nosotros, sus hijos —contestó—. Ya antes había leído sus bitácoras por eso lo recordaba.

—¿Tienes más hermanos?

—Tenía, un hermano y una hermana, pero murieron jóvenes.

Aquella respuesta hizo que yo enmudeciera, sentía que estaba tanteando terreno delicado. Por suerte en ese momento entró Engla trayendo algunas frutas para hacer una tarta, por lo que nos terminó echando del lugar, dejando en el aire la conversación.

Tarde o temprano las mentiras se descubren

Como había anunciado Aren, al día siguiente, Daven ya se había afeitado. Su mandíbula era igual de cuadrada que la de Einar, aunque se veía bastante menor.

Los demás días pasaron sin mayor emoción, aunque comenzamos a acompañar a los hermanos al campo, para arreglar cercos, revisar el ganado y cosas así.

Había un bonito monte donde surcaba un riachuelo y varias aves rondaban el sector, hasta en un momento vi esconderse entre los árboles a un zorro.

Además del trabajo afuera, Aren se preocupó de entretenernos, ya fuera con juegos de mesa o simplemente contándonos historias, aunque evitó cualquiera que tuviera que ver con su hermano mayor, por lo que me hizo pensar que Einar le había dicho algo. De vez en cuando Daven también nos acompañaba. En cambio a Bjorn y Engla los veíamos más en las comidas. En esos días Einar no regresó al campo, ya que se le estaba haciendo pesado el trabajo.

En ese entonces no obtuve nueva información, lo que me desanimaba más.

Un día antes de que mi auto estuviera listo, Bjorn veía las noticias del medio día en la televisión en el living, cuando entré para preguntarle algo. Como se veía tan concentrado no quise interrumpirlo y me puse a mirar también lo que veía.

... hace dos días que debían de regresar al puesto del guarda parques. Por lo que cuando no volvieron comenzaron

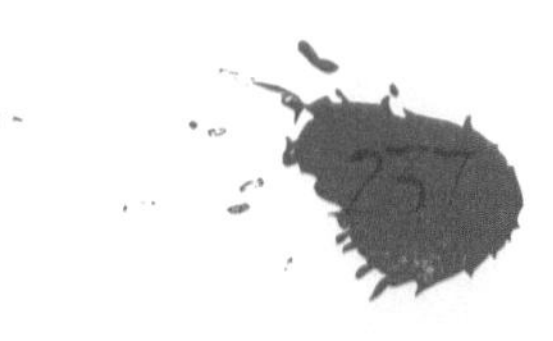

la búsqueda, pero de momento no han encontrado rastros de los excursionistas extraviados —comentaba el reportero.

Detrás de él, se veía la brigada de búsqueda andina con perros a la entrada de un camino que tenía árboles a ambos lados. A un costado alcancé a ver un letrero que decía «Reserva Nacional Cordillerana».

—¿Qué pasó? —No pude aguantarme más.

—Unos chicos se extraviaron, los están buscando. Espero los encuentren pronto, entre más tiempo pase más difícil es hallarlos con vida —comentó.

—Pudo ser algún... —No me atreví a terminar la frase.

Él apagó el televisor.

—No lo creo. Si no se es cuidadoso es fácil perderse, en especial con la neblina de la mañana. Ya ha pasado antes y nunca ha sido por una criatura.

Solo esperaba que mi tía no estuviera viendo el noticiario, sino le daría un ataque. En eso escuché la psicodélica música de mi celular. Lo había dejado en la habitación, así que corrí por las escaleras para alcanzar a contestar.

Dejó de sonar justo cuando entré al cuarto. Al mirar la pantalla vi que era ella, rápido le devolví la llamada.

—¿Lila, están bien? —Se notaba la preocupación en su voz.

—Sí, ¿por qué? —Era obvio, mas aun así traté de disimular.

—¿Es que no te has enterado de la desaparición de esos chicos? —interrogó—. El parque está lleno de gente buscándolos, ¿acaso no se los toparon?

Me removí inquieta, tratando de encontrar una excusa lo suficientemente convincente. Mi silencio la preocupó.

—¿Lila, qué pasa?

Creí que era mejor contarle algo de la verdad o intentarlo, pues al ver el auto se daría cuenta que algo había pasado.

—En realidad nunca llegamos a la reserva —traté de explicar—. Cuando íbamos en camino otro vehículo nos sacó de la ruta... No fue grave, pero el carro está en el taller.

—¡¿Por qué no me dijiste nada?! —Mi tía estaba comple-

tamente fuera de sí al otro lado de la línea.

—No quise preocuparte —respondí totalmente cohibida—. Pensaba contarte todo cuando regresáramos.

—¡¿Pero dónde se están quedando?! ¡¿Con qué dinero vas a pagar el arreglo?!

—Einar y su familia nos están ayudando. Nos quedamos donde ellos.

—¡¿Einar?! —dijo su nombre con tono enfadado—. ¡Desde que apareció ese chico has estado actuando extraño! ¡Ya no me gusta nada!

—¡Él no tiene culpa en nada de esto! —Al fin pude sacar la voz—. ¡Solo nos ha ayudado! ¡Y no he estado actuando raro!, ¡simplemente me cansé de no saber qué les pasó a mis padres y a Amy!

Nunca antes le había hablado así, por lo que su silencio era de esperar. No dije nada, no quería seguir con esa discusión, mas sabía que era muy mala idea cortar la llamada. Las lágrimas se me acumulaban en los ojos.

—Nunca antes me habías mentido. —A pesar de que había dejado de gritar, su voz tenía un tono desagradable—. ¿Qué otras cosas me has estado ocultando?

—¡Nada! —Alcé la voz más por desesperación que por rabia—. No te mentí, te lo iba contar todo, solo no quería preocuparte —volví a repetir como si se tratara de un mantra, para hacerme creer en la mentira que le estaba diciendo.

—Lila, me decepcionaste. —Aquellas palabras fueron un puñal para mí.

—Tía... —exclamé con la voz quebrada al borde del llanto.

—No quiero hablar, adiós. —Y colgó antes de que yo pudiera despedirme.

Sentía un peso inmenso en el pecho, las lágrimas rodaron por mis mejillas sin que las pudiera contener.

—Lila, ¿qué pasa?

Me giré y Gabriela estaba en el umbral de la habitación. No pude decir nada, solo la abracé y comencé a llorar.

Me sentía fatal, no solo por la reacción de mi tía, sino porque en realidad tenía razón. Me había pasado casi todo el verano mintiéndole o diciéndole verdades a medias. Me sentía tan culpable y no tenía idea cómo arreglar aquello.

Ella siempre se exaltaba, inquieta por mí por una u otra cosa. De que algo me fuera a pasar, de que mis crisis aparecieran o que algo me lastimara, pero nunca nunca me había dicho que la había decepcionado.

Mi amiga me abrazó con fuerza y esperó pacientemente hasta que finalmente le contara lo sucedido.

No sé cuánto tiempo pasó, solo que fue mucho, pues lloré hasta que no me salieron más lágrimas. Me sentía agotada, aunque algo más tranquila. Al alzar la vista del hombro de Gabi pude ver a Aren y Jaime que esperaban en silencio.

—Deberíamos ir a la cocina, para que Lila beba algo —dijo el hermano de Einar al darse cuenta que los miraba—. Mi madre tiene unas infusiones que te ayudarán —indicó mirándome a los ojos.

Agradecía que no me pidiera explicaciones en ese momento.

Gabriela se separó de mí y secó el último rastro de mi llanto con las manos. Sentía mi rostro hinchado a su contacto. Tomó mi mano y me llevó a bajo con los chicos tras nosotros.

Al entrar a la cocina, Engla se encontraba trabajando afanosamente en cortar unas verduras. Su hijo se le acercó y le susurró algo al oído. Ella levantó la vista y me miró con dulzura. Velozmente se paró y fue a buscar algo a la despensa.

Nos sentamos a la mesa, mejor dicho, hicieron que me sentara. Nadie parecía querer preguntar, mas me trataban como un objeto que se podría romper, así que debía de tener una apariencia lamentable.

La madre de Aren regresó con varios frascos llenos de hierbas, las cuales puso en tazones. En uno en especial puso mayor cantidad y variedad, por lo que imaginé que ese sería

para mí. Agregó el agua caliente y dejó reposar, para luego entregarle a cada uno y tenía razón, aquel tazón lleno de hierbas fue para mí.

Lo sujeté entre mis manos, su calor era reconfortante y el olor del té subió hasta mi narices. Con delicadeza bebí un sorbo y el líquido bajó por mi garganta temperando todo mi cuerpo. Una sensación calmante se iba distribuyendo por mis sentidos.

Engla puso una silla a mi lado y me acarició la rodilla con dulzura.

—¿Qué paso? —Al final fue ella quien rompió el silencio.

Comencé a contarles de lo de la llamada, lo que mi tía me dijo y como me sentía por todas las cosas que le ocultaba. Pero por sobre todo les comenté de que la había decepcionado.

—No creo que lo haya dicho en serio —indicó Engla—. A veces las madres se ofuscan y dicen cosas que luego lamentan, pero por lo que haz hablado de ella antes, tu tía simplemente estaba preocupada. El problema es que es demasiado sobreprotectora y tú te has portado demasiado bien hasta el momento.

»Ya se tranquilizará. Además, ¿crees que puedes contarle la verdad? No te sientas culpable por ocultársela, no es algo que todos puedan aceptar.

No sabría decir si fueron sus palabras o la infusión pero comenzaba a sentirme mejor.

De pronto se escucharon voces en el pasillo. Entraron a la cocina Bjorn, Daven y Einar, para mi sorpresa. Venían hablando, mas enmudecieron al ver la escena.

Einar se arrodilló frente a mí y me tocó el hombro.

—¿Qué ocurre? ¿Por qué estuviste llorando?

Sin duda mis ojos aún debían de estar rojos y mis párpados hinchados, pues no creía que hubiera otra evidencia de aquello, ya que yo me sentía más repuesta.

—Mi tía se enojó por mentirle y en realidad me sentía culpable por ocultarle cosas —respondí.

Él me acarició la mejilla.

—No deberías sentirte así, no estás haciendo nada malo.

De pronto se enderezó y quitó su mano, como si recién se diera cuenta que no estábamos solos, aunque nadie comentó nada, ni siquiera Aren hizo una broma al respecto.

—Pensé que no ibas a venir, pues estabas con mucho trabajo —expuso su hermano menor.

—Terminé mi turno y mañana lo tengo libre —aclaró.

No se volvió a dar vuelta a mi tema.

Dulces y tristes emociones

Después de terminar con nuestros brebajes fuimos a caminar por el campo con los hermanos. Nos dirigimos al pequeño monte. Daven, Aren, Gabi y Jaime iban conversando, en cambio yo iba un poco más atrás, con Einar a mi lado.

—¿Aún estás preocupada? —preguntó de repente.

Suspiré.

—Estoy algo cansada. Me siento un tanto extraña, aunque ya estoy más tranquila.

—¿Quieres regresar para acostarte un rato? —ofreció.

Sacudí la cabeza.

—Quiero distraerme y no pensar más en el asunto.

—¡No se atrasen! —gritó Aren levantando las manos unos metros más allá.

Al llegar al monte, entramos a su interior hasta el riachuelo. Allí los chicos comenzaron a recolectar unos frutos silvestres que eran azules y venían de un arbusto espinoso. Se los llevarían a Engla para que hiciera un postre con ellos.

Iba a ayudarlos, mas no fui muy habilidosa y las espinas me arañaron las manos. Además me movía algo torpe, por lo que Einar me llevó a la orilla del río donde había un tronco y se sentó en él. Me indicó que hiciera lo mismo.

—¿No vamos a ayudar?

—No te preocupes, hay suficiente gente recogiendo. Creo que es mejor que descanses un rato —comentó tomando una de mis manos y jalándome hacia él con suavidad.

Finalmente me dejé convencer. Me senté a su lado y puse mi cabeza en su hombro. Olía tan bien, a colonia masculina, posiblemente a esas lociones después de afeitar, porque no lo imaginaba poniéndose perfume.

—Si quieres duerme un poco.

—No quiero. —Aunque dije eso la tranquilidad del lugar y el cansancio que se acumulaba en mis párpados hicieron que hiciera todo lo contrario.

Mi vista se quedó fija en las ramas de los árboles al otro lado del cauce del agua. Eran de un verde vibrante producto de sus hojas, las cuales se mecían al compás de la brisa. Pequeñas aves cantaban y saltaban entre sus ramas, a pesar de que llevaba mis lentes no pude distinguir cómo eran. Estaban bien ocultas entre el follaje. Aquella escena me resultaba familiar, como si la recordara de algún lado.

A lo lejos escuchaba el romper de las olas. No me había dado cuenta cuando me había dormido. Corría entremedio de los árboles riendo, aunque no era fácil, pues no había ningún sendero marcado. Me volteé a mirar y una silueta venía tras de mí. Era un adulto, mas su imagen me estaba en penumbras. Me llamaba con una voz que mi cerebro no registraba. Lo único que sabía era que quería mucho a aquella figura.

—¡Lila, no corras! —exclamó—. ¡Puedes caerte!

—No me caeré —respondí sonriendo, feliz de poder andar a mi antojo.

Mis manos eran pequeñas, al igual que mis pies. Debía de ser una niña, probablemente antes que mi familia muriera, pues no podía recordarme siendo tan aventurera después de eso.

—¡Amy se va a poner triste porque no esperamos que despertara para salir! —Quien me seguía trataba de convencerme en regresar, aunque no me importaba mi hermanita, así podía andar a mi ritmo y no tener que estar deteniéndome porque se cansaba—. ¡¿Y si nos perdemos?! ¡No alcancé a avisarle a tus papás dónde íbamos!

—¡No nos vamos a perder! —exclamé con aquella infantil

seguridad que nada malo puede pasar.

De pronto una sombra pequeña atravesó el suelo del bosque unos pasos delante de mí.

—¡¡¡Cuidado!!!

Me senté como resorte, sentí las manos de alguien que me sujetaba, estuve a punto de gritar cuando me di cuenta dónde estaba. Estaba sentada sobre el tronco con mis piernas a lo largo y por lo visto mi cabeza estuvo descansando sobre las piernas de Einar momentos antes. Era él quien me sostenía para evitar que cayera.

—¿Estás bien? —se veía preocupado.

—Solo fue un sueño. —Hace mucho que ya no contaba mis sueños, ya que generalmente eran una representación de mi trauma y no podía evitar que me miraran como la niña rota que era.

Aunque era extraño, generalmente el sueño era ese de la silueta en la colina donde habían veces que tenían variaciones, o, cuando estaba más perturbada, revivía las imágenes de mi familia descuartizada, mas lo último no me pasaba hace mucho. Otros sueños, aunque menos recurrentes, eran monstruos que inventaba mi mente. Pero todos esos malos sueños quedaron atrás desde que comencé a tomar la infusión de Engla.

Además aquello era distinto, mas parecían recuerdos que tenía bloqueados. ¿Por qué aparecían ahora? ¿Acaso era producto de mi búsqueda de la verdad que mi cerebro quería darme una mano? Aun así no quise comentarle nada a Einar.

—¿Por qué estoy en esta posición? —pregunté, tratando de cambiar de tema.

Él sonrió, creo que trataba de contener la risa.

—A pesar de que no querías dormir, fuiste de inmediato al mundo de los sueños y comenzaste a cabecear hacia delante —explicó—. Así que te acomodé para que no terminaras cayéndote.

Sentí que mis mejillas ardían por la vergüenza.

De improviso escuché a Gabi gritando. Al mirar al riachuelo se encontraba ahí, sentada en el lecho, el agua le corría por los lados y ella se veía completamente empapada. Jaime extendía sus manos para ayudar a levantarla, al lado Aren se tapaba la boca tratando de contener una carcajada, mas Daven lo miraba molesto.

Einar y yo nos miramos extrañados.

El grupo se acercó a nosotros. Mi amiga refunfuñaba.

—¿Qué pasó? —Quise saber.

—Aren tiró a Gabriela al río —respondió Daven.

—Fue sin querer —se defendió este, aunque no parecía muy arrepentido—. Solo estábamos jugando.

—¡No te creo! —exclamó esta muy molesta.

—Es en serio. ¿Qué sentido tenía tirarte? Te me resbalaste.

Aren se quitó el polerón quedando solo en camiseta y se la extendió a ella, pero Gabi no parecía querer recibirla.

—Deberías quitarte siquiera la parte de arriba, ponte esto mientras llegamos a la casa.

Rápido me levanté y tomé la sudadera que ofrecía el hermano menor.

—Te acompaño —ofrecí.

—Detrás de esos árboles puedes cambiarte —indicó Daven.

Tomé la mano de mi amiga y la arrastré al lugar, ella aún se encontraba enfurruñada.

Detrás de los árboles, Gabi se quitó la chaqueta y la camiseta. Estiró la mano para que le pasara el polerón.

—Deberías quitarte también el brasier, está igual de mojado —comenté.

—Pero así se me caerán los senos y no quiero que me vean así —explicó.

Le sonreí con timidez, yo no tenía esos problemas. Mas no era buena idea que se lo dejara puesto.

—El polerón se ve bastante suelto, así que no creo que se note. Si te lo dejas podrías enfermar. ¿Por qué no te lo quitas,

te pones el polerón y si no te convence te vuelves a poner el brasier? —Traté de persuadirla.

Lo que funcionó. Al ponerse la prenda de Aren metió las manos en los bolsillos, que eran de forma de canguro, y lo estiró hacia delante. En realidad si no le estiraba casi no se notaba, a menos que te quedaras fijamente mirando su pecho y los chicos eran demasiado respetuosos como para hacer eso.

El polerón era verde musgo con la parte de los bolsillos en gris y atrás tenía un dibujo con letras que supuse estaba en noruego. Le llegaba más abajo del trasero a ella y tenía una capucha, la cual se colocó para abrigarse, pues su pelo también estaba mojado.

Gabi cogió su ropa mojada del suelo y fuimos donde estaban los demás. Al vernos aparecer, el hermano menor tomó una de las fuentes y distribuyó la fruta en las dos restante y se la pasó a mi amiga con una una expresión tímida, parecía que recién estaba sintiendo la culpa o era probable que Daven lo hubiera estado regañando al respecto.

Ella la tomó aunque igualmente lo miró con enfado y la usó para dejar su ropa mojada allí.

Comenzamos con el regreso, pues Gabi debía cambiarse, además ya había juntado la fruta suficiente, simplemente estaban esperando que yo despertara para regresar.

Avanzaron a paso rápido, por lo que me volví a quedar un poco rezagada, aunque Einar fue a mi lado. Podía ver cómo Aren trataba de hablar con Gabriela, mas esta parecía ignorarlo aún molesta. Era extraño verlo así, sonriente y amable considerando la primera vez que hablaron entre ellos, cuando los dos no parecían agradarse. En cambio, en ese momento, Aren parecía haber olvidado todo eso y los comentarios pesados que posteriormente le había dicho mi amiga.

Aunque Daven se veía serio y Jaime estaba callado, parecía que ambos la escena les divertía aunque trataban de disimularlo. Por lo visto Daven no se llevaba tan mal con su

hermano menor como parecía.

En aquel instante me sentía bien, tranquila y todo lo que estaba pasando me hacía creer que todo estaría bien, sin ser consciente de lo que nos estaba por venir.

Al llegar a la casa, Bjorn estaba preparando el fuego para hacer un asado. Era algo tarde y aún no habíamos almorzado y por lo visto querían hacer algo especial. Lo que me hizo pensar que todos estaban confabulados por hacerme sentir bien y les agradecía por ello.

El resto del día fue agradable, conversamos, reímos y comimos demasiado, incluida yo. Y el postre que hizo Engla con los frutos estuvo delicioso.

Engla y Bjorn se fueron a acostar temprano, mas los demás nos quedamos hasta tarde en el patio viendo las estrellas. Tendidos en el prado sobre mantas y con todos los perros encima. Kira se había acurrucado a mi lado, entre yo y Einar. La cachorra se había apegado bastante a mí esos días.

A mi otro lado estaba Gabi y a su lado Jaime. Aren estaba entre su hermano mayor y Daven. El hermano del medio nos indicó qué constelaciones eran, de las cuales solo pude recordar la de Orion, la cual encontraba que era fácil de identificar.

También nos contó de sus mitos, pero muchas veces Aren lo interrumpía con alguna broma, lo cual lo estaba cabreando. Finalmente Einar decidió que debíamos acostarnos, antes que se desatara una pelea entre sus hermanos.

Al llegar al cuarto me di cuenta que había recibido un mensaje en mi celular. Era de mi tía y decía:

«Lamento haber dicho eso. Estaba preocupada de que te hubiera pasado algo. Hablemos cuando regreses».

No sabía si sentir alivio o no, pues tenía un poco de miedo de aquella conversación.

Al día siguiente, Aren fue a buscar mi auto temprano. Al pobre aún se le notaban las abolladuras de adelante y atrás,

aunque menos que antes.

Decidimos que era mejor marcharnos, pues tenía que pasar a la casa de Gabriela y donde su abuelo, para que ellos pudieran recoger algunos cambios de ropa, pues según lo planeado se quedarían conmigo hasta que de una u otra forma pusiéramos fin a este asunto.

La familia Östberg se despidió de nosotros con cariño. Einar volvió a aleccionarme de que no anduviera sola.

Jaime me propuso que él manejara, a lo cual acepté, aún me sentía algo insegura desde el choque.

Mientras nos alejábamos, miré por el espejo del pasajero. Todos estaban aún afuera, viéndonos marchar. Sentí un poco de tristeza al alejarme de ellos, no solo por lo que sentía por el hermano mayor, sino porque me había encariñado con todos ellos.

Lo olvidado emerge

Cuando llegamos a mi casa, mi tía no me miró con muy buena cara, pues con todo se me había olvidado avisarle que Gabi y Jaime se quedarían con nosotros, aunque al poco rato se le pasó, ya que siempre le había tenido cariño a mi amiga.

La conversación que esperaba tener no fue aquel día. Por lo visto no quería hablarlo con ellos allí.

El esposo de mi tía no estaba. Su jefe le había pedido que supervisara una venta más al sur, además de conseguir nuevos clientes en esa zona, ya que no poseían ninguna sucursal en ese lugar. Si todo andaba bien podría significar que ha futuro abrieran una oficina en el lugar y posiblemente mi tío se volviera jefe de aquella sucursal.

A mi tía aquello le causaba algo de contradicción. Finalmente su marido recibiría el ascenso que tanto esperaba, mas aquello significaría tener que mudarse.

Traté de animarla, pues aquello no pasaría tan pronto, mínimo un año, sino era más, así que mientras tanto tendrían tiempo para analizar la situación. A lo que Gabi me respaldó.

Además mi amiga se encargó de poner al corriente a mi tía de «todo lo que había pasado» a la hora de la cena. Tuve que tomar apuntes mentales para no meter la pata y que mi tía terminara dándose cuenta que la historia no era cierta.

Como habíamos pasado más de cinco horas viajando, estábamos algo cansados, por lo que decidimos acostarnos temprano.

El día siguiente transcurrió sin problemas, al igual que el

otro, hasta que en el tercer día mi tía me pidió hablar a solas.

Me llevó al jardín trasero, con Kiko y Kika revoloteando a su alrededor.

—¿Hasta cuando se van a quedar tus amigos? —me preguntó apenas nos sentamos en la banca que quedaba al final.

De un brinco, los dos revoltosos se subieron a la banca y se echaron en el regazo de mi tía, empujándose mutuamente. Yo me quedé mirándolos fijamente, pues no tenía una respuesta, ya que ni yo sabía. Pero no podía explicarle las razones.

—¿Te molesta que estén aquí? —al final le respondí con otra pregunta.

Ella me miró confundida ante mi contestación.

—No me molesta, solo que has pasado mucho tiempo con Gabi este verano, más de lo normal.

Levanté los hombro, como quitándole importancia. No sé me venía ninguna excusa para aquello.

—Bueno, no importa —continuó ella—. Aún no hemos podido hablar.

Finalmente venía la conversación que tanto temía.

—Lila, sabes que me preocupa lo que te pueda pasar, así que por favor no me vuelvas a ocultar nada. Puede que me sea difícil aceptar esta nueva faceta tuya de ir tras las pistas de la muerte de tus padres y Amy, pero no por eso debes guardarme secretos, por favor no lo hagas —pidió.

Agaché la mirada. Era una solicitud que no podía cumplir.

—Lo prometo —respondí mirándola a los ojos y sintiéndome la peor persona que pudiera haber. Mas no podía desviar la mirada, sino sospecharía.

Ella me abrazó aliviada, lo que me hizo sentir peor. Tuve que repetirme mentalmente que lo hacía por su seguridad.

De pronto una duda asaltó mi mente. La aparté con delicadeza y de nuevo la vi a los ojos.

—¿Nunca quisiste saber quién lo había echo? —solté.

Sus ojos se humedecieron y me acarició la mejilla.

—Sí. Apenas pasó, llamaba seguido al detective del caso

para ver si tenía nuevas respuestas, pero la investigación no avanzaba. Sentía mucha ira y dolor. —Las lágrimas recorrieron sus mejillas—. Deseaba que quien hubiera sido tuviera la muerte más violenta posible. Me llené de odio. Mas cuando al fin reaccionaste, estabas tan frágil, necesitabas a alguien a tu lado y yo no podía alimentar estos sentimientos. Debía cuidarte, es lo que tu madre hubiera querido.

»Creo que con el tiempo me fui reconciliando con la situación, porque al menos tú tenías la oportunidad de crecer. Porque tú te volviste mi pilar para no caer... —Su voz se quebró, dando paso a un suave sollozo.

Sin que me diera cuenta, mi rostro era bañado por las lágrimas. La abracé con fuerza, tratando de contenerme, pues me tocaba a mí ser fuerte para ella, se lo debía.

La tristeza me acompañó el resto del día, mas traté de no externalizarla. Y de cierta forma me consolé por ocultarle todo aquello, pensando en que ahora me tocaba a mí encontrar las respuestas y darle un cierre a todo.

Al día siguiente estábamos Jaime, Gabriela y yo en mi habitación. Ya era tarde y pronto anochecería. No recuerdo bien de qué hablábamos, pero solo era para pasar el rato.

Yo estaba tendida en la cama, mirando al techo. Jaime se encontraba sentado en una punta de esta, en cambio, Gabi recorría mi habitación hablando y observando mis cosas, hasta que prestó atención a los álbumes de fotos olvidados cerca de mi armario.

—¿Por qué no has guardado las fotos en algún lado? —preguntó levantando el álbum que solo había visto la primera foto—. El bolso si no me equivoco era de Einar o de alguno de su familia y aún no se lo has devuelto.

Me senté como un resorte en la cama, fui donde ella y le quité el álbum que tenía en la mano. Me había olvidado completamente de su existencia. Me senté en el borde de mi

cama para verlo. Mi actitud causó extrañeza en los dos, los cuales se sentaron a ambos lados de mí para ver las fotos.

Como las primeras fotografías las había visto les di vuelta rápidamente. En las siguientes habían adultos en la playa con nosotras. Mis padres, en otra una pareja, a la cual recordaba haberla visto unos meses después de que mi familia muriera. Me visitaron para saber cómo estaba, mas después de eso no los volví a ver.

Seguí dando vuelta y junto a nosotras apareció un hombre joven. Sentí que la sangre se me helaba, era la misma persona que había visto en Agua Brava y luego en el campo. Pasé otra página y ahí estaba él, sonriente, tendido en un sofá con Amelia y yo sentadas sobre su estómago riendo. Cabellera castaña y ojos grises, con un rostro en forma de diamante.

De pronto aquel recuerdo que había tenido en la oficina de Einar volvió a mí.

Estaba frente a la puerta, asomándome por la rendija. Mi padre estaba de espaldas hacia mí, frente a él estaba aquel sujeto de la foto, su hermano.

—... no uses esas excusas. —Mi padre trataba de mantener la voz baja, mas se notaba enojado—. Pusiste a mis hijas en peligro.

—Entiende, ese duende se marchaba cada vez que venía para acá, me pareció innecesario acabar con él. No podemos matar a cada zoocrypto que veamos solo por que sí, está mal.

—Huía de ti porque eras una amenaza, pero dos niñas pequeñas no lo son. Actuando así no eres mejor que la familia que asesinaste.

Su hermano abrió los ojos furioso. Sujetó con fuerza a mi padre con ambas manos por la camisa.

—¡No me compares con ellos! ¡Lo que he hecho ha sido para que tú y Claudia puedan tener una familia sin preocuparse! —gritó.

Asustada por aquella reacción abrí la puerta, pues temía que golpeara a mi padre.

—¿Papá? ¿Tío Christopher?

Rápidamente su hermano lo soltó.

—No pasa nada, cariño —dijo mi padre agachándose hacia mí—. Solo estábamos hablando con tu tío.

Me cargó y yo rodeé su cuello con mis brazos. Mientras nos alejábamos de ahí podía ver a mi tío mirarnos con pena.

—¿Lila? —Gabriela me tocó el hombro, preocupada por mi congelamiento.

Yo la miré sin saber qué decir. Sentí que las lágrimas se acumulaban en mis ojos. Al fin lo recordaba y en aquel recuerdo me daba a entender que ya había matado a personas, mas me dolía el corazón. Algo muy en mi interior quería que no fuera él, pero todo le apuntaba. Ya había matado, sentía cierta simpatía por esas criaturas, así que era posible que pudiera usarlas para sus propósitos, además de lo que me dijo el traficante, aunque no entendía porqué yo seguía viva.

¿Acaso la silueta frente a mi ventana cuando mi familia era devorada por el wendigo era él?

Me puse a llorar sin poder contenerme. Gabriela me abrazó fuerte, tratando de consolarme. Al parecer mi llanto fue muy fuerte, pues mi tía al momento después apareció en mi cuarto.

—¿Qué está pasando? —preguntó preocupada.

Le mostré la foto, aun así ella no entendía.

—Él mató a mi familia —pude decir entre sollozos.

Ella se arrodilló frente a mí, puso sus manos sobre mis piernas.

—¿Cómo lo sabes? ¿Lo viste? ¿Presenciaste sus muertes? —En su rostro había espanto.

Sacudí mi cabeza. ¿Cómo podía explicarle sino podía decirle nada de lo que había pasado?

—¿Entonces, por qué lo piensas?

—Era el hermano de mi papá, tú dijiste...

—Lila, eso solo fue una suposición —me interrumpió—. Me dijiste de las sospechas del detective, solo te dije de otra persona que podía tener interés. No sabemos si él es.

Guardó silencio por un momento.

—¿Por qué lloras? —consultó.

—Porque no quiero que él sea... —Un nuevo ataque de llanto me dominó.

—Oh, cariño.

Mi tía se levantó y me abrazó. Gabriela se apartó para dejarle espacio.

—Tranquila, no pienses en eso. No lo conocí, pero sé que lo quisiste mucho y no dudo que él también, así que no creo que pudiera hacerles daño.

Me acunó entre sus brazos hasta que me calmé.

—¿Mejor?

Afirmé con la cabeza.

—No pienses en ello —me indicó—. ¿Qué les parece si hago algo especial para la cena? —preguntó mirándonos a todos.

Por lo visto todos dimos nuestra aprobación, porque de inmediato se levantó y caminó hacia la puerta.

—Tía Caro.

Ella se volteó a mi llamado.

—¿Dónde es? —interrogué mostrándole la foto.

Regresó, tomó el álbum y comenzó a hojearlo.

—Punta verde. Unos amigos de tus padres tenían una cabaña allí —comentó—. ¿Por qué?

—Curiosidad.

Me acarició una mejilla.

—No pienses más en eso —ordenó, para luego marcharse de la habitación.

—Él es —les indiqué a Gabi y Jaime.

—¿Cómo lo sabes? —consultó mi amiga.

—Por lo que dijo el traficante, además recordé algo.

Les hablé acerca de aquella pelea, de todo lo que había vuelto a mi memoria.

—¿Eran cazadores? —Gabriela estaba intrigada.

—No lo sé, es decir si conocían de esas criaturas debían de estar familiarizados.

—El abuelo podría saber —comentó Jaime.

—Antes no ha dicho nada, dudo que lo haga ahora. Es algo que debo descubrir por mi cuenta.

—Con nuestra ayuda —intervino Gabi—. No olvides que no estás sola en esto.

La abracé. Me sentía agradecida porque estuviera allí.

—Quiero ir allí —expresé al separarme de ella—. Si recordé viendo las fotos, podría recordar algo más estando allí.

—¿Y si está él en el lugar? —indicó Jaime—. Podría ser peligroso.

—Se supone que la cabaña es de otras personas. —Hojeé el álbum y le mostré a la pareja en la playa—. Me visitaron después de la muerte de ellos. Aunque de ahí no los volví a ver.

—En todo caso deberíamos ser precavidos —insistió Gabi—. Deberíamos hablarlo con Einar para ver qué opina.

Le hice caso y lo llamé. Le conté el recuerdo y lo que pensaba hacer. Él pareció dudar por un momento, pero como había hecho un cambio de turno con uno de sus colegas tenía el siguiente día libre, así que podríamos aprovechar de ir. Aquello me hizo sentir entusiasmada. Dijo que lo hablaría con su padre y hermanos para ir preparados. Al cortar decidí que era mejor que bajáramos, pues tenía que avisarle a mi tía lo que íbamos a hacer.

Jaime fue el primero en salir, mas Gabriela me detuvo.

—Lo que dijiste, de que no querías que él fuera era verdad, ¿no?

Agaché la mirada.

—Me duele —respondí—. Lo amaba y aún así nos traicionó. Puedo desear todo lo que quiera, pero eso no cambiará lo que hizo.

—Entonces, ¿estás segura de que él fue?

—Todo apunta en su dirección.

Sentí cómo algo aprisionaba mi pecho. Me sería muy difícil superar ese dolor, mas por mis padres y Amy no podía rendirme. Tenía que detenerlo ¿Pero cómo podría hacerlo?

Abajo en la cocina, tía Carolina preparaba unos «tacos» muy al estilo propio. Cocinó carne molida de pavo y vacuno y maíz. Ya había picado los tomates y cortado la lechuga. En el momento en que entrábamos preparaba unas salsas con crema agria y ponía a calentar las tortillas de maíz.

Nos sentamos en los bancos de la barra.

—Tía Caro.

—¿Sí, cariño?

—Mañana iré con los chicos a Punta Verde.

Ella me miró extrañada.

—¿Por qué?

—Necesito ver si puedo recordar más cosas.

Ella se me acercó preocupada y me tomó las manos.

—¿Y si... —No pudo formular la pregunta.

Supuse que se trataría de mis crisis o su temor de que volviera a quedar en estado catatónico.

—No estaré sola, no tienes porqué angustiarte. Además Einar, sus hermanos y su padre nos acompañarán. Sabes que él es médico, así que podrá ayudarme si tengo algún episodio.

Aunque estaba segura que no regresarían, por alguna extraña razón.

—Necesito hacerlo —continué, con la esperanza de que me entendiera.

Ella me miró indecisa. Debía de estar luchando contra su instinto protector, aquel que quería poner una muralla a mi alrededor para protegerme.

—Prométeme que descubras lo que descubras, no te vas a obsesionar con eso —formuló finalmente—. Tienes que seguir con tu vida sea lo que sea.

Era más fácil decirlo que hacerlo, mas le debía el intento.

—Lo prometo —respondí sin sentirme culpable, pues trataría de cumplirlo.

Mi tía continuó con lo que estaba haciendo.

En ese momento mi celular sonó en mi bolsillo. Al verlo me di cuenta que era Einar. Fui a responder al salón.

—Hola —dije apenas contesté la llamada.
—Hola, te tengo malas noticias —respondió del otro lado. Sentí malestar en el estómago.
—¿Qué ocurre?
—Mi padre y Daven salieron a revisar una información que Freyja les envió. Al lugar que fueron por lo visto no llega la señal del teléfono por lo que no me he podido comunicar. Tendremos que esperar a que regresen y yo no tendré un día libre dentro de una semana.

Aquello no me gustaba, no quería esperar, necesitaba descubrir cuanto antes si podía recordar algo más y de paso si encontraba las respuestas de todo lo que paso.

—Podemos ir sin ellos —propuse—. Los cinco, Aren, Gabi, Jaime, tú y yo. Y llevar a los perros. Además no creo que nada malo pase, el lugar era de unos amigos de mis padres, no de mi tío. Y no existe razón como para poner una trampa ahí —trataba de proponer argumentos que lo hicieran cambiar de parecer.

—Lila, con todo lo que ha ocurrido es más sensato pensar que algo malo va a pasar. No deberíamos ponernos en riesgo.

Aunque la lógica de Einar estaba en lo correcto mi impaciencia no me permitía ver más allá.

—Por favor —rogué—. Necesito darle un cierre a esto lo antes posible.

Se estaba quebrando mi voz, lo que posiblemente lo conmovió.

—Deja que lo hable con Aren y te aviso.
—Gracias. —Mi tono sonó un poco más alegre.
—Lila, no te estoy diciendo que sí. Aún tengo que verlo.
—Lo sé.
—Hablamos luego.

—Adiós.

Me sentía optimista al colgar.

Al regresar a la cocina, todos me preguntaron qué pasaba. Les respondí que estábamos poniéndonos de acuerdo para lo de mañana y que más tarde me daba más detalles.

Cuando terminamos de comer, nos despedimos de mi tía y arriba en la habitación les conté la verdad. Ellos no estaban muy seguros, pero al rato llegó un mensaje de texto de Einar.

«Salgan temprano mañana y nos juntamos en la casa de mis padres. Yo ya estoy allí».

Me pareció extraño que no me llamara, pues me había dicho que lo iba a hacer, mas no le di más vuelta al asunto.

Todo se comienza a revelar

Nos levantamos a las seis de la mañana. Arreglamos las mochilas por cualquier cosa, pues sería un día largo y probablemente no volveríamos ese mismo día.

Al escucharnos trajinar, mi tía se levantó para acompañarnos en el desayuno. Lo más probable era que no hubiera dormido muy bien durante la noche por la preocupación, sentí lástima por ella.

Jaime nuevamente se ofreció a conducir y yo no me negué, en realidad era genial que alguien más condujera por más de cinco horas. Eran casi las siete cuando partimos.

Me recosté en el asiento del copiloto para descansar un momento, ya que los nervios del viaje tampoco me habían ayudado a dormir bien. Mi vista se clavó por el espejo, por lo que pude ver cuando nos alejábamos, que llegaba el tío Enrique a la casa. Sentí alivio, por lo menos con él allí mi tía podría ser contenida.

Llegamos antes del medio día a la casa de Engla. El primo de Gabi había conducido por sobre el límite de velocidad. Tuvimos suerte que ningún policía nos hubiera parado.

Ya tenían la camioneta preparada. Solo faltaba que subieran a Agha y Aquiles en el cajón. Cleopatra y Thor se los habían llevado Bjorn y Daven y los cachorros aún no estaban lo suficientemente entrenados para llevarlos.

Dejamos mi auto y los bolsos en el campo.

La madre de Einar nos entregó unos envases con comida

para el viaje.

Jaime se sentó en una esquina atrás, Gabi al medio a su lado y yo me iba a subir al lado de mi amiga, pero Aren me sujetó y me llevó a la puerta del copiloto.

—Yo me voy atrás —indicó.

—Pero tus piernas son más largas —comenté.

—No es la primera vez que me siento atrás, además llegar a Punta Verde es una cosa, ahora llegar a la cabaña es otra. Necesitamos que alguien nos guíe.

Lo miré sorprendida. No había pensado en eso, mas hace doce años que no iba, por lo que no creía que me acordara del camino. Fui a mi auto, para buscar en el álbum en mi bolso, no obstante, no estaba. Al parecer lo había dejado olvidado en mi habitación. Tendría que encontrar otra manera de llegar.

Me subí en el asiento del copiloto. Aren ya estaba atrás, al lado de mi amiga, quien no tenía muy buena cara. Cuando Einar se subió me miró y luego a su hermano, este le hizo unas señas con las manos. Einar suspiró y dio arranque al vehículo.

—¿Qué pista encontró Freyja? —Quise saber al poco andar.

—A principio de los ochenta hubieron desapariciones extrañas en un sector en la cordillera más allá de Agua Brava —indicó Aren—. La más inquietante fue la de una familia completa que vivía en el sector en 1984. Esa fue la última desaparición. Por los registros policiales quedó como un caso sin resolver.

—¿Y eso qué tiene que ver conmigo? —No encontraba la relación.

—Dentro de todas las desapariciones, en el ochenta y tres, se extravió un matrimonio que visitó el sector. Eberhard Riedel y Heidi Müller, informado por sus hijos Thomas y Christopher. Ni siquiera el vehículo en que viajaban fue encontrado.

Sentí escalofrío.

—¿Mis abuelos? —Dejé la pregunta en el aire, pues ellos

no tendrían cómo saberlo, ni siquiera yo conocía sus nombres, pero los hijos debían de ser mi padre y su hermano.

—Familia. —De mis labios salió la palabra como un susurró.

—¿Qué? —preguntó Einar.

—En mi recuerdo, mi padre acusó a su hermano de asesinar una familia. ¿Es posible que haya sido esa familia? La última en desaparecer.

—Hay que investigar, no podemos sacar conclusiones sin tener evidencia —respondió.

—A eso fueron nuestro padre y Daven —complementó su hermano menor.

—Pero si la policía no encontró nada, ¿cómo podrán ellos?

—Ellos no tenían en cuenta los zoocryptos.

Me puse a pensar, darle vueltas a toda esa nueva información cuando algo se me vino a la mente.

—Tú tienes treinta y dos —Einar no entendía a lo que me refería—. Ustedes nacieron en este país, entonces, ¿cómo tus padres no se enteraron de eso? —No había sido mi intención, mas sonaba como una acusación.

Einar guardó silencio.

—Mis padres llegaron primero a la capital —explicó Aren al ver que su hermano no respondía—. En 1998 vinimos a vivir acá. Cuando mis padres habían logrado ahorrar lo suficiente para comprar el campo. Einar llegó el 2000, después de terminar sus estudios y conseguir su trabajo de forense acá. Tienes que entender que para entonces la información no se transmitía de la misma manera que ahora.

El hermano mayor mantenía la vista fija en el camino. Tenía miedo que se hubiera molestado por lo que había dicho.

—Yo no quise... —dije tímidamente. Me preocupaba que lo que comentara complicara más la situación.

Él me miró. Por lo visto se dio cuenta de lo que estaba pensando, porque puso una mano sobre mi cabeza.

—Solo estaba pensado, no estoy enojado. Es normal que tengas dudas.

Era un poco más de una hora para llegar a Punta Verde, debíamos atravesar Bosque Claro para llegar allí. Después de pasar el pueblo y por el campo de mis padres, unos kilómetros más allá, se nos terminó el pavimento. Teniendo que andar por un camino de ripio no muy bien mantenido.

Después de aquella conversación, Aren se encargó de buscar temas más ligeros para hablar durante el viaje, además de pasárselo comiendo lo que nos dio Engla. Einar lo regañó para que parara.

Llegando a la costa el camino se fue haciendo más estrecho y los árboles nos rodeaban a cada lado. Me quedé pegada mirándolos, cuando un nuevo recuerdo apareció, era el sueño que había tenido en el monte.

Quien iba tras de mí era el hermano de mi papá y cuando gritó cuidado me sujetó con un abrazo. Yo lo miré asustada.

—Delante pasó un gnomo —me explicó.

—¿Es peligroso?

Él deshizo su abrazo y me volteó para que lo viera a la cara. Se había arrodillado en el suelo.

—Son inofensivos, pero tienen un sistema de defensa que es perjudicial para las personas, por eso no hay que asustarlos. —Sonrió para que me tranquilizara—. Es mejor que volvamos ahora, para no molestarlo.

Se paró y me cogió de la mano.

—No todas las criaturas hacen daño a las personas, hasta algunas pueden ayudarlas —continuó contándome—. El problema es que siempre las hemos visto como monstruos a los que exterminar. Por lo que es importante conocerlas bien. No digo que hay que cuidar de todas, pues hay muchas peligrosas, pero hay que ser consciente de las que no.

»Y recuerda, no puedes decirle nada a tus padres de todo lo que te he dicho. Ellos se molestarán conmigo si lo saben, hasta podrían prohibirme volverlas a ver. Y menos a Amy, ella no lo entenderá.

Yo afirmé con la cabeza, ya que no quería que eso pasara, no quería alejarme de mi tío.

Los ojos se me humedecieron y las lágrimas recorrieron mis mejillas.

—¿Estás bien? —Gabi se inclinó hacia delante para tocar mi brazo.

Rápido me sequé el rostro con mis manos.

—¿Qué pasa? —preguntó Einar.

—Solo fue un recuerdo —respondí despacio—. Uno con el hermano de mi papá.

Quedaron en silencio a la espera que se los contara, mas como no dije nada no insistieron.

Traición

Faltaba poco para que llegáramos a la caleta y la playa y aún no sabía dónde tenía que ir. Cuando al subir en una cuesta había un edificio triangular que asomaba sobre una cerca de madera. Luego el camino giraba en una curva y volvía a descender.

—¡Ahí es! —grité, haciendo que Einar frenara de forma brusca y derrapara un poco.

Me sentí mal por no haber sido más suave para indicar. Retrocedió un poco y se estacionó delante del portón. Aren se bajó para ver y se dio cuenta que no tenía candado, así que abrió la cerca y nos dejó pasar.

Una vez pasó la camioneta cerró tras de si.

El edificio se alzaba imponente. No parecía una simple cabaña, pues era bastante grande. Su techo con tejuelas llegaba hasta el piso y algunas ventanas asomaban entre medio.

Frente a la entrada había un todo-terreno y no parecía abandonado, así que alguien debía de estar en el lugar por lo que Einar estacionó más atrás. Nos hizo señas que guardáramos silencio.

Íbamos a bajarnos cuando sonó el celular de Gabi.

—Hola, abuelo —respondió ella, para luego estar un momento en silencio—. Estamos en Punta Verde, en la cabaña... —Pude escuchar cómo elevaba la voz Miguel, mas no entendí lo que decía—. ¿Abuelo?

Miró la pantalla de su teléfono.

—Se cortó la llamada —nos anunció.

—Aquí no hay buena cobertura —indicó Einar.

—¿Qué quería? —pregunté.

—Cuando le nombre Punta Verde me dijo que teníamos que marcharnos de inmediato.

—¿Te dio alguna razón? —consultó Einar.

Ella sacudió la cabeza.

—Nunca nos ha dado respuestas —comenté.

—¿Aún quieres entrar? —preguntó el joven forense.

—Sí...

Mi puerta se abrió lo que me hizo saltar.

—¿Hasta qué hora piensan quedarse ahí? —interrogó Aren.

Descendimos del vehículo. El hermano menor se subió al cajón para soltar a los perros y entregarnos las escopetas, lo más silencioso posible. En realidad yo no recibí arma, tenía miedo de dispararla sin querer, pues nunca antes las había usado.

Cada hermano guió con una mano a los perros con una correa corta y en la otra sostenían la escopeta. Avanzamos con sigilo. Al llegar a la entrada la fachada era casi completamente de vidrio, interrumpido por los marcos de madera. La puerta también era de cristal.

Se veía como un salón amplio de techos altos, con sillones y mesas. Al fondo había una pared donde se adentraba un pasillo y una escalera llevaba a un segundo piso.

Afuera, al costado izquierdo de la casa, el terreno se quebraba en un gran acantilado y se podía ver el mar y la caleta con sus casas de muchos colores al fondo. A la derecha el lugar descendía en una cuesta no tan pronunciada, aunque se cerraba por árboles, así que no se podía saber cuán abrupto podía ser más allá.

Los hermanos entraron primero, con Agha y Aquiles olfateando el lugar. Sus posturas eran tensas y en guardia. Nosotros entramos detrás. Adentro todo era silencio, no parecía que hubiera alguien.

El lugar se me hizo familiar, un sentimiento de nostalgia

me embargó.

De pronto los perros comenzaron a gruñir, mas apuntaban hacia el exterior. Einar iba a salir con Agha, pero Aren lo detuvo.

—Quédate con ellas —le ordenó su hermano menor—. Tranca la puerta una vez salgamos. Jaime me acompañará junto con los perros.

—Pero él no es cazador.

—Puede que no haya tenido el mismo entrenamiento que ustedes —se defendió el aludido—. Aun así sé pelear —dijo con firmeza.

Dudó por un momento, mas le entregó la correa al primo de Gabi.

Ellos se marcharon y Einar comenzó a buscar algo para bloquear la puerta, cuando una silueta apareció por el pasillo.

—No deberían estar aquí.

Me quedé helada al verlo. Era el hermano de mi padre, con algunas canas y unas arrugas, pero era él mismo. Llevaba unos pantalones de camuflaje y una camiseta negra. Sus botines negros estaban llenos de barro.

Escuché como ese ruido característico de las escopetas cuando las preparan para disparar. Mi tío levantó las manos. Miré hacia atrás y Gabi y Einar le apuntaban.

—No estoy armado —aclaró—. Deben marcharse —insistió.

—¿Por qué? —finalmente me salieron las palabras—. ¿Por qué los mataste?

—Lila, ¿a quién te refieres? —Él se veía sinceramente confundido.

—¡¿Por qué asesinaste a mis padres y a Amy?! —Las lágrimas comenzaban a manar de mis ojos.

Se veía asombrado.

—Lila, yo nunca les hubiera hecho daño. Nunca podría.

—¡Mientes! ¡Me lo dijo el traficante con el que negociabas! ¡Al que enviaste al dopplegänger para que no me diga nada! ¡Pero me lo confirmó! ¡Me dijo que había sido mi tío!

Él tenía los ojos muy abiertos, parecía que trataba de pensar en algo, hasta que su rostro se transformó en una mueca extraña.

—¿Cómo pude ser tan imbécil? —murmuró.

Iba a exigirle que me explicara, mas un disparo lo derribó. Al voltearme habían dos personas más en la entrada. Era mi tía Carolina, tenía una cinta plateada en la boca y las manos amarradas por delante con lo mismo. A su vez sujetaba un rollo de cinta. Su rostro estaba cubierto por las lágrimas.

A su lado, sujetando un cuchillo en su cuello, estaba su esposo y con la otra mano me apuntaba con una pistola.

—No intenten nada o ambas mueren —les ordenó a Gabi y Einar que ahora le apuntaban a él.

Casi ni reconocí su voz, era helada y peligrosa. Su rostro ya no tenía la expresión amable de siempre.

—Les aconsejo que suelten las armas.

—¿Cree que somos tan inocentes que vamos a confiar que no nos matará una vez las soltemos? —expuso Einar.

—En realidad mi rencilla es con él —indicó a mi tío que estaba en el suelo—. Pero no tienen porqué creerme. Dispárenme, aunque de paso me llevaré a las dos conmigo. ¿Realmente quieren eso en sus conciencias?

—¡Ellas son su familia! —exclamó mi amiga.

—Mi única familia la mató el hermano de su padre —respondió.

—Obedézcanle —suplicó mi tío Christopher tratándose de incorporar con esfuerzo—. Él las matará.

—Oh, qué conmovedor —dijo con sarcasmo el tío Enrique.

Finalmente ambos dejaron las escopetas en el suelo.

—Lila, acércame las armas —me ordenó—. Y no intentes nada. Tú debes ser el famoso Einar —comentó clavando la vista en él—. Haz algo para que no se desangre tan rápido.

—Necesita recibir atención médica, sino morirá —declaró.

—¿Acaso no eres médico? Además no me interesa que sobreviva, simplemente no quiero que se muera tan rápido.

Lila, haz lo que te dije. —Su tono conmigo fue muy duro, sin necesidad de levantar la voz. Sus ojos transmitían una oscuridad impresionante.

Avancé hacia los chicos, para coger las armas.

—Despacio. —No dejaba de apuntarme—. Te recomiendo que también me obedezcas, muchacho. No te gustará que Lila termine con una bala en la cabeza.

Einar lo miró con odio, mas fue hacia el hermano de mi papá.

Levanté las escopetas y las dejé a sus pies. Hubiera podido hacer algo, pero estaba asustada y no podía pensar.

—Toma la cinta que tiene tu tía. Necesito que los amarres a las sillas.

Hice lo que pidió, de paso miré a tía Carolina a los ojos, se veía aterrada. Las lágrimas no paraban de caer de sus ojos. Sentí tanta rabia, deseaba golpearlo, pero tenía miedo que la asesinara.

Él me fue indicando cómo poner en círculo las sillas que estaban en la mesa. De pronto disparó su arma. Escuché a Gabi quejarse y sentí que la sangre se me congelaba. Al voltearme ella sujetaba con una mano su mejilla.

—Tranquila, solo me rozó. —Trató de calmarme.

—Suelta lo que tomaste —ordenó el tío...Enrique, aún me cuesta no decirle tío—. La próxima vez no seré tan amable.

Gabi dejó caer un cuchillo o abrecartas.

—Será la primera a la que sujetarás. Siéntate. —Le apuntó con el arma.

Miré de reojo hacia Einar. Parecía como que quería intentar algo, mas el tío Christopher lo sujetó y le susurró algo.

El mayor de los Östberg estaba sin camiseta, se la había quitado y roto para usarla de venda. Aunque llevaba una chaqueta, aún se podía ver su torso desnudo.

Rodeé con cinta los tobillos y muñeca de Gabi. Einar me ayudó a sentar a mi tío y luego lo amarré a él también. Enrique cortó la cinta de las manos de mi tía, mas no dejó que le quitara la mordaza para sujetarla a la silla. Al final hizo que me

sujetara yo misma los tobillos y él terminó con las muñecas.

Estábamos en un circulo. A mi lado estaba Gabriela, le seguía el tío Christopher, casi al frente mío y a su lado Einar. A mi derecha estaba mi tía. Había bastante espacio entre uno y otro. El marido de mi tía dejó la pistola sobre la mesa y fue al centro del circulo solo con el cuchillo.

—Ahora podemos hablar tranquilos —anunció con una sonrisa maquiavélica en el rostro—. Si esperan que lleguen los otros dos, pues tendré que romper sus esperanzas. Les dejé una distracción solo para ellos. Dudo que sobrevivan.

Einar lo miró con furia.

—No deberías estar molesto conmigo —respondió quien nos mantenía cautivos—. Christopher es el culpable de todo esto. Nada estaría pasando si no hubiera matado a mis padres y hermanos.

—Tu familia solo eran asesinos y corruptos, que usaban a los zoocryptos para sus planes —respondió el aludido con esfuerzo.

Enrique lo sujetó de la barbilla y puso el cuchillo en su cuello.

—¡¡¡No!!! —grité sin poder contenerme, las lágrimas comenzaban a escapar de mis ojos.

El villano levantó la vista y me sonrió. Quitó el cuchillo de la garganta de mi tío, mas no lo soltó.

—¿No es tierna? Aún te quiere a pesar de que la abandonaste. Cuando el wendigo destrozó a su familia, lo único que hiciste fue ocultarte. En realidad no esperaba que Lila sobreviviera, no era esa mi intención.

»Confiaba que la criatura la devoraría también. Pero no lo hizo y además desapareció sin dejar rastro. Hasta que doce años después, me entero que estuvo invernando todo ese tiempo en el suelo bajo la casa. Algo muy extraño. ¿Tuviste que ver en aquello? No eres tan inocente como pareces si sabes controlar a un wendigo.

Se apartó de él y volvió al centro del círculo. Me miró sonriendo, se acercó a mí y se acuclilló frente mío, mirándome

directo a los ojos.

—Y tú. Realmente has sido una molestia. Mi intención era matarlos todos juntos, un ojo por ojo, pero te salvaste. Así que decidí seguir con Carolina, esperando que él apareciera, mas nunca lo hizo. Así que finalmente terminé casándome con ella. Era la mejor forma de tenerte vigilada.

»Tu repentino deseo de conocer la verdad me hizo tener que tomar cartas en el asunto. Del cuco escapaste. Luego ese maldito traidor tuvo que hablar contigo, así que esperaba que el dopplegänger se encargara de los dos, pero son tan volubles. —Movió las manos teatralmente—. Y tirarte por el puente. ¿Cómo fue que escapaste a eso?

»Cuando Carolina me dijo que iban a la Reserva Nacional Cordillerana pensé que podías estar mintiéndole, mas no podía perder la oportunidad. Así que esos chicos no volverán con sus familias gracias a ti.

Abrí los ojos con espanto.

—Aunque me tenía cabreado tu infinita suerte, debo decir que debo agradecerle, pues al fin pude atrapar a Christopher. Pero tuve que apurarme, tu impaciencia me pilló por sorpresa. Fue bueno que dejaras las fotos para darme alguna pista.

Muchas cosas iban calzando en ese momento, todas mis dudas se iban respondiendo, mas me sentía fatal, pues era la responsable de llevarlo con el hermano de mi padre. Mi imprudencia había metido a todos en este problema y no veía la forma de solucionarlo.

A lo lejos se oyeron disparos. Su sonrisa se hizo más grande.

—Por lo visto ya se toparon con mi sorpresa.

Se levantó y regresó al centro.

—Bueno, me dejo de parlotear y comienzo con lo que vine a hacer.

—¿El perro negro? ¿Fuiste tú? —Trataba de ganar tiempo, aunque no sabía de qué me serviría.

Me miró sorprendido.

—Así que fue tras de ti. Me preguntaba qué le habría pa-

sado. Parece que tienes un imán con esas cosas. En realidad lo llevé para que se encargara de aquel mocoso que estaba vigilando, me irritaba su presencia.

Levantó el cuchillo y deslizó su dedo por la hoja.

—Sería tan fácil matarte, pero quiero que sufras —dijo mirando a mi tío—. Podría arrebatarte a la única familia que te queda.

El tío Christopher lo miró con odio, mas no dijo ni una palabra.

—Aunque eso también sería muy rápido —continuó—. Será más bello que la veas sufrir.

Fue hacia su esposa y se puso detrás de ella.

—Podría dañar a la mujer que fue como tu madre por tanto tiempo —indicó acariciándole el rostro.

—¡¡No!! ¡Detente! ¡Por favor!

Mas él solo sonrió ante mis ruegos, complacido por mi dolor.

Caminó tras de mí y se colocó tras de Gabi. Ella tironeaba, tratando de liberarse. Puso su mano sobre el hombro de ella.

—O podría ser tu mejor amiga, la que siempre estuvo para ti en todo momento.

Aún no les hacía nada, mas yo no paraba de llorar.

No obstante, no se quedó ahí, sino avanzó hacia Einar.

—Mejor tu nuevo amor. ¿Sabías Christopher que tu sobrina se había enamorado? Es tan tierna cuando está avergonzada.

Levantó la mano y le clavó el cuchillo en el hombro de Einar. Este se dobló por el dolor, mas se contuvo de gritar.

—¡¡¡Para!!! —Bramé entre sollozos.

Einar levantó los ojos hacia mí.

—No llores —murmuró.

—El amor es tan tierno —exclamó nuestro torturador, para luego poner el cuchillo en su garganta—. Quiero ver cómo lloras cuando se esté ahogando con su sangre. —Su voz era profunda y oscura.

No pude gritar, ni él moverse. Una presión aplastante invadió el lugar. A mis espaldas oí el reventar de miles de cris-

tales. Los ojos de Enrique ardían de furia hacia algo más allá de mi vista. Con mucho esfuerzo me volteé. Avanzaba hacia nosotros con lentitud una figura gris, que parecía humana, mas tenía unas alas con ojos, unas antenas como plumas, grandes ojos y carecía de boca.

Al verlo las puertas de mis memorias se abrieron.

Doce años atrás, me desperté sobresaltada por los gritos de mi familia. Corrí hacia la puerta de mi habitación, mas las ventanas se abrieron de par en par, al girarme él estaba ahí. Al principio le tuve miedo, pero me transmitió una sensación que comenzó a tranquilizarme y adormecer mis sentidos. Extendió la mano hacia mí y todo quedó oscuro.

Luego vi cómo el perro negro saltaba sobre mí y yo incapaz de moverme por mi crisis. No obstante, se deshizo en el aire en humo negro y un aullido lastimero. El hombre polilla se arrodilló a mi lado y me tocó el rostro.

Cuando el auto caía por el puente se detuvo a un metro o dos antes de estrellarse. Frente a mi flotaba él. El carro se elevó junto con él y quedó sobre el puente tan suave como si de una pluma se tratase, abrió la puerta y me tocó.

Cuando la ráfaga de recuerdos terminó aparté la vista de la criatura y pude ver a Enrique avanzando con el cuchillo en la mano. Sus pasos eran lentos y pesados. Einar seguía vivo, mas la sangre escurría por su hombro.

—No podrás vencerme, sé todas las formas cómo dominarte —dijo con voz aplastada.

Pero un disparo justo al corazón hizo que se detuviera. Enrique se llevó la mano al pecho donde la sangre manaba abundantemente y se desplomó. La presión aplastante desapareció por completo.

El tío Christopher estaba libre y tenía el arma en su mano. Algo que me parecía completamente imposible considerando la escena anterior.

De pronto el hombre polilla estaba a mi lado, detrás de mi tía. Puso su mano sobre sus ojos y ella quedó inconsciente.

Estiró su mano hacia mí.

—¡¡No!! ¡¡Por favor, no!! —grité.

La criatura se detuvo.

—¡No quiero volver a olvidar nunca más! —supliqué con lágrimas en los ojos—. Si no sé lo que pasó seguiré buscando, seguiré atormentándome.

El hombre polilla miró a mi tío y este afirmó con la cabeza a lo que parece fue una pregunta mentalmente. La criatura retrocedió. Sentí que la cinta comenzaba a despegarse y me liberaba. Tía Caro se fue hacia delante, sin que nada la sujetara, así que rápido la atajé y al mirar nuevamente alrededor, el hombre polilla ya no estaba.

Iba a pedirle explicaciones a mi tío, pero en eso entraron Aren y Jaime, junto con Agha, quien cojeaba. Aren sujetaba su brazo izquierdo y un poco de sangre le cubría la cara. Jaime se veía mejor, aunque su ropa estaba rasgada y tenía varios arañazos.

—¿Están bien? —preguntó Aren al cual se le desorbitaron los ojos al ver el pecho de Einar cubierto de sangre.

Nadie alcanzó a responder cuando escuchamos un golpe. Mi tío se había desplomado. Rápido me agaché donde él. Estaba inconsciente o muerto, no tenía idea. Me puse a llorar y llamarlo, pero no respondía.

Ocultando la verdad

Einar se agachó como pudo cerca del tío Christopher. Gabi me había apartado de mi tío para que me calmara. Tomó su pulso. No supe descifrar su expresión, debido a que tenía mala cara producto del ataque del tí... de Enrique.

—Su pulso es muy débil.

—¡Rápido! Subámoslo a la camioneta —indicó su hermano.

—No, no sobrevivirá —aclaró Einar—. Debemos pedir un helicóptero.

Sollocé ante sus palabras.

—Tranquila —dijo Einar, levantando la vista hacia mí—. Todo saldrá bien.

En realidad creo que no sabía qué más decir, pero aun así quería consolarme.

—Jaime, busca cobertura y llama a este número —ordenó, sacando su móvil del bolsillo y buscando el número en los contactos—. Di que Einar Östberg te dio estas indicaciones. Que envíen un helicóptero médico, ya que hay una persona con riesgo vital y varias más heridas... —Guardó silencio por un momento—. Fuimos atacados por el asesino de Bosque Claro, el cual fue muerto en defensa propia. Y que envíen a la policía.

—¡Espera! —exclamó Gabi—. ¿Quieres que venga la policía? ¿Cómo vamos a explicar todo esto?

—¿Y qué esperas?, ¿que escondamos el cadáver? —le interpeló—. Igualmente harán una investigación por todo lo que ha pasado aquí. Es responsabilidad de los paramédicos

informar los accidentes. Lo mejor es tratar de mostrarse lo más transparente posible. ¡Jaime, ve! ¡No hay tiempo que perder! —Comenzaba a exasperarse.

El primo de Gabi reaccionó, cogió el celular y salió a buscar cobertura.

—¿Y qué diremos? —Mi amiga aún no parecía muy convencida.

—Lo más cercano a la realidad —Einar se acomodó en el suelo. Al parecer no se sentía bien—. Vinimos acá debido a que Lila quería ver si podía recordar algo más, ya que había visto unas fotos. Trajimos armas por seguridad, debido a los cuerpos en la casa de Bosque Claro y lo que pasó con el traficante. Y así, diremos la verdad. No nos enredaremos inventando nada, es más fácil que cambiemos la versión si hacemos eso.

»También diremos lo que él dijo...

—¡No! —grité.

Todos me quedaron viendo.

—No podemos decirles que el tío Christopher mató a la familia de ese... —Miré con rabia y a la vez pena el cadáver de Enrique, bajo él había un gran charco de sangre—. Meterán a mi tío a la cárcel. Y a pesar de lo que hizo debe haber una razón. Él mismo dijo que eran asesinos, es probable que ellos mataran a mis abuelos y si hubieran seguido vivos a lo mejor a cuántos más hubieran asesinado.

Parecía algo hipócrita de mi parte, pues yo misma lo culpé de matar a mi familia y ahora lo defendía con todo lo que podía. Pero como le había dicho a mi tía, realmente no quería que él fuera, lo amaba y en el fondo sabía el buen hombre que era, aunque no lo podía recordar. Por lo visto el hombre polilla también había bloqueado mis recuerdos de él, aunque ¿por qué?

Era notorio que ambos se apoyaron mutuamente. Cuando le pedí a la criatura que no borrara mi memoria, miró a mi tío. Habían muchas cosas que debería responderme el tío

Christopher, si sobrevivía. No obstante, mi cabeza ya había comenzado a sacar conclusiones.

—Bueno, simplemente diremos que no sabemos porqué hizo todo esto —indicó Einar—. Solo que no sabemos que va a responder tu tío o tu tía.

Habían colocado a tía Carolina en un sofá. Con cuidado le quitaron la cinta de la boca. Estaba inconsciente.

—Deberíamos despertarla para saber qué sabe —comentó Aren. El sudor le cubría la frente y estaba algo pálido, sin duda debía dolerle el brazo.

—¡No! —Andaba un poco exaltada—. No debe recordar nada de lo que pasó aquí. Lo digo por experiencia propia. El hombre polilla bloqueó mis recuerdos cuando murió mi familia, esa noche yo los oí gritar... —Estaban a punto de rodar las lágrimas por mi rostro al recordarlo, mas traté de controlarme, no era momento para llorar—. No sé cuánto es la extensión en ella, porque las veces posteriores, con el perro negro y el choque, recordaba aquellos hechos. Pero eso no me dolía como los gritos de mi familia.

Tomé aire. Los demás me esperaban pacientemente.

—Ella debe estar destrozada por lo que hizo su marido y es probable que el hombre polilla haya bloqueado ese dolor. Despertarla ahora solo hará que vuelva a una realidad donde el tío... Enrique es un asesino. Por favor, déjenla tranquila lo más posible.

—Pero...

—Está bien. —Einar interrumpió a Aren, quien parecía querer replicar.

—Gracias —murmuré.

—Omitiremos las razones de... Enrique para querer dañar al tío de Lila —continuó Einar. Mas se detuvo a pensar por un momento—. ¿Gabi, tienen permiso para portar armas? —Miró directo hacia mi amiga.

Ella movió la cabeza de forma afirmativa.

—Un problema menos.

En eso regresó Jaime.

—Vienen en camino —confirmó.

—Gracias. Debemos apurarnos, luego ponen al corriente a Jaime de lo demás. No traten de justificar, ni poner excusas de su comportamiento, ni traten de llenar huecos, simplemente digan que no saben.

»Ahora, ¿qué pasó afuera? —consultó mirando directamente a su hermano.

—Cuando salimos los perros no sabían por dónde ir, parecían algo confundidos —narró Aren—. Esa cosa debió orinar en distintas partes. Nos adentramos en medio de los árboles, fue ahí cuando nos atacó por sorpresa. Era un pie grande. No alcancé a reaccionar, me golpeó por la derecha. Salí volando y creo que me golpeé la cabeza, de ahí no recuerdo nada más hasta que desperté. Creo que me rompió el brazo y mató a Aquiles —clavó la mirada en el suelo con pena.

—El perro se lanzó a defender a Aren, ya que el sasquatch se avanlanzó sobre él para terminarlo —aclaró Jaime, quien continuó con el relato—. Lo mordió del brazo, pero este lo agarró y le rompió la columna. Fui demasiado lento para reaccionar. —El primo de Gabi se veía apesumbrado—. Agha también se lanzó contra él, en el momento que le disparé. Así que solo apartó a la perra de un golpe y corrió hacia mí. No recuerdo cuántas descargas hice, pero no parecía detenerlo, tuve que rodar por el suelo, para huir de él.

»La criatura rompió una gran rama de un árbol y me iba a golpear con ella cuando apareció otra criatura volando. Fue extraño, como si el tiempo se detuviera, aunque la presión era inmensa. La rama quedó a mitad de camino y el ser alado la pateó contra el pie grande atravesándolo. El sasquatch cayó y rodó cerro abajo, el cual era interrumpido por un acantilado.

»La criatura voladora se marchó y fue recién ahí cuando sentí que podía moverme. Me costó despertar a Aren.

Einar miraba preocupado a su hermano. Aunque realmente no sabía quién estaba mejor.

—No podemos decir que un pie grande los atacó —dijo finalmente el joven forense—. Debería ser algo como... un oso...

—No es consistente. Los osos tienen garras y no podría... romperle la columna a Aquiles sin que no hubiera evidencias de sus garras —indicó Aren.

—Podría ser... —Einar trataba de pensar en un animal que cuadrara más con el pie grande o por lo menos eso me pareció—. Un gorila macho... si lo maltratan, castigan...

—¿Sabes lo loco que suena dar esa excusa? —volvió a interrumpir su hermano.

—Además al buscar la señal salí del lugar y me topé con el vehículo del tipo, es un auto, no es grande. Dudo que hubiera traído el sasquatch allí y menos pensar que un gorila iba ir sentado en asiento trasero muy tranquilo —comentó Jaime—. Y con eso empezaran a buscar al animal, podrían encontrar al pie grande empalado.

Él los miró cansado.

—¿Y qué idea se les ocurre? —interrogó.

Todos guardamos silencio. Justificar lo que había pasado afuera era muy difícil.

—¿Y si decimos que no sabemos que nos atacó? —indicó Aren—. A mi me noqueó y Jaime no alcanzó a ver qué o quién era. Se movía rápido y él buscó donde refugiarse antes de disparar. Y lo más probable es que haya huido porque estaba herido. Como dijiste, que ellos llenen los huecos.

Su hermano mayor suspiró. Eso tendría que bastar.

Einar volvió a repasar otra vez lo que había ocurrido, tratando de ver si no nos olvidábamos de algo, hasta que se escuchó el ruido de un helicóptero se venía acercando. Cuándo este estuvo más cerca, Jaime salió para hacerles señas. Habían sido los diez minutos más largos de mi vida.

Cuando volvió a entrar, estaba acompañado por dos paramédicos con una camilla. Le hicieron señas para que se acercaran al tío Christopher.

—Casi no tiene pulso —comentó uno de ellos.

Se apresuraron en subirlo a la camilla. Y por el aspecto de Einar decidieron llevarlo con ellos también. Aunque tuvo que caminar hacia el helicóptero con la ayuda de uno de los paramédicos y de Gabi. Yo salí tras ellos.

—¡Por tierra vienen dos ambulancias, junto con la policía! —gritó uno de los paramédicos antes de subirse, para hacerse oír con el rugir de la máquina.

Rápidamente volvimos a entrar, pues el viento de las aspas nos podría derribar.

Otra vez ellos

Simplemente nos quedaba esperar. Aren se sentó con cuidado en una silla, se notaba adolorido, Agha se echó a su lado. En eso Jaime hizo el intento de salir.

—¿A dónde vas? —Lo detuvo su prima.

—A traer a Aquiles —respondió—. Con el apuro de saber cómo estaban quedó en el bosque.

—Espera, no puedes ir solo. ¿Y si hay otra criatura?

—Yo lo acompaño —dijo Aren poniéndose de pie.

—Lo siento, pero así como estás no eres de mucha ayuda —respondió mi amiga—. Es mejor que yo lo acompañe.

—No creo que haya ninguna criatura más —contestó Jaime—. Y de ser así es mejor que alguien los proteja a ellos.

Él claramente se refería a Aren, a mi tía y a mí, lo que me hizo sentir una completa inútil, aunque tenía razón. Todos guardaron silencio por un momento.

—Estaré bien y me llevaré una de las escopetas por si acaso —aclaró finalmente.

Tomó el arma y salió de la cabaña. Los tres lo seguimos y nos quedamos afuera en la entrada esperándolo. Jaime no demoró mucho, lo vimos asomar a paso ligero entre los árboles trayendo el cadáver de Aquiles. Aren avanzó hacia él, pero Gabi se adelantó y abrió la puerta del cajón de la camioneta. Su primo dejó al animal ahí.

El menor de los hermanos se acercó hacia su perro a acariciar su pelaje que se encontraba manchado con sangre. Los ojos se le llenaron de lágrimas, las cuales se secó con la

mano derecha. Los demás solo guardamos silencio, las palabras estaban de más.

A lo lejos comenzaron a oírse las sirenas de las ambulancias. Jaime corrió a abrir el portón y esperarlos fuera.

No solo venían las ambulancias, sino que también algunos carros de la policía. El patio se llenó con ellos. La primera ambulancia subió de inmediato a Aren y se lo llevó al hospital, en la segunda los paramédicos nos preguntaron por nuestra condición a Jaime, a Gabi y a mí, a lo que respondimos que estábamos bien.

Les explicamos que el helicóptero se había llevado a la otra persona herida, mas era momento de despertar a mi tía y decirles que se había desmayado por la conmoción.

Entramos al edificio con el personal de salud y algunos policías, los que se preocuparon en preservar la escena.

Costó un mundo hacer que reaccionara tía Carolina y cuando despertó, estaba desorientada. Traté de interponerme en su campo de visión para que no viera el cuerpo de su marido, pero fallé. Apenas se dio cuenta se puso histérica. No recordaba nada, así que para ella, él seguía siendo tan bueno como siempre.

Entre varios la sacaron de ahí la llevaron a la ambulancia. Fue ahí cuando le conté lo que había pasado, la versión que le dimos a la policía. Estaba destrozada, no podía creer que él hubiera matado a mis padres y mi hermanita de aquella forma, ni que intentó hacerlo con nosotros y mucho menos las mutilaciones que habían ocurrido en la casa del campo. No podía aclararle que en realidad no era un enfermo caníbal, no obstante, era tan retorcido como se podía pensar.

Debo reconocer que a pesar que prefería que hubiera sido él, el asesino, en vez del tío Christopher, también me dolía. Le tenía cariño, aún cuando no había sido tan cercano como mi tía Carolina, pero aun así no era distante, ni indiferente conmigo. Cuidó de mí de pequeña, a pesar que todo era fingido.

Tuvieron que sedarla y la llevaron al hospital para revisarla.

Nosotros aún tuvimos que esperar hasta que llegaron los peritos forenses. No demoraron tanto, pero junto a ellos llegaron dos detectives. Lizama y Torres. Era algo que debía de suponer, pues estaban encargados del caso, pero aun así no me dejaba de desagradar la presencia de Leonardo Torres.

—Señorita Riedel, por qué no me sorprende verla aquí —dijo apenas verme.

—Veo que sigue igual de petulante —respondió de inmediato Gabi.

—Así que la señorita Montes también vino —contestó viéndola con molestia, para luego fijar la mirada en Jaime—. ¿Y usted?

—Jaime Guzmán Montes, primo de Gabriela.

El detective solo lo miró de reojo.

—¿Podrían decirnos qué ocurrió? —consultó Lizama con tono más amable que su compañero.

No alcancé a decir nada, pues Gabi respondió en mi lugar.

—Ya le hemos dicho todo a los otros policías. ¿Es qué no pueden preguntarles a ellos y dejarnos ir?

—Los peritos aún deben examinar sus ropas —continuó el detective mayor de forma cordial a pesar de la respuesta de mi amiga—. Y es mejor que nos cuenten ustedes lo que pasó, puede que se olvidaran de algo que ahora recuerdan.

No me tragaba eso, probablemente quería corroborar si mentíamos. Es más fácil cambiar una versión cuando se inventa la historia.

—¡No hay nada nuevo! —contestó exasperada—. Lila vio unas fotos y recordó algo, por eso vinimos a ver si recordaba algo nuevo y en eso nos topamos con el hermano de su padre y luego aparece el tío Enrique trayendo a la tía Carolina como rehén y nos obligó a obedecerlo. De paso le disparó al tío de Lila y apuñaló a Einar y se hubiera encargado de matarnos uno por uno si el tío de Lila no se hubiera soltado y

tomado la pistola y disparado.

—Falta mucha información, señorita Montes —aclaró Leonardo Torres—. ¿Cómo se liberó... —Revisó en su libreta. Me preguntaba en qué momento había anotado algo—, Christopher Riedel? ¿Cómo fue que Enrique Cardones no se dio cuenta de aquello? ¿Por qué odiaba Cardones tanto a Riedel que mató a la familia de su hermano? ¿Y qué le pasó en el rostro?

Gabi se llevó una mano a la mejilla. Tenía una línea, como una quemadura en ella. Con todo se nos había olvidado el disparo.

—Él me disparó, aunque solo me rozó —aclaró—. Había tomado un abrecartas y él se dio cuenta.

—Ahí hay un detalle el cual olvidaron decir —comentó el detective mayor.

¿Acaso ya estaban al corriente de toda nuestra historia? ¿Se habían comunicado con algún agente quien les dio esa información?

—¡¿Y en qué es relevante?! ¡¿Ayuda en algo saber que me disparó?! —preguntó molesta Gabi—. Para lo otro deben preguntárselo al tío de Lila, nosotros no tenemos ni idea.

—Es probable que no podamos interrogarlo, no creen que sobreviva. —Mis ojos se humedecieron ante las palabras de Lizama—. ¿Cardones no dijo nada? —siguió insistiendo.

—¡Ah, sí! Nos pusimos a conversar y hablar de la vida. Nos rebeló muchos de sus problemas e inseguridades —respondió ella con ironía.

—Responda con seriedad —le espetó Torres.

—¡Entonces, en primer lugar, no hagan preguntas estúpidas!, ¡y en segundo, si hubieran hecho bien su trabajo no estaríamos en esta situación!

Leonardo Torres estaba furioso, pero su compañero lo sujetó.

—Entendemos que hayan pasado un mal momento, no obstante, para hacer nuestro trabajo necesitamos su colaboración —concilió Cristian Lizama.

—¡¿Mal momento?! —Aunque en Gabi parecía que tuvieron el efecto contrario.

La tomé del brazo, tratando de que dejara de discutir, ella solo me miró.

—La señorita Riedel ha estado muy callada —mencionó Torres.

Gabi había abierto la boca para responderle.

—Tranquila, estoy bien —le dije, para evitar que siguiera discutiendo—. ¿Qué esperaba? —Miré al detective directo a los ojos—. Hace poco supe que quién terminó de criarme era en realidad el asesino de mi familia. ¿Cómo cree que me siento? Además el hermano de mi padre podría morir. —Mi voz se quebró y las lágrimas se me acumularon en los ojos, pero no debía llorar, no delante de ellos. Me mordí la lengua y respiré profundo—. Einar y Aren resultaron heridos y mi tía está desolada. A pesar que al fin se resolvió todo, no puedo ser feliz.

—Además con todo lo vivido deben estar cansados y ya tienen sus declaraciones —comentó Carlos Quintero, acercándosenos—. Pueden volver a citarlos a medida que avance la investigación. Creo que es mejor dejarlos marchar ahora.

El detective más joven no estaba contento con aquella intervención, en cambio su compañero solo suspiró.

—Los peritos los registrarán y después de eso podrán marcharse —indicó Lizama—. Van a tener que entregar su ropa, es evidencia por la sangre.

Recién en ese momento reparé en aquello. Me había manchado por la sangre del tío Christopher cuando me agaché. Gabriela tenía unas cuantas gotas, suponía que sería de Enrique, era probable que también hubieran caído unas gotas en mí y Jaime estaba manchado con la sangre de Aquiles.

Nos entregaron unos oberoles azules en reemplazo de nuestra ropa, la cual recibieron los peritos. A Agha le pasaron un peine por el pelo, aunque ella les mostró los dientes, la acaricié tratando de calmarla, ya que no conocía ninguna de

las órdenes que le daban.

Se quedaron con el cuerpo de Aquiles y las armas y al fin pudimos marcharnos.

Jaime condujo la camioneta, con Gabi de copiloto. Yo fui atrás con Agha en mi regazo.

Visita al hospital

Cuando llegamos a la casa, Engla se encontraba en el patio haciendo algunas labores. Al vernos aparecer solo a nosotros, con Agha cojeando, se afirmó de la pared.

Por un minuto pude ver su peor miedo reflejado en sus ojos.

—Einar y Aren están en el hospital —me apresuré a decir, antes de que se imaginara algo peor—. Los hirieron, pero están bien, fuera de peligro.

En realidad era algo que no me constaba, solo quería tranquilizarla, aunque esperaba que fuera así, ya que se habían ido conscientes.

Pareció que respiraba más aliviada.

—¿Qué ocurrió? —Quiso saber.

—Será mejor que hablemos adentro —indicó Gabi.

—Sí —contestó la mamá de Einar.

Entramos a la cocina, junto a Agha la cual se tendió en el suelo. Engla llamó al veterinario para que fuera a revisar a la perra. Mientras puso a hervir agua y a buscar sus hiervas.

Mientras tanto le fuimos contando todo lo ocurrido. Vi como se le humedecían los ojos al oír lo que les había pasado a sus hijos, pero siempre mantuvo la compostura. Debía de ser difícil el ser la madre y esposa de unos cazadores, siempre con la incertidumbre de que en alguna de sus cacerías no podrían volver.

Lo peor de todo es que no era una cacería. Se suponía que nada malo debía de haber pesado, pero todo era mi culpa, yo los había arrastrado con mi impaciencia.

—Quiero ir al hospital, para saber de mi tío y ver a mi tía y también tener noticias de los chicos —sugerí mientras sostenía la taza con la infusión.

—No creo que sea buena idea, Lila —respondió Gabi—. No estás bien emocionalmente, como para conducir y Jaime debe descansar.

—Estoy bien, estoy tranquila, no creo que haya problema —aclaré.

—No lo estás —continuó ella—. Estás ansiosa y preocupada y tu mente va a estar pensando en miles de cosas. Puede que no estés llorando ni gritando como denante, pero eso no te hace más estable. Podrías chocar en el camino.

Apreté el tazón con fuerza. Tenía razón, no estaba tranquila, me sentía angustiada. Guardé silenció y clavé la mirada en mi tazón.

Sentí la mirada de Gabi clavada en mí. Debía de estar preocupada, mas respetó mi silencio.

Después de unos minutos, la puerta de la cocina se abrió. Eran Bjorn y Daven que habían vuelto. Nos miraron sorprendidos. Obviamente los oberoles llamaban mucho la atención, además debíamos de tener algo en el rostro que mostraba nuestra preocupación.

—¿Qué está ocurriendo? —preguntó Bjorn.

—Einar y Aren están en el hospital —aclaró Engla.

Ambos nos miraron con espanto. Yo volví a relatar lo que había sucedido, a la espera de que Bjorn me culpara por todo lo que había pasado.

—Es un alivió de que no haya sido peor —respondió apenas terminé de hablar, poniendo una mano en mi hombro—. No te culpes por ello.

Lo miré sorprendida.

—Iré al hospital a ver cómo están —anunció.

Como un resorte me paré de mi silla.

—¡Iré contigo! —exclamé, sin poder controlarme.

—Bueno. —Miró a Jaime—. Tú también irás para que te revisen.

—Estoy bien... —trató de decir el primo de Gabi.

—Nada de excusas, irás —Bjorn no dio pie para replicas.

—Yo también los acompaño —dijo mi amiga.

El padre de Einar afirmó con la cabeza, luego miró a su hijo.

—Me quedo con la mamá, vayan ustedes —respondió Daven.

—Primero cámbiense de ropa y luego salimos —contestó Bjorn.

Salí corriendo al auto para buscar los bolsos y fui la primera en estar lista para partir. Me subí en el asiento del copiloto y los chicos atrás. Durante todo el viaje guardamos silencio.

En el hospital preguntamos a la recepcionista por los cuatro, nos envió al tercer piso del ala sur. Encontramos justo a un médico en el mesón de las enfermeras, por lo visto le daba instrucciones a una.

—Disculpe, necesito saber cómo están mis hijos, Einar y Aren Östberg Abels y por Christopher Riedel Müller y Carolina Marques Villanueva —dijo Bjorn.

El médico nos miró con detenimiento. Las enfermeras se pusieron a murmurar tras del mesón.

—¿Son familiares de Riedel y Marques? —consultó el hombre.

—Soy su sobrina, de ambos. —Me adelanté—. Por Christopher Riedel era hermano de mi padre y Carolina Marques de mi madre. Soy Lila Riedel Marques. —No sabía si era excesiva la información que daba, pero necesitaba que el médico me diera la información.

—La señora Marques se encuentra bien, algo conmocionada, pero físicamente no tiene problema, pueden llevársela. Christopher Riedel aún sigue en cirugía. —Guardó silencio un momento, midiendo sus palabras—. Le seré sincero, tiene pocas probabilidades de sobrevivir. Su corazón se detuvo

dos veces en el trayecto hacia acá y una más en el hospital.

Los ojos se me humedecieron, apreté la mandíbula, no quería ponerme a llorar.

—Es un luchador, así que no debería perder la esperanza —dijo una de las enfermeras tras el mesón, a lo que su compañera le dio un codazo y el médico se volteó para mirarla con desaprobación.

—Con respecto al colega Östberg ya fue tratado y se encuentra descansando, al igual que su hermano. La fractura del brazo fue leve así que solo se le enyesó, con respecto al golpe en la cabeza parece estar bien, pero para asegurarnos deberá pasar la noche en observación —agregó el hombre.

—¿Podemos visitarlos? —consultó su padre.

—Solo un momento y máximo dos personas. Einar Östberg fue sedado, así que no creo que esté despierto. —Se volteó de nuevo hacia las enfermeras—. Ana, por favor llévalos a la habitación.

La enfermera que me dio ánimos afirmó con la cabeza.

—Antes de eso, ¿podrían revisarlo? —preguntó Bjorn sujetando a Jaime del hombro—. También estuvo en el incidente y tiene algunos golpes y rasguños.

—Debieron ingresarlo por urgencia —indicó el médico.

—Estoy bien, no necesito que me revisen —intervino el primo de Gabi.

El doctor lo quedó observando, como si lo analizara.

—Está bien, lo revisaré, mientras vayan a la habitación y busquen a la señora Marques.

—Yo me quedo con Jaime —comentó Gabi—. Para evitar que se escape.

Él la miró algo compungido.

—Por favor, síganme —nos dijo la enfermera, que ya avanzaba por un pasillo.

Bjorn y yo fuimos tras ella.

Caminamos por dos blancos pasillos hasta que la mujer

se detuvo delante de una puerta.

—Solo diez minutos —nos anunció—. Luego regresen al mesón y los llevo con la señora Marques.

—Gracias —respondió Bjorn.

La enfermera se marchó y nosotros entramos a la habitación. Habían tres camas, pero solo dos estaban ocupadas por los hermanos. Aren en la de al medio y Einar dormía en la que estaba al lado de la ventana.

Al vernos, a Aren se le iluminó la cara y se salió de la cama, apoyando sus pies descansos en el suelo. Dejando ver sus musculosas piernas debido al corto camisón del hospital.

—Regresa a la cama —ordenó su padre.

—¿Para qué? ¿Es que no me vinieron a buscar? Es mejor que me vista. ¿Trajeron ropa? Cortaron mi sudadera —respondió él.

—Tienes que quedarte en observación —aclaró Bjorn—. Además así Lila va a ver tu trasero.

—Qué tiene que lo vea —dijo Aren volteándose.

Rápidamente me giré sonrojada.

—Aren, acuéstate. —Su tono fue más golpeado.

—No quiero, no quiero quedarme.

—Deja de berrinches, no eres un niño chiquito. Te golpeaste la cabeza, así que deben vigilarte para asegurarse que estás bien. Ahora métete a la cama.

Escuché como el catre crujía bajo el peso de Aren y recién ahí me atreví a mirar. Tenía cara de malhumorado.

—No soporto estar aquí, me aburro —reclamó.

—Es solo una noche, puedes aguantarte.

Me acerqué al otro lado de la cama, en el espacio que había entre los dos hermanos. Einar se veía tan pacífico dormido. Por el escote del camisón se veía la gasa que cubría su herida. Sus brazos descansaban a ambos lados de su cuerpo, sobre las mantas. Lo acaricié con cuidado. Su piel tenía una temperatura agradable, lo que me reconfortó.

—No te aproveches de él, ahora que está inconsciente

—dijo su hermano menor.

—Aren —terció su padre.

Yo quedé igual a un tomate maduro y con rapidez quité la mano.

Me volteé a verlos. Aren sonreía con esa misma sonrisa picara de siempre. Bjorn se veía serio, creo que más por el comentario de su hijo que por lo que yo estaba haciendo.

—Me alegra ver que eres el mismo de siempre —respondí sin mirarlo a los ojos.

—Necesitan más para dañarme —contestó alegre.

—Yo te veo lo suficientemente dañado —indicó su padre.

—No es nada, en unos días estaré bien.

—Nada de unos días, seguirás las indicaciones del médico al pie de la letra. Debemos irnos, vendré mañana a buscarte.

Aren hizo un puchero que no enterneció para nada a Bjorn. Cuando nos fuimos nos miraba con ojos de cachorro abandonado.

Cuando regresamos la enfermera nos llevó a la oficina de la siquiatra. Estaban hablando por lo que debimos esperar un momento. Para mi sorpresa, salieron del lugar Torres y Lizama. Imaginaba que la iban a interrogar, pero no había pensado que fuera tan pronto.

—Señorita Riedel —dijo Lizama con un movimiento de cabeza a modo de saludo y despedida, yo simplemente levanté la mano.

En cambió su compañero solo me miró con mala cara. Era definitivo, tenía algún problema conmigo.

Mi tía salió acompañada de la especialista. Apenas me vio me abrazó con fuerza, estaba deshecha y eso me rompió el corazón. La siquiatra nos entregó unos medicamentos y nos dijo que debía venir en una semana para ver cómo seguía.

A Jaime no demoraron mucho en revisarlo. Hicieron curaciones a sus heridas, le pusieron la antitetánica y le recetaron un antiiflamatorio.

Cuando regresamos a la casa de los padres de Einar, mi tía llamó a su hermana para que fuera a la casa a ver cómo estaban sus perros. Estaban en el patio, Kika y Kiko aullaban con desesperación, pero por lo visto estaban bien. Me podía imaginar la cara de Laika aguantando el llanto de esos dos.

Le pidió que los cuidara hasta que volviéramos. Su hermana le preguntó qué había pasado, pero tía Caro no pudo responderle, ya que se rompió a llorar. Tuve que informarle yo todo lo que había sucedido, con menos detalles que los que les habíamos dado a la policía. Tía Laura se quedó muda al otro lado de la línea, sin duda no podía creer que el marido de mi tía había hecho todo eso. Me despedí rápido, antes que se descongelara y me bombardeara con preguntas incómodas.

Apagué el celular de mi tía. Suponía que su hermana le hablaría al resto de lo que había pasado y lloverían las llamadas y tía Carolina no estaba en condiciones para decir nada.

Aquella noche dormí abrazando a mi tía. En realidad no dormí casi nada, ya que mi mente no paraba de pensar en el tío Christopher. Por suerte ella sí pudo, debido a los medicamentos y a las infusiones de Engla.

Tristeza

A la mañana siguiente me levanté temprano, cuando apenas oí ruidos en la casa. Debían de ser como las seis de la mañana. Me salí con cuidado de la cama para no despertar a mi tía, ni a Gabi quien dormía en la misma habitación.

Me puse unos tejanos y un suéter azul y bajé a la cocina. Allí estaba Bjorn, Engla y Daven preparándose para desayunar.

—Pensé que despertarías más tarde —comentó Engla al verme.

—Casi no dormí —respondí, aunque por mis ojeras suponía que lo notarían.

—¿No bebiste de la infusión? —consultó Daven.

—No, estaba preocupada por mi tía, así que lo olvidé.

—Deberías subir a dormir un poco más —sugirió su madre.

—Es que quiero volver al hospital, a ver cómo está mi tío.

—Es muy temprano para ir —indicó Bjorn—. Sube, que no me iré sin ti.

Ante la insistencia no pude negarme. Regresé al cuarto. Las dos seguían durmiendo, así que me metí en la cama que estaba desocupada. Las sábanas estaban frías, por lo que me demoré un poco en conciliar el sueño, pero estaba tan cansada que no fue mucho.

Alrededor de las once me despertó Gabi. Me vestí en tiempo record y a pesar que Engla quería que me sentara a comer en calma, me hice un sándwich y salí.

Se me hizo ver una pequeña sonrisa de Bjorn cuando aga-

rré el pan con la boca y me abroché el cordón que tenía desabrochado de mis zapatillas. Aunque pude haberlo imaginado.

Iría sola con Bjorn, los demás se quedarían para cuidar de mi tía que no se veía nada bien. Y me entraba un poco de culpa dejarla, pero necesitaba saber cómo estaba mi tío.

Cuando llegamos me dieron la buena noticia, el tío Christopher estaba bien y a pesar del mal pronóstico anterior, en ese momento se mostraban optimistas al respecto.

—Ve a verlo —dijo Bjorn—. Yo mientras visitaré a Einar y le llevaré a Aren la ropa para que se cambie. —Llevaba consigo un bolso.

Afirmé con la cabeza y la enfermera me guió.

—Solo un momento —me dijo la mujer antes de dejarme.

Estaba en la unidad de cuidados intensivos. Eran seis camas en la habitación tres a un lado y tres al otro, mas mi tío estaba solo, en un rincón. Me acerqué despacio, él dormía. Máquinas a su alrededor chequeaban sus signos vitales y un catéter le administraba el suero que colgaba a su lado. La aguja estaba clavada en el dorso de su mano izquierda.

Me paré a su derecha y sujeté su mano. No respondió, seguía dormido.

Como el hombre polilla no había vuelto a bloquearme la memoria, los recuerdos con él se agolpaban en mi mente. Jugando y riendo. Cargándome en sus brazos cuando mi intrepidez hizo que me encaramara en un cerco de madera, para luego caer mal y dislocarme el hombro.

Antes de la muerte de mi familia yo era inquieta, pero al parecer me volvía más temeraria cerca de él. Creo que quería impresionarlo, mostrarle que podía ser como él, o mejor, como me lo imaginaba, debido a todas sus historias que me contaba, las que eran un secreto entre los dos.

La última vez que lo vi fue esa vez en la playa, cuando peleó con mi padre. Y cuando le preguntaba cuándo vendría el tío Christopher solo me respondía «Debe estar ocupado, ya vendrá». Como había dicho Enrique me había abando-

nado por durante doce años, pero algo en mi interior decía que había algo más, no quería odiarlo. El cariño que le tenía había vuelto a mí al recuperar mis recuerdos, con la misma intensidad que en ese entonces.

Acaricié su brazo y peine su cabello, mas no parecía notarlo.

No recuerdo haber estado mucho tiempo, pero la enfermera regresó para decirme que tenía que marcharme, así que me recliné hacia él y besé su mejilla antes de irme.

Al llegar al mesón me encontré con Aren esperando, sentado en unas bancas que habían ahí cerca. Entre sus pies estaba el bolso que había traído Bjorn. Me senté a su lado.

—¿Tu papá? —pregunté.

—Recién fue al baño, ¿y tu tío?

—Dormido. Aunque estoy más tranquila, dicen que ya superó lo peor.

—Me alegro. —Me regaló una cálida sonrisa, que pronto se distorsionó en aquella mueca picara que siempre tenía—. ¿No vas a ir a ver a Einar? Está despierto y solo en la habitación. —Movió sus cejas de arriba hacia bajo.

Me ruboricé ante el comentario y la actitud de Aren.

—Bjorn ya debe estar por volver y tú debes estar apurado en volver a tu casa —expuse.

—No me voy a morir por unos minutos más y no te preocupes por mi papá. ¿Es que no piensas visitarlo estando aquí? ¿Qué pensaría mi hermano si se entera que no lo quisiste ver?

Me paré como un resorte.

—Está bien, iré.

—No eres difícil de convencer —dijo riendo, mientras yo me alejaba.

Sentía que me iba a arrepentir por hacerle caso. De seguro me molestaría más tarde diciéndome cualquier cosa.

Caminé rápido por el pasillo, pero cuando estaba en la puerta de su habitación me detuve. Ya más aliviada de

todas mis preocupaciones volvía a ser consciente de la realidad. Einar se había enterado de lo que sentía por él y no precisamente de mi boca. No sabía cómo actuar con él en ese momento.

Apoyé mis manos en el muro, y luego mi cabeza en él. Tenía miedo de entrar, mas ya estaba allí, era mejor apurar el trámite. Suspiré, me enderecé y abrí la puerta.

Él estaba reclinado en la cama, con la vista pegada en la ventana. Al oírme entrar volteó hacia mí. Sonrió al verme, lo que me calmó por un momento, pero pronto esa sonrisa se desvaneció.

—¿Cómo estás? ... —Dejé la pregunta en el aire, como si fuera a decir algo más, no obstante, los nervios me traicionaron y no pude continuar.

—Bien, creo que es porque aún estoy sedado —rió—. No hace mucho se fue Aren con mi papá —comentó.

—Lo sé —respondí con timidez.

—Aren está con mucha energía a pesar de todo. Solo estuvo unas horas y ya parecía león enjaulado. En mi caso voy a tener que esperar unos días.

—Lo siento. —Él me miró extrañado—. Por mi culpa resultaron heridos.

—Lila, no es tu culpa, sino la de ese hombre.

Agaché la mirada, en realidad me sentía responsable, yo los había arrastrado hasta allá.

—¿Lo que dijo era cierto? —rompió el silencio.

Yo levanté la vista sonrojada, imaginaba a qué se refería.

—Lo de que sientes algo por mí —continuó al no obtener respuesta de mi parte.

—Sí —respondí despacio, algo abochornada.

Él desvió la mirada y la clavó afuera. Sentí una punzada de dolor.

—Lo siento, pero yo no siento lo mismo —dijo de forma pausada y en ningún momento me miró—. Te pido disculpas si algo de lo que hice te confundió.

Tenía el pecho apretado y unas inmensas ganas de llorar, mas traté de contenerme. Él en ningún momento volteó a mirarme, lo que me dolió aún más.

—No te preocupes, no te molestaré más —respondí cuando creí posible poder resistir.

Me largué rápido de allí. En el pasillo casi choqué con Aren, el cual me miró preocupado.

—¿Estás bien?

Podía ponerme a llorar ahí mismo, mas no quería, pues no me iba a poder contener y a pesar de todo, no quería que Einar me escuchara llorar.

—Sí, simplemente todo lo que ha pasado me tiene agotada —contesté con un tono algo alto.

Él me miró como si no lo creyera, pero no insistió.

—Te venía a buscar, mi papá dice que es hora de volver.

Afirmé con la cabeza y avancé por el pasillo con Aren detrás.

Tuve que soportar el regreso. Pues no me interesaba que su padre se diera cuenta y ya en el campo no pude darle cabida a mi pena, pues comparado al dolor de mi tía lo mío era insignificante. Ni siquiera se lo conté a Gabi, porque sabía que si lo decía no podría contenerme.

Esperé hasta que todos durmieran y salí de la casa a hurtadillas. Afuera Kira me siguió. Me metí en el gimnasio, para sentarme en la oscuridad.

En mi mente repasé todos los momentos con Einar, las conversaciones por teléfono, lo cobijada que me sentía con él, esos pequeños contactos que calentaban mi corazón. Un sollozó se me atoró en la garganta. Cuando al fin salió lo hizo con fuerza, a lo que tuve que tratar de contenerme, no sabía si alguien podría escucharme. Lloré sin control, hasta que sentí la cabeza de la cachorra en mis piernas. La abracé con fuerza y continué llorando hasta que no tuve más lágrimas que derramar.

Epílogo

Puse la caja en el suelo, Gabi dejó la otra a su lado. La bodega de Miguel estaba repleta con todo lo que habíamos llevado.

—Con eso estamos listas —dijo mi amiga estirándose—. No pensé que las mudanzas fueran tan pesadas.

Yo sonreí.

Había pasado un mes de lo ocurrido en Punta Verde y aún se me hacía difícil procesarlo todo.

Después de llorar hasta más no poder aquella noche. Comencé a buscar el interruptor de la luz para ir al baño a lavarme la cara, pero antes terminé dándome de bruces contra las pesas. Por suerte el moretón me salió en la pierna, así no tendría que justificarlo.

Después de lavarme y secarme, apagué las luces del gimnasio y me marché. Kira se quedó a la entrada y yo regresé a mi cama.

Al día siguiente mi cara estaba horrible, pero nadie preguntó asumiendo que era por todo lo que había pasado.

Nos quedamos unos días más en la casa de los Östberg. Mientras mi tía se reponía y yo visitaba a mi tío, mas cada vez que iba lo encontraba dormido, sin poder hablar con él.

A la semana, tía Carolina pidió volver a Fuente Nueva. No creía que fuera buena idea, se veía completamente destrozada. Enterarse que su marido había asesinado a su hermana, su cuñado y su sobrina la había roto completamente. Y no sabía si le era consuelo que estuviera muerto, pues a pesar de todo ella lo había amado.

Pasó una semana y mi tía renunció a su trabajo. Quería vender la casa y marcharse de allí, pero demoró en que hubiera comprador, por lo que tuvo que permanecer en el lugar. Le ofrecí mis ahorros para que comprara algo mientras, pero se negó. Hasta que Miguel le dijo a Gabriela que nos fuéramos donde él mientras tanto. Al inicio a ella le pareció mal abusar de su hospitalidad, pero finalmente, Gabi, yo y hasta Jaime logramos convencerla.

La mudanza no fue tan grande, pues muchas cosas decidió venderlas, pues no quería nada que tuviera que ver con su marido. Solo se llevó los muebles heredados de mi abuela. Su ropa y objetos personales, al igual que los míos.

Aquel día habíamos guardado todo, con ayuda de Gabi y Jaime y llevado a la casa de Miguel. A pesar de las pocas cosas tenía razón mi amiga, fue extenuante.

—Y aún debemos arreglar nuestras cosas para irnos mañana donde Bjorn —le respondí a Gabi.

Ella suspiró.

—Debes estar feliz, verás después de tanto tiempo a Einar —contestó.

Agaché la mirada, pues había evitado pensar en de todo eso y por lo mismo no le había dicho nada a ella.

—¿Qué ocurre? —Mi amiga captó inmediatamente que algo no andaba bien.

—No creo que él quiera acercarse por un tiempo donde mí. Me rechazó.

La miré a los ojos con las lágrimas acumulándose en los míos. Ella me miró con pena y me abrazó. Después de unos segundos, aparté a Gabi y me sequé las lágrimas.

—No es momento para llorar —le dije—. No quiero que mi tía o tu abuelo pregunten.

Ella me miró con tristeza.

—No te preocupes, la gente no muere por amor. —La abracé nuevamente.

Ahora fue ella quien me apartó.

—Es que pensé... —dejó la frase en el aire.

—Gabi, no es como en las películas. En la vida real no siempre quedan juntas las personas y debo respetar sus sentimientos, aunque me duelan. Ya no quiero pensar en eso, ahora quiero enfocarme en lo que viene.

Salí del cuarto para terminar con la conversación, no quería seguir hablando.

Mi tía estaba hablando con Miguel.

Él nos había recibido con los brazos abiertos y me había contado finalmente la verdad, ya que mi tío había desaparecido nuevamente. Todas las veces que lo visité estaba durmiendo, luego tuve que volver a Fuente Nueva, así que me iban a avisar cuando fuera dado de alta para que lo buscara. Me avisaron un día antes, mas cuando fui él ya se había marchado. Un hombre lo había recogido, «un amigo» les dijo mi tío.

El abuelo de Gabi le había prometido a mi tío Christopher no decirme nada, ya que él creía que era más seguro para mí. Mis abuelos, como suponía, eran cazadores y habían ido a investigar las desapariciones, de lo cual nunca volvieron.

En ese entonces, mi padre estaba comenzando una relación con mi madre y casi de inmediato le contó de ese mundo, a lo que ella reaccionó bastante bien, hasta con curiosidad. Pero Miguel les había recomendado que se apartaran de ese mundo si querían formar una familia. La muerte de su esposa y el odio de sus hijos le habían dejado huellas. Y con la desaparición de mis abuelos tomaron aquella sugerencia.

Mi padre presionó a mi tío para informar la desaparición a las autoridades, para que ellos se encargaran. Mas su hermano menor no podía dejar todo atrás y de cierto modo guardó algo de rencor con mi padre por la decisión tomada.

Él junto a dos amigos, la pareja de la fotografía, investigaron, pero fue solo mi tío quien fue al lugar y acabó con aquella familia. Cómo lo hizo, lo desconocía Miguel, pues

el tío Christopher se calló todo aquello. Pensó que había matado a todos.

Cuando murió mi familia supo que en realidad no era así. Nunca dijo cómo era que lo supo o porqué yo sobreviví, pero lo mejor era mantenerse alejado, yo estaba más segura con él lejos. Y tuvo razón, pues cuando esa pareja me fue a visitar fueron atacados días después. Solo uno sobrevivió.

Laika fue un regalo de él. Esperando que de alguna forma me pudiera ayudar, ya que Miguel lo mantenía informado de mi condición, puesto que Gabi le contaba todo.

El número que le había dado a Miguel estaba fuera de servicio. Me preguntaba si había desaparecido nuevamente porque se sentía culpable por todo y no se atrevía a mirarme a la cara.

Me reuní con ellos, con Gabi detrás. Al poco rato llegó Jaime. Cenamos esa noche con bastante ánimo, al parecer, cambiar de aires le había sentado muy bien a mi tía. Nos acostamos temprano, ya que al día siguiente nos marcharíamos a las siete de la mañana.

Antes de ir donde Bjorn, nos desviamos a Bosque Claro, quería pasar al campo por dos razones. La primera era porque suponía que el arrendatario era mi tío y lo había citado para ese día. Además quería visitar la casa y dejar unas flores. Crisantemos, los favoritos de mi madre, que compramos de paso por el pueblo.

Al llegar, nos recibió un hombre que nunca había visto. Vestía de traje. Era bajo y de barba. Su piel era algo morena y sus ojos café oscuro

—¿Señorita Lila Riedel? —preguntó apenas bajé.

—¿Usted es el arrendatario? —Lo miré con extrañeza.

—¿El señor Hoffman? No, soy su abogado. Él no se encuentra en estos momentos en el país. Yo me encargo de sus negocios. —Sacó una tarjeta de su bolsillo y me la entregó—. Héctor Vargas —se presentó—. Según su correo ha-

bían unos asuntos que tratar. Tengo entendido que respecto al arriendo del campo ya no trataré con la señora Marques, sino con usted. ¿Qué necesita saber?

—En realidad quería hablar con el arrendatario, pensé que mi tía se comunicaba directamente con él.

—Oh no, ella siempre ha tratado conmigo. ¿Quiere que le dé algún mensaje al señor Hoffman?

—Me gustaría verlo en persona.

—Se lo comunicaré, pero dudo que sea posible pronto. Como le dije él no se encuentra en el país, además es un hombre muy ocupado.

—Esperaré.

—Como deseé.

El abogado se despidió y se subió a su auto. Me sentía frustrada. Debía de encontrar otro modo de llegar a mi tío, tenía muchas preguntas que hacerle.

Saqué el ramo de flores del auto. Gabi y Jaime me siguieron, mas me detuve en la puerta.

—Quiero entrar sola.

—Lila, eso siempre ha sido una mala idea —argumentó mi amiga.

—Él está muerto, ya no puede dañarnos. Además ustedes ni siquiera andan con armas.

—Pero sabemos más de los zoocryptos como para poder enfrentarlos —indicó Jaime.

—Creo que Bjorn dijo que las criaturas no se acercan a la madriguera de un wendigo y el único que los manipulaba está muerto, así que no pasará nada. —Aunque ellos no se veían convencidos—. Por favor, necesito hacer esto sola. Se que los metí en muchos problemas antes, mas estoy segura que no pasará nada.

Al final me dejaron entrar, mas tuve que ceder un poco. Ellos se quedarían en el pasillo antes de entrar a la cocina, pero me darían mi espacio.

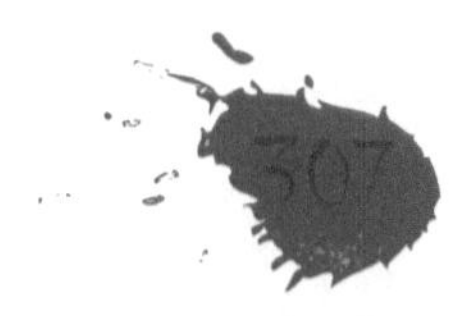

Me dirigí a la habitación de mis padres y puse las flores a los pies de la cama. Me arrodillé delante de ellas, con los ojos fijos en el suelo.

—Al fin todo terminó —dije como si hablara con ellos—. La persona responsable de sus muertes está muerta. Se encargó el tío Christopher.

»Sé que no querían que creciéramos en este mundo de cazadores, pero tendré que pedirles disculpas. Con Gabriela, mi mejor amiga, seguramente la amarían, —Mis ojos se llenaban de lágrimas—, nos retiramos de donde estábamos estudiando, ya que pensamos el próximo año entrar a biología en la Universidad de Agua Brava. Lo decidimos después de todo lo que pasó.

»Bjorn, un cazador, al igual que ustedes, nos va a entrenar para convertirnos en cazadoras. También al primo de Gabi, aunque él congeló su carrera y está viendo para trasladarse también a Agua Brava.

»Bjorn no quiso entrenarme antes por mis crisis de pánico, aunque ahora ya no tiene excusas, pues las crisis se fueron y creo que es gracias al hombre polilla. Pienso que cuando me encontró, después de hacer desaparecer al perro negro, yo estaba teniendo una crisis de pánico, lo que prácticamente me dejó vulnerable ante cualquier ataque, entonces decidió arreglarlo.

»Suena loco, pero él ya había bloqueado mis memorias, así que no sería tan extraño que pudiera intervenir en mi cerebro de alguna forma para que no regresaran mis crisis. Ya antes me protegió, así que eso debía de ser una forma también de cuidarme.

»Y pensar que lo había culpado durante mi infancia por sus muertes y en realidad él fue quien me salvó, además de convertirse en una especie de ángel guardián.

»Creo que esa criatura simplemente la han mal interpretado. Que se vea en lugares donde hayan tragedias no significa que las provoque. Pienso que él busca detener los desas-

tres, pero a quienes salva no lo recuerdan porque les borra la memoria. Bueno es solo una hipótesis. Si tan solo pudiera preguntarle al tío Christopher. Intuyo que él sabe algo más, pues parecía comunicarse con el hombre polilla.

»Bueno, quiero que sepan que me cuidaré, así que no se preocupen, estaré bien. Los quiero mucho.

Antes que pudiera levantarme, una pequeña mano traslúcida se posó en mi mano. Levanté la vista y ahí estaba Amy, pero ya no le faltaba un trozo, ni su ropa estaba llena de sangre, sino que tenía el vestido floreado que era su favorito y con un lazo sujetándole el pelo. Me sonrió.

Se giró rápido y salió corriendo. Al seguirla con la mirada vi a mis padres esperándola donde debía estar la pared de la habitación, en vez de eso se extendía un hermoso prado. Mi madre estiró la mano y cogió la de mi hermana. Los tres me sonrieron a modo de despedida.

No pude seguir viendo por todas las lágrimas, cuando me las sequé, la habitación había vuelto a la normalidad.

Sonreí. Ellos estaban bien.

Agradecimientos

En primer lugar quiero agradecer a la Vale por su apoyo y ayuda corrigiendo y dándome su opinión. Ha sido la primera en shipear a mis personajes, lo que me ha alegrado y también divertido. También mi madre que lee todo lo que escribo y me ha apoyado en este camino. A los chicos del grupo de escritura creativa, pues pude aprender mucho en ese tiempo. En especial a la Mai, pues gracias a su reto es que surgió el capítulo cero de este libro y lo que desencadenó en esta historia. Además de tenerme mucha paciencia escuchando todas mis ideas. A Facu, por orientarme en el proceso de publicación y ayudarme con la maquetación del libro físico. A Edu por responder varias de mis dudas y darme su opinión artística. A la Dani M. y Rodrigo por responderme algunas consultas mientras escribía la historia.

Tampoco puedo olvidar a mis amigos que me han apoyado y dado ánimos: Mauricio, Liese, Dani D., Fran, Karl, Scarlet, Naty, Leyla, Jeanne, Caro, Nacha, Román, P. Eduardo y P. Miguel. Gracias de todo corazón. Y finalmente, gracias a ti por leer esta historia.

Segundo libro de la trilogía Criaturas Desconocidas:

9 7 9 8 5 8 3 8 1 2 1 8 9